k. J. J.

grafit

Die finnische Originalausgabe »Jäähyväiset rakkaimalle« erschien 1977
bei WSOY, Helsinki

Deutsche Erstausgabe

Chemnitzer Str. 31, D-44139 Dortmund
Internet: http://www.grafit.de
E-Mail: info@grafit.de
Die Übersetzung wurde von dem
Informationszentrum für finnische Literatur, Helsinki, gefördert

Umschlaggestaltung: Peter Bucker
unter Verwendung eines Fotos von Markus Schröppel
Druck und Bindearbeiten: Clausen & Bosse, Leck
ISBN-13: 978-3-89425-548-0
ISBN-10: 3-89425-548-X
1. 2. 3. 4. 5. / 2007 2006 2005

Pentti Kirstilä

Nachtschatten

Kriminalroman

Aus dem Finnischen von
Gabriele Schrey-Vasara

grafit

Der Autor

Pentti Kirstilä, geb. 1948 in Turku, lebt heute als freier Schriftsteller in Helsinki. Er zählt zu den renommiertesten und erfolgreichsten finnischen Kriminalautoren und wurde zweimal mit dem *Vuoden johtolanka*, dem Preis für den besten finnischen Kriminalroman, ausgezeichnet.

Nachtschatten ist der erste Roman um den illusionslosen und eigenbrötlerischen Kriminalhauptwachtmeister Lauri Hanhivaara. Der zweite Roman der Serie, *Tage ohne Ende*, ist ebenfalls bei Grafit erschienen.

Erster Teil

Eins

Was ist die beste Art zu sterben?

Dies ist eine rhetorische Frage, auf die ich keine Antwort erwarte. Aber falls Sie glauben, ich hege Selbstmordabsichten, sind Sie auf dem Holzweg. Ich möchte Sie bitten, erst dann Schlüsse zu ziehen, wenn Sie mehr wissen.

Ich frage lediglich nach der besten Art zu sterben.

Ist es gut, so zu sterben wie Annikki Koski – das Kinn hochgerissen und mit dem Rasiermesser den Hals aufgeschlitzt? Welche Vorteile hat diese Todesart? Da die Antwort auf der Hand zu liegen scheint, frage ich gleich weiter: Welchen Vorteil hat es, schnell zu sterben? Ich glaube, die meisten Menschen wünschen sich einen raschen, schmerzlosen Tod. Einen Tod ohne Qualen. Ihre Widerrede können Sie sich sparen, denn ich habe mir ein Hintertürchen offen gelassen, indem ich meinen Satz mit den Worten »ich glaube« eingeleitet habe. Lassen Sie mir meinen Glauben. Ich will niemanden verärgern, zudem respektiere auch ich Ihr Recht, zu glauben, was Sie wollen.

Der Mensch kann auf unterschiedlichste Weise sterben. Viele werden von Krankheiten dahingerafft. Möchte ich so sterben? Das kommt natürlich auf die Krankheit an. Auch ich fürchte mich mehr vor den Schmerzen als vor dem Tod. Nein, ich möchte nicht an einer Krankheit sterben.

Und die anderen Todesarten? Ein glatter Schnitt mit dem Messer zum Beispiel oder irgendein anderer gewaltsamer Tod? Ich will mich nicht festlegen, aber meiner Meinung nach ist Sterben immer mit Gewalt verbunden. Dem gewaltsamen Tod entgeht keiner.

Obschon ich mich nicht entscheiden kann, welche Todesart mir am liebsten wäre, gibt es eine, vor der mir wirklich graut: Ertrinken. Schon der bloße Gedanke ist erstickend. Ertrinken und Ersticken sind sehr ähnliche Todesarten, da mögen die Pathologen sagen, was sie wollen.

Sie wundern sich, warum ich so herumschwafele. Ich versichere Ihnen, dass es nicht in meiner Absicht liegt, Sie mit unnützem Gerede zu quälen. Doch Sie müssen sich über diese Dinge im Klaren sein, um die folgenden Ereignisse zu verstehen. Ich versuche lediglich, die Beweggründe für mein Handeln zu erklären. Wie Sie später feststellen werden, habe ich in manchen Situationen gegen Moralvorschriften und sogar gegen Gesetze verstoßen. Ich musste meine Entscheidung auf der Basis dessen treffen, was ich über Leben und Tod im Allgemeinen und über ein Leben und eine Todesart im Besonderen dachte.

Meiner Meinung nach ist Annikki Koski auf die falsche Weise gestorben. Sie hat ihre Todesart nicht gewählt und darauf hätte sie in gewisser Weise einen Anspruch gehabt. Damit will ich sagen, dass der Mensch zumindest das Recht auf eine scheinbare Wahl hat. Er wählt seine Todesart, indem er zum Beispiel unverantwortlich schnell fährt – scheinbar, nicht wahr? Wenn Sie alle Faktoren und Ereignisse kennen gelernt haben, werden Sie natürlich behaupten, Annikki habe ihre Todesart sehr wohl selbst gewählt. Aber ich bin anderer Meinung. Außerdem: Woher hätte ich all das wissen sollen?

Ich betrachte mich nicht als Racheengel. Ich will weder meine eigene Bedeutung noch die Vortrefflichkeit meiner Auffassungen hervorheben. Hoffentlich verstehen Sie dennoch, dass ich etwas tun musste, was meiner Ansicht nach nicht unbedingt richtig, aber notwendig war.

Zwei

Als ich aus dem Treppenhaus auf die Straße trat, regnete es.

Es war Anfang Oktober, genauer gesagt der zweite Mittwoch im Oktober um ein Uhr fünfzehn nachts, und es gab keinen Grund auf der Welt, weshalb es nicht regnen sollte.

Ich spannte den Schirm auf. Ein kühler Nordwind blies mir ins Gesicht.

Meine Wohnung lag am Park Hämeenpuisto, in dem Viertel zwischen der Satamakatu und der Tiilinruukinkatu, nicht weit vom Stadtzentrum entfernt. Es hat viele Vorteile, in der Innenstadt zu wohnen.

Wenn ich sage, ich ging gegen den Wind, also in nördlicher Richtung, dann heißt das, ich lief an der Längsseite des Parks entlang. Das war vielleicht nicht die vernünftigste Wahl, denn ich hatte kein Ziel, ich wollte mir nur ein wenig Bewegung verschaffen. Also hätte ich ebenso gut zum See hinunterspazieren können, wo kein Mensch unterwegs war.

Ich ging in den Park, auf den breiten Weg in der Mitte. Meine Gedanken drehten sich um die Arbeit. Ich hatte bis nach Mitternacht gearbeitet, Kaffee getrunken und geraucht. Nun war ich müde, konnte aber nicht einschlafen und machte deshalb einen Spaziergang. Das hatte bisher immer geholfen. Ich war mindestens tausendmal dieselbe Strecke gelaufen. Wer weiß, warum ich immer den gleichen Weg wählte, obwohl ich ebenso gut nach Pyynikki hätte spazieren können. Die Macht der Gewohnheit? Aber weshalb hatte ich damit angefangen?

Der Regen hatte aufgehört, der Wind trocknete die Straßen.

Ich setzte meinen Spaziergang fort. Die Innenstadt war menschenleer; der Verkehr war eingeschlafen. Vereinzelte Taxis erledigten Bestellfahrten. Sie hatten ein festes Ziel.

Der Taxistand war natürlich leer. Bei Regen und schlechtem Wetter verschwanden die Taxis regelmäßig und die wenigen, die sich blicken ließen, waren ausnahmslos besetzt. Ein schlagender Gegenbeweis gegen die Theorie von Angebot und Nachfrage. Aber was kümmerte mich das – ich hatte nicht vor, mit dem Taxi zu fahren.

Ein- oder zweimal begegnete ich anderen Fußgängern. Sie huschten an mir vorüber, ohne aufzuschauen – müde, zerstreut, ängstlich, krank oder einfach gleichgültig. Keiner von ihnen sah fröhlich aus. Was ersetzt den Menschen heutzutage die Fröhlichkeit? Gewalt, Grausamkeit, Wollust?

Die Straßenlampen schimmerten matt durch die dichten Zweige der Laubbäume. Die Blätter hatten sich bereits gelb verfärbt, abschiedsbereit. Zugblätter, dachte ich und lächelte. Sie erröten (vor Scham?), bevor sie fallen. Der Herbst war gekommen. War das einer der Gründe für die Freudlosigkeit der Menschen? Wohl kaum. Die Verdrossenheit hatte sich in ihrem Gemüt eingenistet. Es war Selbstbetrug, die Jahreszeiten für etwas verantwortlich zu machen, was am Menschen selbst lag.

Der Hämeenpuisto ist eigentlich eher eine Allee als ein Park, eine Esplanade, in deren Mitte ein breiter Kiesweg verläuft. Zu beiden Seiten wachsen Bäume, Linden und Ahorne, glaube ich, die im Sommer einen fast geschlossenen Laubtunnel bilden. Dann kann man den Park beinahe als schön bezeichnen. Im Winter sehen die unbelaubten Stämme dagegen aus, als wären sie abgestorben. Die Straßen, die den Park links und rechts einrahmen, sind fast auf der gesamten, etwa einen Kilometer langen Strecke als Einbahnstraßen ausgeschildert. Ungefähr in der Mitte sind sie jedoch bis zur nächsten Querstraße in beiden Richtungen befahrbar, was ungeübte Fahrer ins Schwitzen bringt und für verworrene Situationen sorgt, über die Berufsfahrer herzhaft fluchen.

Im Moment herrschte allerdings so wenig Verkehr, dass es selbst der lausigste Fahrer nicht geschafft hätte, ein Chaos herbeizuzaubern.

Der Wind hatte sich gelegt. Es klarte auf, zwischen den Wolken lugten blasse Sterne hervor.

In Gedanken verloren war ich fast bis zum Ende des Parks gegangen. Ich merkte es erst, als ich plötzlich rechts von mir den zweistöckigen Palast erblickte, der zur Fabrik *Finlayson* gehört. Er wirkte so düster und drohend wie nie zuvor. Das heißt, bisher hatte ich ihn nie als bedrohlich empfunden, aber nun warfen die Ornamente an der Fassade unheimliche Schatten und die hohen Balkone wirkten wie tiefe Schluchten. Der Gesamteindruck war so überraschend, dass ich stehen blieb und das Gebäude betrachtete. Ganz dunkel wurde es in der Stadt normalerweise nie, doch in dieser Nacht war es anders und es schien eine ungewöhnlich tiefe Dunkelheit zu herrschen.

Dann entdeckte ich den Grund.

Die Straßenlampen zu beiden Seiten des Parks waren erloschen, und nicht nur dort, sondern auch in der Querstraße, an die der Palast grenzt. Dahinter brannten die Lampen wieder, meiner Meinung nach mussten sie zum gleichen Stromkreis gehören wie die defekten. Demnach konnte es sich nicht um eine größere Störung handeln. Allerdings wusste ich praktisch nichts über Stromkreise, konnte mit meiner Einschätzung also auch falsch liegen. Blieben zwei Alternativen: Alle Glühbirnen waren zufällig zur gleichen Zeit ausgebrannt (unwahrscheinlich) oder jemand hatte sie systematisch zerstört (möglich und überaus wahrscheinlich).

Plötzlich wurde es heller. Ein Auto bog um die Ecke. Das Scheinwerferlicht warf einen verzerrten Schatten meiner Gestalt an die Wand des Palastes. Jemand rief mir eine obszöne Bemerkung zu, dann fuhr der Wagen mit quietschenden Reifen weiter.

Ich betrat den Innenhof. Das Gebäude war von einem Menschen geschaffen worden, doch das Streben nach reiner Form, die Schönheitsliebe und, wer weiß, vielleicht sogar Menschenliebe, die der Architekt in seinem Bauwerk zum Ausdruck bringen wollte, blieben nur ein Traum. Denn nur wenige Architekten begreifen, dass ihre Werke im Moment ihrer Fertigstellung sterben. Vielleicht kann ein solches Gebäude gerade deshalb bedrohlich wirken.

Der Mond kam hinter den Wolken hervor, als wüsste er, dass ein Schauspiel begann. Er beleuchtete die Bühne und ließ den Zuschauerraum im Dunkeln. Wie es sich gehört.

Ich erkannte sie eher instinktiv. Doch als das Mondlicht auf sie fiel, sah ich sogar ihr Mienenspiel.

Der Mann war groß, mindestens eins neunzig. Im Mondschein wirkte sein Gesicht blass, aber ich wusste, dass es eher dunkel war und von fast schwarzen Locken umrahmt wurde. Naturlocken, wohlgemerkt. Für Dauerwellen war er nicht eitel genug. Er war barhäuptig, einen Hut trug er so gut wie nie. Der Popelinemantel zeugte von nüchternem, gutem Geschmack, aber auch von einer gewissen Feigheit, die ihn veranlasste, sich konservativ zu kleiden. Ich konnte mir denken, was er unter dem Mantel trug: einen Maßanzug aus Tweed in jenem Farbton, den ich einmal boshaft als schreiend grau bezeichnet hatte. Dazu ein Hemd aus Baumwolljersey, so weit hatte er seine Furcht bereits überwunden, und einen Schlips mit breitem Knoten. Er hatte die gerade Haltung eines sportlichen Mannes und die Figur eines Tennisspielers, obwohl er kaum Sport trieb. Seine Haltung vermittelte einen falschen Eindruck: Er wirkte starrköpfig und arrogant, was er nicht war.

Die Frau war blond und schön. Ihr stolzes Profil zeichnete sich wie gestochen vor dem grauen Hintergrund ab. Sie war gekleidet wie eine wohlhabende Frau. Genau das war sie auch. Abgesehen von ihrer Schönheit hatte ich nicht viel über sie zu sagen. Ich wusste, dass sie eine kühle, zurückweisende Art hatte, die unvermittelt in Wärme oder in leidenschaftliche erotische Sehnsucht umschlagen konnte. Sie war es gewohnt, andere zu beherrschen. Sie schämte sich nicht, offen zu zeigen, dass ihre Schönheit ihr das Recht gab, zu dominieren, und dass sie von diesem Recht Gebrauch machte. So kannte ich sie, als ziemlich skrupellosen Menschen. Aber vielleicht kannte ich sie nicht gut genug.

Mit leisem Neid starrte ich sie an. Die beiden blieben stehen und begannen miteinander zu sprechen.

»Bist du sicher?«, fragte Antti Koski.

»Absolut sicher«, antwortete Annikki Koski.

»Dann müssen wir uns jetzt Adieu sagen«, erwiderte der Mann mit gepresster Stimme.

»Es bleibt uns nichts anderes übrig.« Die Stimme der Frau blieb irritierend kühl.

Ich wusste nicht, worum es ging, dachte mir aber, Annikki versuche wieder einmal, Antti zu ärgern. Obwohl sie dazu kein Recht mehr hatte. Meiner Meinung nach.

»Werde ich danach je wieder ein zivilisierter Mensch sein?«, seufzte Antti Koski, doch er sprach sozusagen mit sich selbst. Mit niemandem.

Er hatte die Hände in die Taschen gesteckt und stand jetzt seitlich neben der Frau. Sie verdeckte mir die Sicht auf ihn.

»Vielleicht wird es nie gelingen, aber ich bin bereit, es zu versuchen«, sagte sie.

»Ich. Ich bin fest entschlossen, es zu schaffen«, erklärte Antti.

Seine Stimme klang ruhig und fest. Es war die Stimme eines Mannes, der seine Entscheidung getroffen hat.

Er bewegte sich rasch, geschickt und sicher. Ich sah, wie sich seine schwarze Silhouette von der anderen, kleineren entfernte. Nun stand er hinter Annikki. Er schwieg, als habe er all das bereits tausendmal erlebt. Rasch blickte er sich um und registrierte die vollständige Dunkelheit. Er wirkte zufrieden, das war jedenfalls mein Eindruck. All dies geschah in einer einzigen fließenden Bewegung.

Dann packte er die Frau an den Haaren und schob ihr mit der linken Hand das Kinn hoch. Die rechte Hand fuhr über ihre Kehle. Eine dunkle Fontäne schoss aus ihrem Hals, als wolle sie den Sieg des Lebens hinausschreien, ohne zu bedenken, dass gerade das, was lebensnotwendig ist, zum Agenten des Todes wird, wenn man ihm erlaubt, seine geregelten Bahnen zu verlassen. Annikki war tot, als ihr Körper auf dem kühlen Asphalt aufschlug.

Drei

Die meisten Menschen, die selbst in extrem schwierigen Situationen nicht die Nerven verlieren, sind stolz auf diese Fähigkeit.

Ich bin ein stolzer Mensch.

Der Mann drehte sich um und betrachtete gelassen den Park und die Hausfenster. Er schaute direkt zu mir hin, sah mich aber nicht. Ich verbarg mich, als hätte ich ein Verbrechen begangen, und lächelte über die Ironie der Situation. Aber Ironie ist mein Spezialgebiet und kriminell würde auch ich noch werden.

Ich weiß, wie es ist, Gottes Position einzunehmen. Niemand wusste, was ich wusste. Der Mann hielt inne und betrachtete die Leiche zu seinen Füßen, und ich erkannte, dass die Schalthebel der Macht, wie man so schön sagt, zum ersten Mal in meinem Leben in meiner Reichweite lagen. Und damit meine ich, dass ich an den bewussten Schalthebeln saß. Es gab einen Mann, dem ich meinen Willen aufzwingen und den ich vernichten konnte, wenn ich es wollte.

Reglos stand ich da und beobachtete den Mann, der vollkommen ruhig wirkte. Er ging langsam fort, beschleunigte nach einer Weile seine Schritte, lief jedoch nicht. Schon nach einer Minute war er aus meinem Gesichtsfeld verschwunden.

Ich trat aus meinem dunklen Versteck. Der Asphalt war bereits getrocknet.

Langsam ging ich auf den reglosen Körper zu. Vielleicht war die Frau doch noch nicht tot. Plötzlich flackerten die Straßenlampen auf und ich dachte wieder an die Stromkreise. Dann dachte ich an etwas anderes: Überall war Blut. Annikkis Kleider waren von der klebrigen dunklen Flüssigkeit getränkt. Sie hatte nichts Sinnliches mehr an sich. Auch auf den Bürgersteig und von dort weiter auf die Fahrbahn war Blut gelaufen.

Als ich merkte, dass ich in das Blutrinnsal auf der Straße getreten war, fasste ich einen raschen Entschluss: Die Schuhe mussten vernichtet werden. Ich wollte nicht für einen Mord zur Verantwortung gezogen werden, den ich gar nicht begangen hatte.

Ich blickte mich um. Vielleicht beobachtete mich jemand, so wie ich gerade den Mörder beobachtet hatte. Zum Beispiel irgendwer, der auf der anderen Seite des Parks seinen Hund ausführte. Niemand sonst würde um diese Uhrzeit und bei diesem Wetter vor die Tür gehen. Doch da ich keine Gassigeher bemerkt hatte, ging ich davon aus, dass es außer mir keine Augenzeugen gab. Außerdem war es dunkel, und da ich niemanden sah, konnte auch niemand mich sehen. Eine absurde Argumentation, ich weiß.

Ich beugte mich über meine tote Freundin. Ihr Gesicht war schön, aber es war ein totes Gesicht. Unvorstellbar, dass irgendein Mann ein so schönes Gesicht tot sehen wollte. Die blauen Augen waren sorgfältig geschminkt. Die Lippen waren sinnlich geschwungen und immer noch ein wenig spöttisch.

Ich verspürte eine Art Sehnsucht. Keinen Hass, das nicht, aber ich verachtete ihn, weil er so stümperhaft gehandelt hatte. Ich verachtete Antti Koski für seine Hilflosigkeit, für seine offenkundige Dummheit.

Ich hasse Menschen, die das, was sie tun, nicht ordentlich erledigen.

Die Kaltblütigkeit des Mannes war bewundernswert, aber sie würde ihn nicht davor retten, gefasst zu werden.

Annikkis Position war fast normal, sofern man die Haltung eines auf der Straße liegenden Menschen als normal bezeichnen kann. Nur ihr Kopf war unnatürlich verdreht. Vorsichtig korrigierte ich seine Lage. Es war nicht nötig, dass sie grotesk aussah. Tot ist tot, und der Tod hat grundsätzlich nichts Lächerliches.

Ich hatte keine Verpflichtungen gegenüber der Toten. Ihretwegen würde ich nichts tun, für mich dagegen alles.

Ich stand ein, zwei Minuten neben der Leiche. Das war riskant, aber in dieser Zeit traf ich mehrere Entscheidungen.

Ich beschloss, auf keinen Fall die Polizei zu informieren.

Ich beschloss, meine Tätigkeit ab sofort als Ermittlung zu bezeichnen. Das war ein schöner Beschluss.

Ich beschloss, den Mörder im Auge zu behalten.

Des Weiteren beschloss ich, über die zahlreichen mit der Sache verbundenen Probleme, über die notwendigen Vorgehensweisen und Maßnahmen später zu entscheiden, nachdem ich Zeit zum Überlegen gehabt hatte.

Diese Beschlüsse kamen gleichzeitig zu Stande, aber nicht als verworrenes Gemenge, sondern quasi als fertige Verhaltensmuster, klar und einfach, beinahe, als hätte ich sie seit Langem erwogen.

Ich spürte weder Liebe noch Hass, auch kein erhabenes Gerechtigkeitsgefühl. Außer Verachtung empfand ich überhaupt nichts.

Ich dachte weder an Annikki noch an mich selbst. Deshalb begriff ich auch nicht gleich, was es zu bedeuten hatte, dass ich in die Blutlache getreten war.

Doch dann bekam ich plötzlich Angst, denn Angst ist das einzige Gefühl, zu dem der Mensch immer fähig ist. Ich musste die Schuhe so schnell wie möglich verschwinden lassen. Das hatte ich ja bereits gewusst. Aber jetzt sah ich auch die Blutlache, in der sich ein deutlich erkennbarer Abdruck meiner Schuhsohle befand. Ich hatte einen Fehler gemacht. Dieser Fußabdruck konnte mich ins Gefängnis bringen. Glaubte ich jedenfalls. Schnell zog ich ein Taschentuch hervor und verwischte den Abdruck. Dann rieb ich die Schuhsohle ab. Das Kriminallabor würde sich dadurch nicht täuschen lassen – falls der Schuh ins Labor geriet. Doch die Pflastersteine konnte ich so weit täuschen, dass ich beim Weggehen keine Spuren hinterließ. Aber nun musste ich noch etwas verschwinden lassen: das Taschentuch. Im Vergleich zu den Schuhen allerdings eher unproblematisch.

Ich richtete mich auf.

Inzwischen hatte ich mich viel zu lange bei der Leiche aufgehalten. Schnell ging ich durch den Park. Bei der nächsten Querstraße verringerte ich mein Tempo und überquerte die Fahrbahn. Ich blieb vor einem Antiquariat stehen, betrachtete die Auslage und wartete, bis mein Atem wieder gleichmäßig ging. Im Fenster lagen dicke Bestseller, sicher Freiexemplare, die die Literaturkritiker verscherbelt hatten. Ich wandte mich ab. Dicke Bücher waren mir verhasst.

Aus dem Lokal *Ostsee* kamen ein paar Männer heraus, die sich für den nächsten Morgen einen Moralischen gesichert hatten. Ein Taxi fuhr vor, die Männer zwängten sich hinein und der Wagen fuhr durch die Satakunnankatu in Richtung Zentrum davon. Ich hatte Lust auf ein Bier oder vielleicht doch eher auf einen Whisky oder Kognak.

Die Straßenlampen brannten. Die Hochhäuser waren fast vollständig dunkel, abgesehen von den Ladengeschäften an der Straßenfront, in denen das ewige Licht glühte. Vereinzelte helle Fenster zeigten, dass hier und da jemand wach war, dass es irgendwo noch Leben gab. Wieder war kein Mensch zu sehen. Auch kein Hund, keine Katze, kein einziges Lebewesen. Vielleicht hatte der Regen wenigstens die Würmer aus der Erde gelockt. In jeder anderen Nacht hätte ich mich über den Rasen gebeugt und nachgesehen, aber diesmal interessierte mich die Frage nicht. Die Würmer mussten warten, bis ich das Schuhproblem erledigt hatte.

Auf meinem Weg kam ich an mehreren Abfallkörben vorbei und spielte mit dem Gedanken, das Taschentuch, das ich zusammengeknüllt in der Hand hielt, gleich hier wegzuwerfen. Wegen eines lumpigen Mordes wurden wohl nicht gleich alle Mülleimer in der Stadt überprüft. Doch das wusste ich nicht mit Sicherheit. In die Tasche konnte ich das Tuch nicht stecken, sonst musste ich den Mantel am Ende auch noch entsorgen.

Die Schuhe konnte ich ohnehin erst zu Hause aus dem Verkehr ziehen. Ein Mensch, der in einer Oktobernacht barfuß läuft, zieht mehr Aufmerksamkeit auf sich als einer, der Schuhe trägt. Das ist eine Folge der Urbanisierung. Man braucht tatsächlich nichts weiter zu tun, als barfuß durch die Stadt zu gehen, schon wird man als merkwürdig oder gar debil abgestempelt.

Ich presste das Taschentuch in meiner Hand und setzte meinen Weg fort.

Ein junger Mann – vielleicht Anfang zwanzig – kam mir entgegen. Er baute sich schwankend vor mir auf, starrte mich an und versuchte sogar, mich anzufassen, doch ich wich ihm aus. Entweder hatte er einen plötzlichen Anfall von geistiger Klarheit oder er war einfach träge oder zu betrunken. Jedenfalls ließ er mich unbehelligt weitergehen.

Das Einfachste wäre, Schuhe und Taschentuch in meine Wohnung mitzunehmen. Wahrscheinlich würde niemand meine Schränke durchsuchen. Warum auch? Selbst wenn die Polizei mich vernehmen sollte, kämen die Ermittler sicher nicht als Erstes auf die Idee, in meiner Wohnung nach blutbeschmierten Schuhen zu fahnden. Andererseits war es vielleicht doch vernünftiger, sie möglichst bald loszuwerden. Sie zum Beispiel in die Mülltonne zu werfen. Vorsicht ist die Mutter der Porzellankiste.

Endlich stand ich vor dem Haus. Es war dunkel und still. Die Straßenlampen leuchteten gelblich. Die Wolken hatten sich verzogen und den Sternen das Feld überlassen.

War ich im Begriff, einen Fehler zu machen? Noch konnte ich die Polizei anrufen, noch hatte ich die Möglichkeit, mich zurückzuziehen, noch ...

Aber ich wollte nicht nachgeben, weder vor mir noch vor der Welt. Ich musste die Gelegenheit nutzen, eine solche Chance würde sich kein zweites Mal bieten.

Ich ging die Treppe hinauf. Den Aufzug benutze ich nie, denn ich wohne im zweiten Stock. Im Treppenhaus begegnete mir keine Menschenseele. Ich schloss auf und betrat meine Wohnung. Nachdem ich Licht gemacht hatte, fühlte ich mich wie in einer anderen Welt. Alles Bedrohliche war wie weggewischt, Zweifel und Unsicherheit waren verschwunden. Ich mochte meine Wohnung, meinen Stil, ich fühlte mich zu Hause. Was immer ich begann, es würde gelingen.

Ich packte die Schuhe vorsichtig in einen Plastikbeutel, den ich am nächsten Morgen in die Mülltonne auf dem Hof werfen wollte. Mit dem Taschentuch verfuhr ich ebenso. Dann vergewisserte ich mich sorgfältig, dass meine anderen Kleidungsstücke keine verdächtigen Spuren aufwiesen.

Anschließend stellte ich mich ohne Rücksicht auf meine mürrischen, neugierigen, kleinlichen Nachbarn unter die Dusche.

Dann legte ich mich ins Bett und schlief sofort ein.

Vier

Während der Nacht hatte mein Unterbewusstsein wieder für mich gearbeitet. Als ich aufwachte, wusste ich sofort, was ich zu tun hatte. Ich musste frühstücken. (Anm.: Witz). Wichtiger war natürlich, wie es mit Antti Koski weitergehen sollte. Auch das wusste ich. Ich musste ihm klar machen, dass er bei seiner Tat beobachtet worden war, ohne ihm einen Hinweis zu liefern, wer ihn gesehen hatte.

Folglich musste ich mich mit Antti in Verbindung setzen. Da dies anonym geschehen sollte, gab es nur zwei Möglichkeiten: telefonisch oder brieflich.

Ich beschloss, mit einem Brief zu beginnen.

Ein wenig Korrespondenz, bevor ich zur Arbeit gehe, dachte ich. Nun galt es, Briefpapier und Stil zu wählen.

Bei normalem Schreibmaschinenpapier mit dem Wasserzeichen *Linen Bank Jyväskylä* war die Herkunft praktisch nicht nachzuweisen. Meine Schreibmaschine wollte ich vorsichtshalber nicht verwenden. Mit der Hand zu schreiben war fast genauso gefährlich. Selbst aus Blockbuchstaben kann man eine Menge Schlüsse ziehen. Das Schreiben mit der linken Hand lag mir nicht, daher entschied ich mich schließlich für die uralte Methode der ausgeschnittenen Buchstaben. Sie liefert keine Anhaltspunkte, wenn man vorsichtig genug zu Werke geht. Und das hatte ich fest vor.

Auch der Umschlag musste gewählt werden. Ich entschied mich für einen gewöhnlichen braunen Briefumschlag mit offiziellem Touch. Der technische Aspekt war damit geklärt. Allerdings war es unglaublich langweilig, die Buchstaben aus der Zeitung auszuschneiden.

Bevor ich mit dem Schnippeln begann, musste ich jedoch den passenden Stil finden.

Ich brachte einige Entwürfe zu Papier.

Zum Beispiel konnte ich Antti einen pathetischen und moralinsauren, leicht überdrehten Brief schicken:

Ich weiß, dass Sie Ihre Exfrau Annikki Koski ermordet haben. Gott wird Sie für diese Freveltat strafen; dennoch dürfen Sie nicht mit meinem Stillschweigen rechnen. Ich bin ein gottesfürchtiger Mensch, mein Glaube befiehlt den Menschen, miteinander in Frieden zu leben. Ihre Seele wird von nun an in jeder Minute von Angst erfüllt sein, denn Sie wissen nicht, wer ich bin. Ich aber habe vor, Sie zu beobachten, bis Ihre Tat geahndet wird. Freilich sollen die Erdenkinder einander nicht verurteilen, dieses Recht kommt allein Gott zu. Er wird dafür sorgen, dass Ihre Seele niemals zur Ruhe kommt. Doch ich ringe mit meinem Gewissen, denn ich habe auch gegenüber unserer irdischen Gemeinschaft Pflichten. Deshalb erwarte ich einen bescheidenen Betrag zur Stärkung meines Glaubens. Ich werde mich mit Ihnen in Verbindung setzen. Gehen Sie unterdessen in sich.

Dieser in Maßen anstandswidrige Brief war jedoch nicht das Richtige, denn der einzige Schluss, der mir dazu einfiel, war Erpressung. Und danach stand mir der Sinn durchaus nicht.

Ein grober Drohbrief vielleicht?

Du bist nichts weiter als ein dreckiges Arschloch, du Mädchenschänder. Ich weiß, was du getan hast. Und ich weiß auch, was man mit Mördern macht. Sieh dich vor!

So ging es auch nicht. Ich mag keine Übertreibungen. Vielleicht sollte ich es mit einer taktvollen, euphemistischen Annäherungsweise versuchen:

Werter Herr, ich habe erfahren, dass Sie Ihre Frau getötet haben. Die Art Ihres Vorgehens war überaus unappetitlich, ich möchte nicht weiter darauf eingehen. Es ist Ihnen sicher klar, worauf ich hinauswill. Sie wissen so gut wie ich, dass es unmoralisch und zudem nach den Gesetzen unseres Landes strafbar ist, einen anderen Menschen zu verletzen, geschweige denn umzubringen. Aber ich will Sie nicht weiter belästigen. Ich werde Sie persönlich aufsuchen und Ihnen erklären, was ich tun muss.

Es fiel mir nicht leicht, mir über die optimale Herangehensweise schlüssig zu werden. Zudem durfte der Brief nicht zu lang ausfallen, sonst musste ich den ganzen Tag Buchstaben ausschneiden und aufkleben. Das wiederum würde meinem Arbeitgeber nicht schmecken. Schließlich entschied ich mich für einen ganz alltäglichen und nicht weiter ausgefeilten Brief, der nichts Unsachliches, Fanatisches, Aufwühlendes, nichts Stilloses oder Persönliches an sich hatte:

Sehr geehrter Herr A. K.!
Mir ist bekannt, dass Sie in der Nacht zum Mittwoch im Hämeenpuisto Ihre Exfrau Annikki Koski ermordet haben. Sie sollen wissen, dass es einen Augenzeugen gibt, damit Sie sich nicht in falscher Sicherheit wiegen. Seien Sie offen für alles, denn wir werden uns bald begegnen.
Bis demnächst! Batman

Dieses *Bis demnächst! Batman* war natürlich ein bisschen abgeschmackt, doch um Antti aufzumuntern, wollte ich ihm signalisieren, dass die Situation nicht völlig aussichtslos war.

Ich schnitt die Buchstaben aus Illustrierten und Zeitungen aus und klebte sie auf einen Bogen Schreibmaschinenpapier. Auch Namen und Adresse setzte ich aus Zeitungsbuchstaben zusammen.

Dann ging ich zur Arbeit.

Unterwegs zog ich am Automaten Briefmarken. Ich klebte sie auf den Umschlag und warf den Brief ein. Eine Weile hatte ich mit dem Gedanken gespielt, ihn unfrankiert abzuschicken. Wenn Antti Nachporto zahlen musste, wäre die Wirkung noch effektiver gewesen. Doch man kann nie wissen – womöglich hätte er die Annahme verweigert.

Endlich war ich am Arbeitsplatz.

»Guten Morgen.«

»Morgen.«

»Morgen.«

»Morgen.«

Das gehört sich schließlich.

An sich leide ich nicht unter Konzentrationsschwäche, doch diesmal schweiften meine Gedanken immer wieder ab. Zur ersten Begegnung mit meinem Opfer. Natürlich musste ich ihn besuchen. Meine Mission bestand darin, seinen allmählichen Verfall zu beobachten. Ich konnte ja nicht wissen, dass er schlagartig zusammenbrechen würde, ohne Vorwarnung.

»Du siehst müde aus. Hast wohl eine wilde Nacht hinter dir«, meinte jemand.

»Nur Arbeit«, gab ich zurück. Da mir keine schlagfertige Antwort einfiel, musste ich mich im Wesentlichen an die Tatsachen halten.

Als ich vom Mittagessen zurückkam, wartete die Polizei auf mich. Aber ich hatte die Polizei meinerseits längst erwartet. Erste Runde unentschieden.

Der junge Streifenbeamte bat mich, ihn aufs Präsidium zu begleiten. Er sagte, es handle sich um eine wichtige Angelegenheit, gab aber keine weiteren Erklärungen ab. Natürlich ging ich mit. Ich konnte ja nicht wissen, was die Polizei von mir wollte.

Über die Polizeiarbeit bin ich kaum informiert. Deshalb

verspürte ich – vielleicht zu Unrecht – einen gewissen Stolz, weil der Kriminalkommissar persönlich mich vernahm. Er ist nämlich nicht irgendwer.

Der Kommissar saß an einem modernen Schreibtisch. Ich wurde in einen gar nicht mal so unbequemen Sessel ihm gegenüber dirigiert. Auf der linken Seite, an einem kleineren Tisch, saß ein Hauptmeister, der offenbar Protokoll führen sollte. Der Tisch passte überhaupt nicht zum übrigen Mobiliar. Vielleicht war er speziell für diese Vernehmung herangeschafft worden.

Der Kommissar fragte nach Namen, Anschrift und ähnlichen sachdienlichen Angaben zur Person.

Bevor er mit der eigentlichen Vernehmung begann, eröffnete ich das Gespräch mit der Frage: »Worum geht es eigentlich? Haben Sie meine kleine Chemiefabrik entdeckt?«

Der Kommissar schien etwas ganz anderes erwartet zu haben. Er musterte mich aus kalten, blaugrauen Augen.

»Meiner Ansicht nach besteht kein Anlass zu dummen Witzen«, sagte er. »Die Sache ist ernst und ich muss Sie bitten, nur zu sprechen, wenn Sie gefragt werden. Wir wollen Sie nicht unnötig belästigen. Sollten Sie sich jedoch quer stellen, können wir auch andere Saiten aufziehen. Es gibt genug Menschen, die die Polizeiarbeit behindern, da brauchen Sie sich nicht auch noch einzureihen.«

Ich fand seinen Sermon ziemlich pathetisch.

»Entschuldigen Sie, aber es interessiert mich eben, warum man mich herzitiert hat«, sagte ich lächelnd. »Sicher nicht zu einem Gespräch über die Probleme der Polizeiarbeit.«

Der Hauptmeister zur Linken konzentrierte sich auf seinen leeren Schreibblock. Ich sah dem Kommissar direkt in die Augen. Dennoch entging mir nicht, dass seine Fingerknöchel weiß wurden. Typischer Krimistil, weshalb ich es bei dieser kurzen Bemerkung belasse.

»Kennen Sie eine Annikki Koski?«, fragte der Kommissar.

»Eine Annikki Koski kenne ich. Genau genommen ist sie eine gute Freundin. Ich sehe sie fast täglich.« Das mit der Freundschaft war freilich ein wenig übertrieben.

»Haben Sie sie gestern gesehen?«

»Gestern? Nein. Ich sagte, *fast* jeden Tag.«

»Wann haben Sie sie zuletzt gesehen?«

»Am Sonntag.«

Ich antwortete schnell und ohne zu überlegen. Das schien den Kommissar zu wundern.

Er hob die Augenbrauen. Allerdings wirkte er eher wie ein Schauspieler, der Verblüffung mimt. Allem Anschein nach hatte er schon seit einer ganzen Weile Informationen ausgegraben.

»Daran erinnern Sie sich also auf Anhieb. Wo haben Sie sich getroffen?«

»Hören Sie mal, heute ist Mittwoch. Sonntag war vor drei Tagen. Selbstverständlich habe ich ein besseres Gedächtnis als Sankt Petrus. Wir haben uns in einem Lokal getroffen.«

»Tatsächlich?«

»Tatsächlich.«

»Und was haben Sie dort gemacht?«

»Es mag seltsam klingen, aber wir haben getrunken.«

Der Kommissar deutete meinen Tonfall richtig. Er war kein Dummkopf. Bei weitem nicht alle Polizisten sind dumm.

Seine nächste Frage überraschte mich:

»Sie wissen bereits, dass Annikki Koski tot ist? Sie wurde ermordet, um genau zu sein.«

»Ich weiß es, weil Sie es sagen. Die Polizei lügt bestimmt nicht«, erwiderte ich, wobei ich mich hütete, irgendwelche Gefühle zu zeigen. Ich fügte hinzu: »Beachten Sie meine vertrauensvolle Einstellung zu den Behörden.«

Meine Reaktion, oder besser gesagt ihr Ausbleiben, schien den Kommissar aus dem Konzept zu bringen. Ich spürte, dass er mich genau beobachtete. Er versuchte, mir etwas am Gesicht abzulesen. Allerdings verstand ich nicht, was er meiner Miene zu entnehmen hoffte. Sie gab nichts preis.

»Die Nachricht scheint sie nicht zu überraschen«, bemerkte er.

»Menschen sterben jeden Tag. Täglich kommen dutzende in den Konzentrationslagern in Chile oder der Sowjetunion ums Leben, hunderte oder tausende verhungern in Indien, Pakistan oder Äthiopien.«

»Wir sind hier nicht in Chile, Indien oder Pakistan. Und auch nicht ganz in der Sowjetunion. Wir sind in Finnland. Hier sterben nicht täglich hunderte oder tausende von Menschen. Jedenfalls nicht durch Folter, Hunger oder Rasiermesser.«

Ich weiß nicht, ob ihm die letzte Bemerkung versehentlich entschlüpft war, neige aber zu der Annahme, dass er sie absichtlich fallen ließ. Zweifellos hatte ich es mit einem erfahrenen Polizeibeamten zu tun.

»Sie wurde also mit einem Rasiermesser ermordet?«, fragte ich.

»Ja, oder mit einer ähnlichen Waffe.«

»Keine schöne Art zu sterben.«

»Wo waren Sie letzte Nacht zwischen ein und zwei Uhr?«

Bestimmt hatte er seine Methode lange geübt. Er merkte, dass ich erschrak. Was sollte ich antworten? Ich hatte kein Alibi. Ich war die ganze Zeit allein gewesen.

»Da war ich zu Hause. Allein.«

»Dann kann also niemand bestätigen, was Sie im fraglichen Zeitraum getan haben?«

»Nein. Aber ich war trotzdem zu Hause. Ich hatte viel Arbeit und habe bis spät in die Nacht daran gesessen.« Plötzlich merkte ich, dass ich viel zu weitschweifig wurde.

»Jemandem die Kehle aufzuschlitzen dauert nicht lange«, sagte der Kommissar.

»Eine ungehörige Bemerkung, Herr Kommissar. So etwas sollten Sie vermeiden.«

»Sie haben eine lehrerhafte Einstellung zum Leben.«

»Was Sie nicht sagen.«

Es machte mich wütend, dass er mich unverblümt bezichtigte, meine Freundin ermordet zu haben. Mir lag eine scharfe Bemerkung auf der Zunge, doch ich beherrschte mich. Feinde hatte ich schon genug.

Plötzlich stand der Kommissar auf, reichte mir die Hand und sagte: »Das genügt auch schon. Aber unternehmen Sie keine längeren Auslandsreisen, ohne uns zu informieren. Wir werden Sie möglicherweise noch brauchen.«

»Auf Wiedersehen, Herr Kommissar. Wenn Sie mich brauchen, wissen Sie mich wohl zu finden.«

»Mit Sicherheit«, erwiderte er trocken.

»Auf Wiedersehen, Herr Hauptmeister.«

»Auf Wiedersehen.«

Das war ein kurzes Verhör gewesen. Nichts Wesentliches war zur Sprache gekommen. Aber was kümmerte mich das. Ich musste jetzt den Mörder besuchen.

Fünf

»Hallo!«

Antti Koski stand seelenruhig an der Tür.

»Tag«, sagte ich.

Ich hatte im Aufzug Gelegenheit gehabt, die passende Miene aufzusetzen. Es war mühsam gewesen, denn ich hatte keine Erfahrung im Umgang mit Mördern. Ich beschloss, die emotionslose Maske beizubehalten, die ich schon auf dem Polizeipräsidium zur Schau getragen hatte. Dennoch hätte ich fast die Beherrschung verloren. Der Empfang war unerträglich kühl.

»Tritt näher«, sagte Antti Koski.

»Danke.« Wahrhaftig nicht originell.

Ich betrat die Wohnung, die ich bereits kannte, wie ich auch den Mann, die Möbel und den Geruch kannte. Ebenso vertraut war mir das riesige alte Klavier in der Wohnzimmerecke, das an Zeiten erinnerte, als geschmeidige Finger ihm Töne entlockten. Schubert, Bach, Chopin, egal.

»Ich habe endlich einen Abnehmer für das Erbstück gefunden«, sagte Antti, der meinen Blick bemerkt hatte.

»So? Und wer ist der Glückliche?«

»Du kennst ihn nicht. Jedenfalls ist er reich und verrückt genug, das alte Ding zu kaufen. Ich glaube, du würdest ihn gern kennen lernen. Er wäre genau dein Typ.«

»In puncto Verrücktheit oder Reichtum?«

»Er ist so reich, dass er dir gefallen würde, und verrückt genug, dich kennen lernen zu wollen.«

»Für deine Verhältnisse ganz schön witzig. Dass Annikki ermordet worden ist, scheint dir nicht viel auszumachen.«

Er sah aus, als habe er sich gerade an etwas erinnert.

Leise sagte er: »Deshalb bist du also hier.«

Es war eigentlich keine Frage.

»Was weißt du darüber?«, fuhr er mit müder, fast tonloser Stimme fort.

»Nicht unbedingt. Vielleicht finden wir einen anderen Anlass«, beantwortete ich die Frage, die keine war.

»Was weißt du darüber?«, fragte er erneut.

»So viel wie du.«

Er hatte sein Gesicht bestens unter Kontrolle. Wenn ich nicht gesehen hätte, wie er Annikki ermordete, hätte ich nicht erraten, was er dachte.

»Wie meinst du das?« Seine Stimme war schärfer geworden.

»Ich meine nur, dass ich heute zur Vernehmung musste. Also bist du vermutlich auch vernommen worden. Immerhin war sie bis vor einem halben Jahr noch mit dir verheiratet. Ich weiß, dass sie mit einem Rasiermesser ermordet wurde. Vermutlich. Eventuell hat der Mörder aber auch ein anderes scharfes Messer verwendet. – Hast du übrigens ein Rasiermesser?«

»Ich rasiere mich elektrisch«, sagte er und fügte einige Sekunden später hinzu, als sei ihm der Sinn meiner Worte erst jetzt aufgegangen: »Ich finde das absolut nicht witzig. Ja, die Polizei hat mich vernommen. Aber ich bin unschuldig.«

»Das sind wir doch alle.«

»Nein! Nicht alle sind unschuldig.«

Sein Gesichtsausdruck veränderte sich schlagartig. Er presste die Lippen zu einem dünnen Strich zusammen und ballte die Fäuste.

Ein guter Schauspieler, dachte ich.

»Was haben sie gesagt?«, erkundigte ich mich.

»Wer?«

»Idiot, die Polizisten natürlich. Was haben sie gesagt?«

»Nichts. Nur Fragen gestellt.«

»Haben sie keinen Verdacht?«

»Woher soll ich wissen, wen sie verdächtigen?«

»Natürlich, woher sollst du das wissen. Dich verdächtigen sie also nicht?«

»Mich? Warum denn?«

»Warum nicht? Du hast ein Motiv.«

»Ein Motiv?« Er sah mich überrascht an.

»Du bist anstrengend, wenn du dich dumm stellst. Weißt du nicht mehr, was vor einem halben Jahr passiert ist? Sie hat das Kind mitgenommen.«

»Das hat nichts mit der Sache zu tun. Und um das Kind hätte ich mich sowieso nicht kümmern können. Das habe ich nie gelernt.«

»Trotzdem wolltest du das Sorgerecht«, sagte ich verdrossen.

»Natürlich. Wir haben uns gestritten.«

»Warum habt ihr euch scheiden lassen?«

»Was für eine verrückte Frage. Du kennst die Antwort so gut wie ich«, erwiderte Antti. Er war wieder ruhiger geworden, wirkte aber streitsüchtig.

»Das war nur ein Vorwand. Ich habe nie daran geglaubt.«

»Was geht es dich überhaupt an?«

Mich packte die Wut. Ich war außer mir, was selten vorkommt. Mit schneidender Stimme sagte ich: »Ich habe ein Recht, es zu wissen. Es war verrückt von mir, auf deine Bitte einzugehen.«

»Selber schuld.«

Ich schwieg. Tatsächlich konnte ich nur mir selbst die Schuld geben.

»Warum sind alle so verdammt erpicht darauf, zu erfahren, was zwischen Annikki und mir war und ist? Schöne Freunde seid ihr!« Offenbar wollte Antti den Part des Angreifers übernehmen.

»Das Präsens ist überflüssig. Zwischen euch passiert nichts mehr. Aber natürlich interessiert uns, was sich im Leben unserer Freunde abspielt. Menschliche Anteilnahme nennt man das.«

»Menschliche Anteilnahme. Herrgott nochmal, diese Scheinheiligkeit! Neugier ist es, nichts weiter. Du willst bloß die Leere in deinem kleinen, geschlechtslosen, vom Whisky zerfressenen Leben ausfüllen. Alle sind darauf aus, einen Skandal zu entdecken.«

»Na und, ist das so schlimm?« Ich ignorierte die Anspielungen auf Whisky und Sex, um Antti zu ärgern. Ich wusste mehr als er, also konnte ich großzügig sein.

Seine Beherrschung war dahin. Er hatte sich nicht mehr so perfekt im Griff wie bei meiner Ankunft. Aber ich wollte noch mehr erfahren.

»Weißt du, Leute heiraten und lassen sich scheiden. Das ist heutzutage ganz üblich. Daran ist nichts Geheimnisvolles. Merkwürdig ist allenfalls, dass einige Ehen immer noch halten«, sagte Antti.

»Quatsch. Es gibt immer einen Grund. Immer.«

»Na schön. Ich hatte meine Gründe. Das muss dir genügen.«

Er lehnte sich im Sessel zurück und schloss die Augen. Allmählich schien er seine Selbstsicherheit zurückzugewinnen. Das war nicht gut. Ich bat ihn um einen Drink und bekam ihn, schwenkte das Glas in der Hand und sah zu, wie die Flüssigkeit bis an den Rand schwappte, aber nicht darüber hinaus. Ich sagte: »Du kannst mich nicht beleidigen. Aber ein wenig Sachlichkeit bitte ich mir doch aus. Du weißt, ich habe Annikki gut gekannt. Nur hatte unsere Freundschaft keine sexuelle Komponente.«

»Bestimmt nicht.«

Ebensogut hätte er »Würg« sagen können. Der Tonfall wäre derselbe gewesen.

Ich erhob mich von dem Sofa, auf dem ich soeben erstklassigen Kognak aus einem teuren Kristallschwenker getrunken hatte, und sah zum Fenster hinaus: Seeblick, alles in allem eine Seltenheit in unserer von Seen umgebenen Stadt. Doch schön war der See nicht; er war schwarz und vom Wind aufgewühlt. Dennoch hatte sich ein einsames Segelboot hinausgewagt. Es schien kurz vor dem Kentern zu stehen. Aber Segelboote kentern nie, wenn man zuschaut. Sie legen sich nur schräg. Ärgerlich.

Antti sah mich an. An seiner sportlichen Erscheinung nagte die Müdigkeit. Wir wussten beide, weshalb, aber nur ich wusste, dass wir es beide wussten. Morgen würde auch er wissen, dass jemand anders es wusste. Aber nicht, wer.

Freundlich war sein Blick nicht. Seltsamerweise entdeckte ich in seinen Augen eher Gram als Furcht, Unruhe oder Zweifel, eben die Gefühle eines Mannes, der gerade seine ehemalige Frau ermordet hat.

Unser Gespräch versiegte. Feindseligkeit war zwischen uns getreten. Dabei hasste ich ihn nicht, ich verachtete ihn lediglich. Der Hass musste von ihm ausgehen. Hatte ich mich schon verraten? Wäre es nicht angebracht gewesen, ein wenig freundschaftliche Anteilnahme zu zeigen? Hätte ich lauthals spekulieren sollen, welcher Psychopath Annikki die Kehle aufgeschlitzt hatte, statt den Mann zu bezichtigen, der fast ihr Ehemann war?

Antti hatte meine Gedanken offenbar gehört.

»Ich weiß, wie zynisch du bist«, sagte er. »Ich weiß auch, dass dir alle anderen Menschen egal sind, du denkst nur an dich. Trotzdem wundert es mich, dass du mich als Ersten verdächtigst.«

»Wieso als Ersten?«, gab ich zurück. Meine Frage war unsachlich und das sollte sie auch sein. Um Antti zu verwirren.

»Hast du schon andere bezichtigt? Dann bist du ja ganz schön beschäftigt gewesen. Hast du dich heute überhaupt schon am Arbeitsplatz blicken lassen?«

»Ich glaube nicht, dass ich dich bezichtigt habe. Weder dich noch irgendwen sonst. Du hast meine harmlosen Fragen missverstanden. Ich klage nie jemanden an, bevor ich nicht definitiv weiß, dass er schuldig ist.« Mit dem letzten Satz war ich außerordentlich zufrieden, doch leider machte er auf Antti keinen Eindruck. Ich fügte noch hinzu: »Außerdem bin ich nicht zynisch. Die Menschen neigen dazu, Skepsis und Zynismus miteinander zu verwechseln.«

So weit meine kleine Rede.

»Wärst du, Antti, bitte so gut, mir noch einen Kognak einzuschenken?«, bat ich mit einer effektvollen Pause bei jedem Komma.

Er trat an den Schrank. Die goldbraune Flüssigkeit rann in das bauchige Glas. Ich schwenkte es nachdenklich. Dann blickte ich Antti direkt in die Augen, sah aber immer noch keine Angst oder Unsicherheit. Nur Trauer. Warum?

»Was grämt dich?«, fragte ich.

»Komische Frage.«

Ich wartete darauf, dass er weitersprach, doch er saß stumm am anderen Ende des Sofas, goss sich Kognak ein und schien nicht die Absicht zu haben, seine Bemerkung zu erläutern.

Also musste ich ihn weiter provozieren: »Wieso komische Frage?«

»Eine sehr ...«, stotterte er. »Eine sehr gute Freundin, meine ehemalige Lebensgefährtin, ist ermordet worden, und du fragst, worüber ich mich gräme.«

Pathetisch war er auch noch. Lebensgefährtin! Was für ein Wort.

Er hätte Schauspieler werden sollen. Fast hörte ich es klirren, als er seinen Schwenker mit zitternden Händen auf den Glastisch stellte. Doch das bildete ich mir wohl nur ein.

Ich schaute mich um. Anttis Wohnung war schön, wie es die Wohnungen reicher Leute eben sind, aber die persönliche Note fehlte. Alles war genau so, wie es sein sollte: Glastisch mit Messingbeinen zu 700 Mark, Ecksofa mit hoher Lehne und Lederbezug, 8000 Mark Rabattpreis, Ölgemälde, ein auf anderthalb Meter, 5000 Mark, Farbfernseher mit Gestell, 4000 Mark, Stereoanlage sage und schreibe lackiert, mit Plattenspieler und Kassettendeck, insgesamt um die 7000 Mark, vielleicht auch mehr, Barschrank oder eher kleine Bartheke mit einem Hocker (einsamer Trinker?), Inhalt wer weiß wie teuer, und natürlich noch anderes, wie zum Beispiel der Teppichboden, dessen Preis ich nicht schätzen konnte, sowie allerhand weiteres Mobiliar, Tisch, Stühle und ein Bücherregal, nicht lackiert, sondern in klassischem Teak, die Bücher ledergebunden, also teuer. (Allerdings wusste ich, dass das Bücherregal nur zur Dekoration diente; im Arbeitszimmer stand ein zweites, in dem die wirklich gelesenen Bücher aufbewahrt wurden.)

Wie reich war Antti Koski eigentlich? Aber was ging mich das an. Ich hatte nicht vor, ihn zu erpressen.

»Ich dachte, du hättest vielleicht einen anderen Grund, dich zu grämen. Jetzt bist du Annikki doch endgültig los, warum solltest du dir wegen ihr noch graue Haare wachsen lassen? Außerdem weißt du so gut wie ich, dass sie so ziemlich der unfreundlichste Mensch auf der ganzen Welt war und niemand sie wirklich vermissen wird. Außer dem Jungen natürlich. Ihn hat sie offenbar menschlich behandelt, oder?«

»Du irrst dich. Und wie du dich irrst.«

Antti war aufgestanden. Er schwankte, als wäre er betrunken. Was er nicht war.

»Ich muss es schließlich wissen. Du liegst falsch. Vollkommen falsch. Du hast keine Menschenkenntnis.«

Allmählich hatte ich genug von dem Ganzen. Ich würde am nächsten Tag wieder vorbeischauen. Nachdem die Post da war.

Aber ich wollte noch einmal auf Annikki zurückkommen, noch etwas über den Mord sagen.

»Weißt du, wer Annikki umgebracht hat?«

»Woher sollte ich das wissen?«

»Haben die Polizisten wirklich nichts gesagt? Keinen Verdacht geäußert?«

»Sprichst du schon wieder von mir?«

»Haben sie dich verdächtigt? Man sieht es dir doch an.«

»Wohl kaum.«

»Wieso nicht?«

Antti sah mich lange an. Er lächelte und sagte: »Ich habe ein so genanntes wasserdichtes Alibi. Und du?«

Sechs

Als ich am nächsten Morgen erwachte, war ich ausgeruht, aber auch nervös. Das Spiel, das ich mir ausgedacht hatte, fing gerade erst an, und ich kannte Antti vielleicht doch nicht gut genug, um seine Reaktionen mit letzter Sicherheit vorauszusehen.

Ich nahm die Zeitung zur Hand und stellte fest, dass der Mord mit zweispaltiger Schlagzeile auf der ersten Seite gebracht wurde. In dicken Buchstaben, groß und schwarz. Der Bericht enthielt nichts, was ich nicht bereits wusste. Die Kommentare der Polizei waren vage wie immer. Von den Angehörigen des Opfers hatten die Reporter keinerlei Stellungnahme erhalten.

Ich ging mit der Zeitung in die Küche und bereitete das Frühstück zu: Drei-Minuten-Ei, Toast, Orangensaft, Jogurt und Kaffee. Beim Essen las ich den Artikel noch zweimal.

Die Sonne hatte sich hervorgewagt, was ich, ohne im Geringsten abergläubisch zu sein (ich lese nicht einmal Horoskope), als gutes Omen deutete.

Der Vorabend war einigermaßen amüsant gewesen. Ein Problem war aufgetaucht: Antti behauptete, ein so genanntes wasserdichtes Alibi zu haben. Es gab also zwei Möglichkeiten: Entweder hatte ich mich geirrt oder er hatte es geschafft, sein Alibi wasserdicht erscheinen zu lassen. Da ich an meinem Verstand noch nie gezweifelt habe, können Sie sich denken, zu welchem Schluss ich kam. Doch veranlasste mich die Situation, mir über Anttis Geisteszustand Gedanken zu machen. Wenn er sich tatsächlich ein Alibi verschafft hatte, war er gerissen; andererseits zeugte die Tat an sich nicht unbedingt von überragender Intelligenz. Fazit: Antti Koski ist verrückt.

Doch meine Pläne mussten verwirklicht werden. Ich hatte einen freien Tag. Und freie Tage darf man nicht vergeuden.

Auch Antti wollte zu Hause bleiben, »bis die Sache geklärt ist«, wie er selbstsicher gesagt hatte.

Also hatten wir beide frei. Warum sollten wir nicht miteinander plaudern? Dank der Post hatten wir vielleicht ein Gesprächsthema.

Die Oktobersonne kann mitunter ziemlich warm sein. Und diesmal war sie es. Ich fühlte mich plötzlich schlapp und wäre am liebsten zu Hause geblieben, doch das Pflichtgefühl trieb mich zu Antti. Ich sah auf die Uhr. Halb elf. Der Postbote war sicher schon da gewesen.

Es war kein weiter Weg. Den Wagen zu nehmen lohnte sich nicht, außerdem ging ich gern zu Fuß durch die Stadt. Zuerst durch den Park, dann auf die Hämeenkatu. Der Vormittagsverkehr floss gleichmäßig vorbei. Widerliche Typen, wer weiß, wohin sie in ihren kleinen roten japanischen Autos fuhren. Wahrscheinlich zum Schäferstündchen in der Kaffeepause, dem einzigen kleinen Moment, in dem sie nicht mit Kontrollanrufen ihrer Ehefrauen zu rechnen brauchten. Sie schienen es sehr eilig zu haben. Vielleicht pochte etwas Hartes ungeduldig an den unteren Rand des Lenkrads. Als ein roter und ein gelber Pkw zusammenstießen, jubilierte ich insgeheim. Wieder ein gutes Omen???

Ich betrachtete die Schaufenster. Delikatessen, Elektroherde, Plastikschüsseln. Im Schaukasten des Kinos auf der anderen Straßenseite lächelte das schöne Gesicht von Emanuelle Nummer zwei. Bücher; ich blieb stehen. Uhren und Ringe; ich blieb wieder stehen. Pelze; zum dritten Mal blieb ich stehen, aber nur um nachzusehen, ob der deutschsprachige Text auf dem Schild im Schaufenster immer noch falsch geschrieben war. War er.

Auf dem Markt blieb ich stehen, um die Gerüche aufzunehmen; Kohlendioxid und Blei, die natürlichsten Aromen unserer Epoche, vermischt mit Rauch und einem kleinen Quantum Sauerstoff. Auf der Brücke sah ich eine alte Frau hinfallen und dachte einen Moment lang an mich selbst und das Älterwerden. Die Kombination erschien mir unnatürlich.

Dann drückte ich auch schon auf die Klingel.

Antti öffnete mir, korrekt gekleidet wie immer. Das Ebenbild des Gentleman in schreiendem Grau: gerade Haltung, akkurat gescheiteltes Haar, das Gesicht bis auf den letzten Stoppel glatt rasiert, abgesehen natürlich von dem Schnurrbart, den er sich seit zwei Monaten stehen ließ. Allerdings bewegte er sich langsam, als müsste er, bevor er sich an einen Bewegungsablauf wagte, jedes Mal im Voraus abschätzen, ob er ihn auch ausführen konnte. Vorsichtig war er (fast) immer gewesen.

Er begrüßte mich mit einer klassischen Wendung: »Hallo! Du bist es?«

»Hallo. Ich bin's«, antwortete ich ohne den geringsten spöttischen Beiklang. »Ich hatte doch versprochen zu kommen. Erinnerst du dich nicht?«

»Hier ist alles ziemlich durcheinander«, sagte er, weiterhin auf der klassischen Filmschiene.

»Was ist, lässt du mich rein oder reden wir im Treppenhaus?«

»Entschuldige. Tritt näher.«

Verdammt nochmal, ich wusste, dass er sich auch noch entschuldigen würde.

Ich zog den Mantel aus und hängte ihn an die Garderobe. An der Stange baumelte ein Dutzend identischer schwarzer Bügel.

»Welche Tankstelle verteilt die denn?«, fragte ich. »*Tanken Sie bei uns – pro Tankfüllung einen Bügel umsonst,* wie?«

»Die sind aus dem Kaufhaus«, gab er trocken zurück. »Wo drückt dich der Schuh?«

Ich marschierte unbekümmert ins Wohnzimmer und setzte mich. Was sollte mich wohl drücken. Und dich?, hätte ich gern gefragt. Tat ich aber nicht.

»Na, was gibt's Neues?«, erkundigte ich mich stattdessen.

»Eigentlich nichts.«

»War die Polizei nochmal bei dir? Haben sie neue Erkenntnisse?«

»Hier waren sie nicht. Aber ich bin selbst aufs Präsidium gegangen. Irgendwie bin ich ja doch in die Sache verwickelt, deshalb wollte ich wissen, ob die Ermittlungen vorangehen.«

Verwickelt ist gut, dachte ich, sagte aber: »Und, gehen sie?«

»Nein. Jedenfalls haben die Beamten mir nichts gesagt. Sie sagen nie etwas, bevor sie einem die Handschellen angelegt haben.«

Ich hatte Durst und bat Antti um ein Bier. Beinahe wäre ich mit der Frage herausgeplatzt, ob er heute interessante Post bekommen habe. Doch das Bier war gut, sodass ich einfach sagen konnte: »Gutes Bier.« Dabei hoffte ich, er würde bald von selbst zur Sache kommen.

Er zündete sich eine Zigarette an. Ich beobachtete ihn. Eilig schien er es nicht zu haben. Aber ich hatte ja auch keine Eile, ich war nur ungeduldig. Am besten versuchte ich, mich auf Umwegen an das Thema heranzupirschen. Also fragte ich: »Und der Junge? Wirst du ihn jetzt zu dir nehmen?«

»Ich weiß nicht. Wahrscheinlich. In gewissem Sinne gehört er ja mir.«

»In gewissem Sinn?« Offenbar hatten diese Worte irgendeine verborgene Bedeutung. Immerhin sprachen wir von seinem Sohn.

»Na ja. Das Gericht hat ihn seiner Mutter zugesprochen. Vermutlich erbe ich ihn jetzt.«

»Sagte der Doktor der Jurisprudenz«, spottete ich. Er musste doch wissen, dass er Anspruch auf den Jungen hatte.

Bisher war es mir nicht in den Sinn gekommen, mich über die Unwahrscheinlichkeit der ganzen Geschichte zu wundern. Aber ich bin auch nicht wie andere. Für mich bedeutet unwahrscheinlich nicht dasselbe wie unmöglich. Und ich weiß, dass nichts unmöglich ist. Die meisten Menschen sind so beschränkt, alles, was nicht alltäglich ist, für unmöglich zu halten. Anttis Tat war dumm; sie war sogar unglaublich, aber nie und nimmer unmöglich.

Jetzt wunderte ich mich. Antti redete so merkwürdig. War er verrückt? Ganz offensichtlich hatte er mit Vorbedacht gehandelt. Aber wie kann man so dumm sein, jemanden auf offener Straße umzubringen? Ein vernünftiger Mensch wählt einen halbwegs geschützten Ort, wenn er einem anderen nach dem Leben trachtet. Und ich hatte Antti immer für vernünftig gehalten. Können Verrücktheit und Dummheit das Ablenkungsmanöver eines intelligenten Menschen sein?

Allmählich begann ich, an der Zuverlässigkeit meiner Sinne zu zweifeln. Ich hatte die Frau richtig erkannt, denn sie war tatsächlich tot und die Polizei suchte ihren Mörder. Aber hatte ich den richtigen Mann gesehen? In der fraglichen Nacht war ich davon überzeugt gewesen. Ich hatte seine Stimme und sein Äußeres erkannt. Konnte irgendwer Antti Koski so ähnlich sehen, dass ich mich täuschen ließ, obwohl ich ihn seit Jahren kannte?

Als ich diese Möglichkeit erwog, erschien sie mir nicht weniger abwegig als die Alternative, dass Antti Koski seine Exfrau auf offener Straße umgebracht hatte. Aber unmöglich war auch sie nicht. Ich wusste nicht weiter.

Anttis Verhalten und seine Worte verstärkten meinen Verdacht, dass er nicht ganz bei Verstand war und dass meine Sinne doch funktioniert hatten. So wie er redete kein intelligenter Mensch.

Es gab nur einen Weg: Ich musste ihm ein Geständnis entlocken. Notfalls ein indirektes, aber möglichst bald.

»Was für ein Mensch war Annikki eigentlich?«, fragte ich,

nur um etwas zu sagen. Über Annikkis Charakter hätte ich nämlich mühelos einen einstündigen Vortrag halten können. Ich hatte sie gut gekannt. Andererseits hatte Antti sie noch besser gekannt.

»Letzten Endes hast du nicht viel von ihr gewusst«, erwiderte Antti. »Ich glaube, niemand kannte sie wirklich. Ich habe sie geliebt. Und natürlich auch gehasst. Die meisten hielten sie für kalt. Aber so war sie nicht immer. Als wir uns kennen lernten, war sie eine junge Frau, die konsequent auf ihr Ziel hinarbeitete. Zynismus und Groll kamen erst später und sie hatten ihren Grund weder in ihrem Beruf noch in meiner Person. Die Gründe lagen ganz woanders. Trotzdem war sie ein liebevoller, warmherziger Mensch. Ich glaube, ich war der Einzige, dem sie sich je offenbart hat. Sie war nicht viel jünger und auch nicht wesentlich anders als ich.«

»Erzähl mir lieber etwas, was ich noch nicht weiß«, sagte ich, obwohl ich ihm sein idealisierendes Gerede nicht abnahm. »Zum Beispiel, warum ihr euch getrennt habt.«

»Wir passten nicht zueinander.«

»Red keinen Quatsch. Niemand passt je zu einem anderen. Ich will den wahren Grund hören.«

»Das glaub ich dir aufs Wort, aber von mir erfährst du nicht mehr.«

»Du kannst niemanden mehr verletzen, indem du es mir erzählst. Allenfalls dich selbst. Hat die Scheidung deinem Ruf geschadet?«

Ich versuchte, ihn zu provozieren. Wut ist ein fruchtbarer Boden für Geständnisse.

»Nein, ich würde niemanden verletzen, aber es macht mir einfach Spaß, die allgemeine Neugier unbefriedigt zu lassen.«

»Aha, der Herr gibt sich arrogant. ›Ich habe ein Geheimnis, das ich niemandem verrate.‹ Von dir hätte ich wirklich etwas Besseres erwartet. Kommst du dir nicht selber kindisch vor?«

»Du versuchst mich in Rage zu bringen, aber das wird dir nicht gelingen. Das hat noch niemand geschafft.«

»Gar niemand?«

Sie wissen, woran ich in dem Moment dachte. Eine tollkühne Bemerkung? Kaum, denn ich glaube wirklich nicht, dass Antti wütend war, als er seiner Exfrau die Kehle aufschlitzte. Er war verrückt.

»Wie meinst du das?«

»Ich meine lediglich, dass Ehescheidungen, die vor Gericht ausgefochten werden, nicht ohne ein gewisses Maß an Wut ablaufen«, sagte ich, obwohl ich etwas ganz anderes gemeint hatte. Ich machte einen Rückzieher. Aus Feigheit?

»Du meinst, ich sei wirklich wütend auf Annikki gewesen?«

»Du hast es erfasst.«

»Und in meiner Wut hätte ich sie lieber getötet als mein Vermögen mit ihr zu teilen?«

»Das habe ich nicht gesagt.«

»Aber gedacht.«

»Ich muss gestehen, dass mir der Gedanke durch den Kopf geschossen ist.«

»Also weißt du, du spinnst ja. Andauernd kommst du mit dieser fixen Idee, ich hätte Annikki ermordet.«

»Immerhin hast du vor Gericht um das Kind gekämpft. Ihr hattet Streit deswegen.«

»So ist es bei Scheidungen nun mal. Es hätte unnatürlich gewirkt, wenn ich widerspruchslos auf alles verzichtet hätte.«

»Warum musste es denn natürlich wirken? Oder bist du Egoist aus Prinzip?«

»Ich bin ein egoistischer Mensch. Aber auch ein Mensch, der seine Bequemlichkeit liebt. Mord bringt nur Ärger. Ständig wird man ausgefragt. Die Polizei steht bestimmt auch bald wieder vor der Tür.«

»Du bist nicht gerade logisch. Ärger hast du jetzt sowieso, auch wenn du sie, wie du behauptest, nicht ermordet hast.«

»Wenn hier jemand unlogisch ist, dann du. Ich habe lediglich gesagt, ich hätte mich nie absichtlich in diese Bredouille gebracht. Dass jemand anders es getan hat, kann ich nicht ändern. Trotzdem halten mich einige offenbar für den Hauptverdächtigen.«

Er stand auf. Ein großer, schlaksiger Mann, der nur für sich selbst lebte, was er mit seiner Tat ultimativ bewiesen hatte. Oder nicht?

»Wen meinst du?«, fragte ich.

Und ehe ich mich versah, waren wir beim eigentlichen Thema.

»Allem Anschein nach gehörst du dazu. Und dann gibt es mindestens noch einen.«

»Wen?«

»Das weiß ich nicht.«

»Du sprichst in Rätseln.«

»Und du zitierst aus einem Unterhaltungsroman oder einer Fernsehserie.«

Ich schwieg. Ich wartete und wusste, dass er gleich von dem Brief sprechen würde.

Meine Geduld wurde belohnt.

»Heute war ein Brief in der Post, in dem behauptet wird, ich hätte meine geschiedene Frau Annikki Koski ermordet. Der Absender schreibt, er werde mich besuchen. Bisher hat er sich allerdings noch nicht blicken lassen.«

Vielleicht bildete ich es mir nur ein, aber mir schien, als ob Antti lächelte.

»Zeig mal her«, sagte ich und gab mir Mühe, meine Aufregung zu verbergen.

Antti verließ das Wohnzimmer. Er sah müde aus. Er ging in den Raum, von dem ich wusste, dass es sein Arbeitszimmer war, und kam gleich wieder zurück, den mir bekannten Brief in der Hand. Er hielt ihn mir hin.

Ich überflog den Text. Plötzlich war ich unsicher, ob ich

verwundert den Kopf schütteln, laut lachen oder irgendwelche Aktionen vorschlagen sollte. Oder den Brief vielleicht nur ganz allgemein kommentieren. Also startete ich eine ganze Serie von Reaktionen, indem ich als Erstes lachte und dann sagte: »Humor scheint er jedenfalls zu haben.«

»Du hast eine seltsame Vorstellung von Humor.«

»Ich meinte diese Batman-Sache.«

»Ich weiß, was du meinst.«

»Hast du irgendeine Ahnung, wer dahinterstecken könnte? Auf jeden Fall muss er ein Krimifan sein, sonst wäre er sicher nicht auf die Idee gekommen, die Buchstaben aus der Zeitung auszuschneiden. Ob man ihn wohl damit aufspüren kann?«

»Nein. Und wahrscheinlich nicht«, beantwortete Antti beide Fragen auf einmal.

»Das Ganze klingt ziemlich melodramatisch. Was wirst du mit dem Wisch tun?«

»Das weiß ich noch nicht. Vielleicht sollte ich ihn gleich zur Polizei bringen, aber ich glaube, ich warte lieber ab, ob noch mehr kommen.«

»Meiner Meinung nach solltest du dich sofort an die Polizei wenden«, sagte ich scheinheilig und hoffte, er würde die Sache nicht verpfuschen, indem er meinem Rat folgte.

»Vielleicht hast du Recht.«

»Andererseits wäre es womöglich besser, die Angelegenheit selbst aufzuklären.«

»Weißt du, es ist verdammt aufreibend, derartige Briefe zu bekommen. So was ist doch krankhaft!«

Das werde ich mir merken, dachte ich. Ein Mann, an dessen geistiger Gesundheit ich mit Fug und Recht zweifeln durfte, nahm einen einzigen Brief zum Anlass, von krankhaftem Verhalten zu sprechen. Er würde weitere Briefe bekommen, das stand jetzt schon fest.

»Dann musst du krankhafte Bekannte haben. Ein Wildfremder hat dir den Brief bestimmt nicht geschickt«, sagte ich.

»Da bin ich mir keineswegs sicher. Der Name des Opfers stand schon in der Zeitung. Es ist nicht schwer, mich mit Annikki in Verbindung zu bringen.«

Er redete wirr, das stand fest.

»In diesem Fall darfst du mit dem Service der finnischen Post wirklich zufrieden sein. Der Mord wurde erst heute früh in den Zeitungen erwähnt und schon am selben Morgen bringt dir die Post einen Brief, in dem du als Mörder bezeichnet wirst. Eine reife Leistung, findest du nicht?«

»Im *Abendblatt* stand schon gestern eine kurze Notiz. Ist sie dir etwa entgangen?«

»Im Gegenteil, ich habe sie aufmerksam gelesen. Annikkis Name wurde nicht erwähnt. Vielleicht hatte die Polizei sie noch nicht identifiziert oder wollte ihre Identität noch nicht preisgeben. Wenn jemand dich mit einem Mord in Verbindung bringt, bevor das Opfer namentlich bekannt ist, hast du wahrhaftig einen schlimmen Ruf.«

»Vielleicht wurde ihr Name gestern Abend im Radio oder im Fernsehen genannt.«

»Das entzieht sich meiner Kenntnis. Allerdings berichten die Fernsehnachrichten selten über derart alltägliche Vorkommnisse.«

»Aber du musst doch zugeben, dass es sich um einen besonderen Fall handelt. Annikki war schließlich nicht irgendeine Obdachlose oder Schnapsdrossel. Eher eine nationale Berühmtheit.«

»Annikkis Ruhm dürfte inzwischen etwas verblasst sein. Aber vielleicht hast du Recht. Mag sein, dass im Fernsehen oder Radio darüber berichtet wurde. Selbst dann wäre die Post erstaunlich schnell gewesen, und der Schreiber auch. Stell dir vor, er sieht die Spätnachrichten, beschließt daraufhin, dir einen Brief zu schicken, schneidet mit Riesenaufwand Buchstaben aus und klebt sie auf, bringt den Brief zur Post, und schon am nächsten Morgen kriegst du ihn. Ehrlich, ich werde nie wieder behaupten, die finnische Post sei unzuverlässig, ineffektiv und langsam.«

Antti versuchte verzweifelt, sich einzureden, dass ihn niemand gesehen hatte. Meine Aufgabe war es, ihm diese Illusion zu nehmen.

Ich gab ihm den Brief zurück, stand auf und erklärte, ich müsse jetzt gehen.

Er starrte verwundert auf den Bogen, als sähe er ihn zum ersten Mal, faltete ihn vorsichtig zusammen, als handle es sich um das Original von Paulus' Depesche an die Korinther, steckte ihn in den Umschlag und trug das Ganze in sein Arbeitszimmer.

Als er zurückkam, stand ich schon im Mantel bereit und wartete auf die letzte Bitte des Verurteilten.

»Sag vorläufig keinem etwas davon. Außer dir weiß niemand von dem Brief und ich brauche ein wenig Bedenkzeit, bevor ich mich entscheide, was ich damit mache.«

Ich korrigierte ihn sorgfältig: »Außer mir, dir und dem Absender weiß niemand von dem Brief.« Ich sah ihn an, wusste seinen Gesichtsausdruck jedoch nicht zu deuten. Lächelte er etwa wieder? »Na gut, ich bewahre Stillschweigen. Eigentlich geht es mich ja auch nichts an.«

Aus irgendeinem Grund lachte Antti plötzlich, laut, schallend, fast ausgelassen. Er fasste mich an der Schulter und brachte mich zur Tür.

Die Tür war längst ins Schloss gefallen, als das Lachen verstummte. Kein Zweifel, Antti verlor allmählich die Nerven. Sein irres Gelächter war der Beweis. Aber ich würde höchstpersönlich dafür sorgen, dass er endgültig dem Wahnsinn verfiel. Er schien sich über mich lustig zu machen und das mochte ich überhaupt nicht.

Es war ein Uhr. Die Sonne schien immer noch. Dennoch

boten die Passanten auf der Hämeenkatu einen herbstlichen Anblick. Sie trugen Popelinemäntel, die Männer hatten Hüte auf und die meisten Frauen hatten ihre Sommerkleider gegen lange Hosen ausgetauscht. Grau war die dominierende Farbe, außer an den Bäumen, die sich in Gelb und Rot gewandet hatten. Aber die Straße war so blau vom Rauch wie im Sommer, Frühling oder Winter.

Ich machte einen Umweg über die Ratina-Brücke, denn für solche kleinen Abschweifungen hat Gott genug Zeit geschaffen. Gleichzeitig gab mir der kurze Spaziergang Gelegenheit, über meinen nächsten Schritt nachzudenken. Die Fragen lauteten *Was* und *Wie. Warum* war längst klar: Ich hatte das Recht, selbst zu bestimmen, was ich tat.

Die Tuchfabrik stand immer noch an ihrem Platz. Von mir aus sollte sie.

Als ich nach Hause kam, war ich plötzlich furchtbar müde und verschlief den ganzen Nachmittag.

Am Abend schrieb ich den nächsten Brief.

Sieben

Als ich um sechs Uhr abends erwachte, hatte ich das Gefühl, mir wären vier Stunden gestohlen worden. Ich hatte den ganzen Tag nichts gegessen, abgesehen vom Frühstück, das ich nie auslasse – nicht einmal wenn ich einen Kater habe.

Einen Kater. Tatsächlich fühlte ich mich leicht verkatert. Ich hatte einen faulen Geschmack im Mund und war irgendwie daneben. Verdammt nochmal, wenn ich von einem einzigen Bier einen Brummschädel kriege, schwöre ich dem Alkohol ab. So etwas verspricht sich leicht.

Ich lag immer noch im Bett, obwohl ich wusste, dass ich für den nächsten Tag einen Gruß an meinen lieben Freund Antti Koski vorbereiten musste. Von allein kam der Brief nicht zu Stande. Also begann ich, mich zu motivieren. Ich stand auf, ging ins Bad und sagte zu der Fratze im Spiegel: Wenn du nicht sofort anfängst, den Brief zu schreiben, bring ich dich um.

Mein Spiegelbild verzog keine Miene, schien jedoch spöttisch zu lächeln.

Ich machte einen neuen Versuch: Wenn du jetzt sofort einen Brief aufsetzt, spendiere ich dir ein Essen im besten Restaurant der Stadt.

Das hört sich schon besser an, schien das Spiegelbild zu sagen. Aber es feilschte noch: Und was gibt es zu trinken?

Rotwein zum Filetsteak – meinetwegen eine ganze Flasche. Nach dem Essen ein Kännchen Kaffee und sechs Kognak.

Es war immer noch nicht zufrieden: Ein Aperitif gehört doch wohl auch dazu.

Von mir aus. Gin Tonic vorweg. Und wenn du danach noch stehen kannst, kriegst du in irgendeiner Bar noch einen Schlummertrunk.

Chivas Regal?, fragte das Spiegelbild siegessicher.

Chivas Regal oder Dimple oder meinetwegen sogar Martell Cordon Bleu, verdammt!

Jetzt trumpfte es auf: Ich kriege doch sowieso schon sechs Glas Cordon Bleu.

Allmählich wurde ich wütend: Fängst du endlich an oder vergessen wir die ganze Sache?

Das war natürlich gemein, aber es wirkte. Der Brief musste geschrieben werden, und zwar bald. Wenn nicht wegen der Post, dann wenigstens damit ich endlich etwas in den Magen bekam. Am nächsten Tag musste ich wieder arbeiten und Berufstätigkeit wirkt sich bekanntlich störend auf alle Arten von Freizeitbeschäftigungen aus. Wie zum Beispiel auf Saufen, ausgedehntes Schlemmen und Nachmittagsficks.

Ich habe eine ganz nette Wohnung, drei Zimmer, Küche,

Bad. Reich bin ich nicht, aber ich möchte bequem und nicht zu beengt wohnen. Das dritte Zimmer ist mein Arbeitszimmer. Dorthin schritt ich nun würdevoll, nachdem ich mein Spiegelbild überzeugt hatte.

Ich setzte mich an die Schreibmaschine und begann, die Nachricht zu entwerfen, die Antti Koski am nächsten Morgen mit zitternden Fingern aus dem Umschlag ziehen sollte.

Da ich meine Fantasie nicht bemühen musste (ich hatte ja alles gesehen), brachte ich innerhalb einer halben Stunde die folgende Epistel zu Stande:

Sehr geehrter Herr A. K.,
eventuell sind Sie noch nicht restlos davon überzeugt, dass ich tatsächlich über die dunklere Seite Ihrer Seele im Bilde bin. Deshalb gestatten Sie mir die folgenden Ausführungen: Sie waren am Mittwoch um 01.40 Uhr mit Ihrer ehemaligen Gattin bei dem Gebäude Hämeenpuisto Nr. 5. Sie sagten u. a.: »Dann müssen wir uns jetzt Adieu sagen.« Ihre ehemalige Gattin sagte u. a.: »Es bleibt uns nichts anderes übrig.« Den genauen Wortlaut kann ich nicht beschwören, aber inhaltlich habe ich die Zitate korrekt wiedergegeben. (Anm. für mich selbst: Natürlich war ich mir auch in puncto Wortlaut sicher; beinahe hatte ich die Sätze noch im Ohr.) Das Gespräch ging danach weiter, wie es auch bereits vor den zitierten Äußerungen begonnen hatte, im selben Tonfall. Nachdem Sie also die Bestätigung erhalten hatten, dass Ihre geschiedene Frau nicht von ihrem Entschluss (was auch immer er betraf – ich denke, das werde ich herausfinden) abrücken wollte, schnitten Sie ihr sozusagen die Luft ab. Damit meine Metapher Sie nicht in Verwirrung stürzt, möchte ich ergänzend hinzufügen, dass Sie hinter Ihrer bezaubernden Exfrau Annikki Koski standen und ihr mit der rechten Hand die Kehle aufschlitzten. (Kennen Sie die Redewendung ›bluten wie ein

Schwein‹?) Da es dunkel war, konnte ich die Tatwaffe nicht genau erkennen, aber wenn es kein Rasiermesser war, muss es ein anderes Messer mit ausgesprochen scharfer Klinge gewesen sein. Es drang ein wie in Butter, wie man so schön sagt. Danach verließen Sie in gemächlichem Tempo den Tatort. Nach einer Weile beschleunigten Sie Ihre Schritte, ohne jedoch ins Laufen zu verfallen. Falls Sie auch nach diesem Brief noch nicht glauben, dass ich vieles über diese Nacht, über diesen Mord an sich weiß, auch wenn mir die Motive (noch) unklar sind, erzähle ich Ihnen im nächsten Schreiben, wie Sie gekleidet waren und was Ihre ehemalige Frau trug. Diesmal habe ich dazu keine Zeit, denn ich bin hungrig und werde jetzt essen gehen. Wer weiß, vielleicht begegnen wir uns heute Abend in irgendeinem Restaurant. Oh, Pardon, Sie können ja nicht wissen, wer ich bin, und außerdem ist heute für Sie gestern, denn Sie werden diesen Brief erst morgen erhalten.

Dennoch beste Grüße, Batman.

Der Brief war in einem etwas gewundenen Stil gehalten, voller leerer Floskeln. Er war unverhohlen zynisch, strotzte von geschmacklosen Vergleichen und unsäglicher Schwafelei. Mit anderen Worten: ein gelungener Brief.

Doch nun stand ich vor einem neuen Problem: Mein erster Brief hatte nur eine kurze Nachricht enthalten, wie eine Ansichtskarte von einem Palmenstrand; der zweite war eine ganze Schreibmaschinenseite lang. Ich würde die ganze Nacht mit Schneiden und Kleben vertun und hätte keine Zeit für das versprochene Dinner.

Ich bin von Natur aus faul. Ohne formellen Beschluss ging ich daran, den Brief noch einmal sauber abzutippen. Ich tippte konzentriert und machte keinen einzigen Fehler. Nach zwanzig Minuten (wie gesagt, ich arbeitete sorgfältig) war der Brief fertig. Wort für Wort identisch mit dem Konzept, mit Ausnahme einer Bemerkung, die ich für mich selbst geschrieben hatte, um meine Stimmung aufzuhellen.

Ich bin gut. In exakt siebenundzwanzig Sekunden hatte ich mich zu der Überzeugung gebracht, dass keine Gefahr bestand. Offenbar kann ich mir absolut alles einreden. Ich dachte im Stakkato: Wenn Antti den ersten Brief nicht zur Polizei gebracht hatte, würde er es auch mit dem zweiten nicht tun. Wenn die Polizei den Brief nicht zu Gesicht bekam, würde niemand nach der Schreibmaschine fahnden. Nach einigen weiteren Wenn war ich davon überzeugt, dass es sogar sicherer war, einen maschinengeschriebenen Brief zu schicken als einen, der aus Zeitungsbuchstaben zusammengefügt war. Zu Selbstironie neige ich übrigens auch.

Jedenfalls hatte ich vor, den Brief abzuschicken.

Manch einer mag mich für tollkühn halten, aber dank meiner besonderen Begabung hatte ich mir innerhalb kurzer Zeit auch eingeredet, dass man mir praktisch nichts zur Last legen konnte, selbst wenn der Brief in die falschen Hände gelangte und man mir (wie, in aller Welt?) die Urheberschaft nachwies.

Schließlich beschloss ich, alles zu glauben, was ich mir eingeredet hatte, und darauf zu vertrauen, dass kein Außenstehender mein Schreiben zu Gesicht bekommen würde.

Ich wischte die Fingerabdrücke vom Briefbogen, faltete ihn und steckte ihn in einen Briefumschlag, auf den ich Anttis Namen und Adresse geschrieben hatte. Jetzt nur noch Briefmarken drauf und ab geht die Post.

Ich ging hinaus.

Es war acht Uhr und bereits dunkel.

Als die Klappe des Briefkastens zugefallen war, marschierte ich schnurstracks in das Kellerrestaurant, das ich nach wie vor für das beste Speiselokal der Stadt hielt, obwohl die Qualität der Gerichte in letzter Zeit nachgelassen hatte und die Preise entsprechend gestiegen waren.

Als ich gerade zielstrebig auf einen Ecktisch zusteuerte, hörte ich – welche Freude! – Antti Koskis Stimme, die mich aufforderte, mich zu ihm zu setzen.

Der Ober lächelte verständnisvoll und zog von dannen, um mir einen Gin Tonic zu besorgen.

Langsam und sorgfältig wählte ich das Essen und studierte mit sachkundigem Blick die Weinkarte.

Ich sagte nichts, ich wartete einfach.

»Ich habe schon gegessen, ein Gericht, das ich dir empfehlen kann, falls du auf meine Empfehlungen Wert legst«, sagte Antti.

»Du darfst mir gern etwas empfehlen, dann nehme ich etwas anderes«, erwiderte ich. Es sollte ein Witz sein, kein böser Spott. Doch dann begriff ich, dass Antti mir diese Bemerkung in seinem gegenwärtigen Gemütszustand vermutlich übel nehmen würde, und versuchte sie abzuschwächen.

»Na, nun sag schon«, forderte ich ihn freundlich auf.

Er tippte auf die Speisekarte. Filetsteak mit Gemüse und Knoblauchkartoffeln.

Ich akzeptierte seine Empfehlung und bestellte zum Essen den gleichen italienischen Rotwein, den auch er trank.

Ungeduldig wartete ich auf die Neuigkeiten des Tages.

»Hast du dich schon entschieden, wie du auf die ... den Brief reagieren wirst?«, fragte ich und hoffte, dass er den Versprecher nicht bemerkt hatte. Er ließ sich jedenfalls nichts anmerken.

»Noch nicht.«

Stille.

Dann fügte er hinzu: »Wahrscheinlich muss ich ihn letzten Endes doch zur Polizei bringen.«

»Warum?«

»Als ehrlicher Bürger bin ich dazu verpflichtet. Stell dir vor, sie erfahren irgendwie davon. Wie stehe ich dann da?«

»Aber wie in aller Welt sollten sie von dem Brief erfahren,

wenn du ihn nicht selbst zur Sprache bringst? Es weiß doch niemand davon.«

»Außer dir.«

»Glaubst du im Ernst, ich würde der Polizei davon erzählen?«

Mein Lachen war ehrlich. (Sie wissen, weshalb.)

»Es könnte dir versehentlich herausrutschen. Ich gehe nicht davon aus, dass du die Polizei absichtlich über meine Privatangelegenheiten informierst. Selbst dann könnte ich alles abstreiten und den Brief vernichten. Aber wenn dir ungewollt ein Hinweis darauf entschlüpft, wird man dir bestimmt mehr Glauben schenken als mir.«

»Mach dir keine Sorgen. Ich schwöre, dass ich den Brief nie erwähnen werde.«

»Wenn ich dir glaube, bleibt immer noch die Frage, weshalb du so bereitwillig meine Geheimnisse hütest. Außerdem gibt es noch einen Dritten, der von der Sache weiß. Den Schreiber.«

»Ich habe dir doch schon erklärt, dass meine Loyalität dir gilt, nicht der Polizei. Und was den Verfasser des Briefes betrifft, denk doch nur, in welche Situation er sich bringt, wenn er über sein melodramatisches Spielchen spricht.«

»Wahrscheinlich hast du Recht«, räumte Antti ein.

Ich aß mein Steak. Antti war ernst und schweigsam, er sah mir beim Essen zu und trank Kaffee und Kognak – in dieser Reihenfolge. Betrunken wirkte er nicht, doch das tat er fast nie, egal wie viel er zu sich nahm. Er vertrug weitaus mehr als die durchschnittliche finnische Dosis (falls es so etwas gibt), und schon die ist nicht klein. Selbst unter Alkoholeinfluss wurde er nie übermäßig lustig, sentimental oder nostalgisch. Im Allgemeinen hatte er ein gutes Gespür für Nuancen und Stimmungen, aber diesmal wirkte er düster und blieb wortkarg, obwohl wir definitiv ein gemeinsames Thema gehabt hätten. Er trug nichts mehr zum Gespräch bei, antwortete nur einsilbig, wenn ich etwas fragte. Und ich konnte mir nicht allzu viele Fragen leisten.

Das Steak war vertilgt, es wurde Zeit für Kaffee und Kognak. Ich übte Nachsicht mit mir selbst und verzichtete darauf, die teuerste Marke zu bestellen.

Ich überlegte.

Plötzlich sagte Antti: »Vor sechzehn Jahren hatte ich einen Autounfall. Seitdem habe ich mich nie mehr ans Steuer gesetzt. Seit damals fühle ich mich schuldig am Tod eines Menschen.«

Etwas Derartiges hatte ich nicht erwartet. Ich wollte nicht, dass er sich darüber ausbreitete; ich war keine Müllkippe für anderer Leute Kummer. Als Nächstes würde er sich womöglich an meiner Schulter ausweinen. Allmählich ging mir auf, wie eindimensional und monoman seine Persönlichkeit war. Sechzehn Jahre lang hatte er über diesem einen Ereignis gebrütet. Aber bildete er sich denn ein, seine Situation durch den Mord an Annikki ändern zu können? In diesem Fall war er nicht recht gescheit. Jetzt hatte er zwei Menschenleben auf dem Gewissen – wenn er es so sehen wollte. Nun brauchte er sich nicht mit einem vagen Schuldgefühl zu plagen, sondern wusste, dass er schuldig war. Ich wollte wirklich nicht, dass er bei diesem Thema blieb, hatte aber keine Ahnung, wie ich ihn davon abbringen sollte.

Gerade erst hatte ich daran gedacht, wie unsentimental Antti im Allgemeinen war, selbst wenn er zu viel getrunken hatte. Es ist bitter, feststellen zu müssen, dass man einen Menschen falsch eingeschätzt hat. Noch bitterer ist es, Opfer seines eigenen Irrtums zu werden. Wie wenig ich ihn kannte!

»Gab es vor sechzehn Jahren schon Autos? Sind wir wirklich schon so alt?«, warf ich ein, ohne recht zu wissen, was ich meinte.

»Bei dem Unfall kam ein kleiner Junge ums Leben, der

jetzt sechzehn wäre. So klein war er. Erst ein paar Monate alt. Weißt du, wie winzig ein Kind in dem Alter ist? Wiegt so gut wie nichts. Er hatte noch nicht viel Schönes erlebt und er ist qualvoll gestorben, fast jeder Knochen in seinem Körper war zerquetscht. Soll ich dir ein paar Einzelheiten erzählen?«

»Nein.«

»Ich habe damals in Teuva gewohnt«, fuhr er ungerührt fort. »Es war kurz nach meinem Examen, ich sammelte erste Berufserfahrungen. Ich war rundum glücklich. Gerade Vater geworden, und meine Frau war einfach atemberaubend in ihrer äußeren Schönheit, gepaart mit innerer Ruhe und Intelligenz. Wenn ich dir erzählen würde, was für eine Frau ich damals hatte, du würdest mir nicht glauben.«

In meinem Kopf schrillten Alarmglocken, aber ich begriff nicht, warum. Leider.

Wenn ich seinen Gefühlsausbruch nicht eindämmte, würde ich mir vermutlich die halbe Nacht hindurch seine Bekenntnisse anhören müssen.

Trotzdem sagte ich: »Du warst doch nicht mehrmals verheiratet. Oder weiß ich so wenig von dir?«

»Nein. Aber innere Ruhe hättest du Annikki nie zugetraut, oder? Ich habe nur eine einzige Ehe geschlossen. Trotzdem kommt es mir vor, als wäre ich mit fünf, sechs oder zehn Frauen verheiratet gewesen. Die erste hatte ich nur rund ein Jahr. Und nach ihr habe ich mich in all den späteren Jahren gesehnt.«

»Armer Antti. Eine romantische Ader hätte ich dir gar nicht zugetraut. Du willst nicht akzeptieren, dass jede Idylle nur eine kleine Weile hält. Die Menschen, die du verloren hast, bekommst du nie wieder zurück, genauso wenig wie die Gefühle, die du einmal hattest. Ich hatte mir immer eingebildet, gerade du gehörtest zu den Menschen, die eine realistische Einstellung zum Leben haben, die ihre Chancen wahrnehmen und aus dem, was das Schicksal ihnen beschert, das Beste machen.«

»Das Schicksal hat mir nie etwas Gutes beschert. Was ich erreicht habe, habe ich mir aus eigenem Willen und unter meinen eigenen Bedingungen erarbeitet. Im Gegenteil, das Schicksal hat sich nach Kräften bemüht, mir Steine in den Weg zu legen. Mein Schicksal, das bist du gerade so wie Annikki.«

»Ich – dein Schicksal? Komm, hören wir mit diesem Blödsinn auf und trinken noch einen. Oder gehen wir nach Hause.«

»Dein Schicksal wiederum ist es, dass du dein eigenes Schicksal nicht siehst.«

»Das ist mir zu hoch«, sagte ich in gelangweiltem Ton. Das war gelogen, ich begriff nämlich allmählich, worauf er hinauswollte. Zugleich merkte ich, dass ich es nicht begreifen wollte, und bekam es mit der Angst zu tun.

Deshalb schlug ich vor, noch einen Kognak zu bestellen.

Antti lächelte zum ersten Mal an diesem Abend. Er akzeptierte meinen Vorschlag. Ich bemühte mich, meine Fassung wiederzugewinnen und mir den Kognak nicht zu Kopf steigen zu lassen. Außerdem versuchte ich nachzudenken, fühlte mich aber plötzlich vollkommen ratlos. Die ganze Geschichte entwickelte sich zu einem Witz – und der ging auf meine Kosten.

Spöttisch sagte ich: »Was immer mein Schicksal sein mag, Kneipenphilosophie ist es jedenfalls nicht. In Kneipen kann man entweder Klartext reden oder zwei Arten von Blödsinn. Aber für mich kommen grundsätzlich nur Klartext und die eine Sorte Blödsinn infrage. Über Gott, Marx oder Ufos rede ich prinzipiell nicht.«

Der Kellner brachte die Kognaks und schenkte Kaffee nach.

»Ich habe erst spät akzeptiert, dass meine Schuld nur eine

Teilschuld war.« Antti ließ sich nicht von seinem Thema abbringen. »Obendrein der kleinere Teil. Und die Schuld wird umso drückender, je länger ich weiß, dass ich sie zum Teil grundlos getragen habe. Das ist meine Strafe.«

»Und die wahre Schuldige war Annikki?«, fragte ich kühl.

»Du glaubst immer noch, ich hätte sie getötet.«

Ich wurde allmählich wütend. Eiskalt fragte ich zurück: »Wer denn sonst?«

Zum zweiten Mal lächelte Antti, diesmal strahlender als zuvor.

»Wenn du dir deiner Sache so sicher bist, solltest du die Polizei informieren. Beweise brauchst du nicht. Sie werden deine Anschuldigung gründlich untersuchen, solange du sie nicht anonym erhebst. Ach was, wahrscheinlich auch dann.«

Was sollte ich darauf antworten? Mein Drehbuch lautete ganz anders. Ständig rutschte ich in den falschen Dialog, es kam mir vor, als wären die Rollen vertauscht. Aber wie war das möglich? Ich hatte doch niemanden ermordet. Wovor sollte ich mich fürchten?

Der Fehler lag darin, dass ich nur meinen Teil des Dialogs verfasst hatte. Die Repliken der anderen konnte ich mir, gestützt auf meine Urteilsfähigkeit und Intuition, nur ausmalen. Schließlich war ich nicht der liebe Gott, ich konnte die Menschen nicht dazu bringen, nach meinem Willen zu handeln. Aber versuchen musste ich es immerhin und deshalb galt es zu improvisieren.

Und natürlich ließ ich mich zu einer Erklärung hinreißen: »Mein lieber Antti, du bist mein Freund. Der Polizei bin ich zu nichts verpflichtet, dir schon. Ich würde dich nicht verraten, selbst wenn du mir den Mord geradeheraus gestehen würdest. Das wäre ich nicht einmal Annikki schuldig.«

Er schrak zusammen. (Warum?)

Dann sagte er: »Wenn ich so etwas behaupten würde, wäre es kein Geständnis, sondern eine Lüge.«

»Ich habe dir lediglich erklärt, warum ich nicht zur Polizei gehe.«

»Und ich habe nicht behauptet, dass Annikki die eigentliche Schuldige war. Eher scheint mir, die betreffende Person trägt jetzt auch die Schuld an ihrem Tod.«

Ein klarer Fall. Antti war doch verrückt. Er spielte mir nichts vor. Er glaubte wirklich, dass jemand anders die Tat begangen hatte. Wahrscheinlich war es ratsam, das Spiel zu beenden. Am besten wäre es, die Briefe aus Anttis Wohnung zu holen. Und die Polizei zu benachrichtigen.

Und dennoch: Würde ich es später nicht bereuen, das Spiel nicht zu Ende geführt zu haben, und sei es in freier Improvisation? Vielleicht ergab sich nie mehr eine vergleichbare Gelegenheit. Dann hätte ich meine einzige Chance vertan. Ich zauderte.

Antti konzentrierte sich auf seinen Kognak und ich kam zu einem vorläufigen Beschluss: Ich würde über die Sache schlafen, aber für den nächsten Morgen ein Treffen mit ihm vereinbaren. Wenn ich dabei einen positiven Eindruck gewann, würde ich mein Spiel fortsetzen oder zumindest die weiteren Ereignisse beobachten, ohne einzugreifen. Im entgegengesetzten Fall würde ich mir die Briefe verschaffen, sie vernichten und Antti denunzieren.

Also sagte ich: »Zeit fürs Bettchen. Morgen Vormittag schau ich bei dir vorbei. Ich habe etwas mit dir zu besprechen, aber das tue ich lieber in nüchternem Zustand.«

»Gut. Dasselbe gilt für mich. Passt es dir um elf?«

»Bestens. Ober, getrennte Rechnung, bitte!«

»Alles zusammen. Der heutige Abend geht auf mich«, sagte Antti.

Ich ließ ihm seinen Willen. Den Göttern sei Dank für die Verrücktheit der Menschen.

Wir trennten uns auf der Straße vor dem Restaurant. Den Schlaftrunk, den ich mir versprochen hatte, kredenzte ich mir in meinem Wohnzimmer. Chivas Regal. Es war halb zwölf. Noch ein Gläschen. Der neue Tag war angebrochen, als ich unter die Bettdecke kroch, die Nachttischlampe ausknipste und einschlief.

Acht

Ich möchte gründlich sein. Perfektion ist mein Ziel.

Ich möchte den Traum beschreiben, den ich in jener Nacht hatte.

Ich möchte in allen Einzelheiten erklären, wie ich zu der Entscheidung kam, die ich traf.

Aber man bekommt nie alles, was man will.

Gründlichkeit erfordert Zeit und die habe ich jetzt nicht.

Deshalb sage ich nur, dass ich im Lauf der Nacht meinen Beschluss gefasst hatte: Am besten gab ich die Sache auf.

So viel muss ich wohl doch erklären: Es handelte sich nicht um Feigheit. Dass ich feige wäre, hat mir nie jemand vorwerfen können. Auch Loyalität gegenüber Annikki spielte keine Rolle, sie hatte dafür keine Verwendung mehr. Die Gesetze des finnischen Staates hatte ich nach meinem Dafürhalten ebenfalls nicht so gröblich verletzt, dass ich Grund zu tiefer Reue gehabt hätte. Es gab also keinen äußeren Impuls, der meinen Beschluss erklären könnte. Ich betrachtete die Situation von meiner eigenen Warte aus, ohne irgendwelche anderen Beweggründe zu berücksichtigen. Das impliziert vieles – weitaus mehr, als ich ausdrücklich gesagt habe. Eine persönliche Entscheidung ist eine persönliche Entscheidung.

Ich bereitete mein Standardfrühstück zu und schlug die Zeitung auf. Über den Mord wurde diesmal auf vier Spalten berichtet, doch der Artikel enthielt nichts Neues. Es wunderte mich, dass die Reporter noch nicht auf die Idee gekommen waren, mich zu befragen. Meine Freundschaft mit Annikki war kein Geheimnis gewesen.

Nun hatte ich allerdings ein Problem: Wie sollte ich die Briefe zurückbekommen? Haben musste ich sie, das stand fest.

Schon in der Nacht hatte ich gespürt, dass es wirklich Herbst geworden war. Als ich am Morgen auf die Straße trat, war ich dessen endgültig sicher. Aber schließlich hatte niemand dem Herbst verboten, sich einzustellen.

Bei kühlem Wetter spaziert es sich gut, deshalb ging ich wieder in die falsche Richtung. Ich hatte reichlich Zeit.

Auf der Brücke blieb ich stehen, betrachtete das Panorama und dachte, dass die wenigsten Menschen ihre Stadt kennen, wenn man von der unmittelbaren Umgebung ihrer Wohnung oder ihres Arbeitsplatzes absieht. Die Straßen schnitten eigenartige, schroffe Schluchten durch die Häuserreihen. Mit einem Teleobjektiv würde man Effekte erzielen, die selbst die Hauptstraßen unkenntlich machten. Man muss eine Stadt von allen Seiten sehen, um ihre Eigenart zu verstehen. Ich lebte in einer Fabrikstadt, die jedoch nicht nur rote Backsteinmauern vorzuweisen hatte. Ihre neureiche Einstellung gegenüber allem Alten hatte ihren eigenen Reiz: Niemand würdigte die schönen Jugendstilgebäude eines Blickes, bevor ihr Abriss drohte. Keiner scherte sich darum und das war auch nicht nötig, denn nichts ist ewig.

Die meisten Boote waren von den Anlegern verschwunden – an Land geholt und in Bootshütten transportiert, wo sie den Frühling erwarteten, der vielleicht nie kam. Bald würden die Leute wieder anfangen, Wetten darüber abzuschließen, wann die Seen zufroren, und im Frühjahr würde man das Ganze unter umgekehrten Vorzeichen wiederholen, wann man endlich wieder an den Strand gehen konnte.

Natürlich nicht ins Wasser. Wer will schon in Scheiße schwimmen.

Auf dem Sportplatz ruinierten Schüler ihre Gesundheit. Bestimmt würde einer dieser armen Tröpfe Spitzensportler werden und sich Gelenkentzündungen einhandeln.

Am Ufer hinter dem Sportplatz saß ein Mann auf einer Parkbank und verfluchte die Vergangenheit, verfluchte die Gegenwart und hatte die Zukunft vergessen. Er hatte auch keinen Grund, an die Zukunft zu denken; sie hatte ihm noch weniger zu geben als manchem anderen. Der Mann stand auf und ging ans Ufer, sprang aber nicht in die Stromschnelle, sondern verwünschte auch sie. Wenn er gesprungen wäre und wenn ich einen Fotoapparat mit Motorantrieb dabeigehabt hätte, wäre eine gute Bildserie herausgekommen.

Es gibt zu viele Wenn in der Welt.

Wenn ich zum Beispiel diese Briefe nicht geschrieben, sondern die ganze Sache vergessen hätte, bräuchte ich mir jetzt keine Gedanken darüber zu machen, wie in drei Teufels Namen ich sie zurückbekam. Und wenn Antti seiner Exfrau nicht die Kehle aufgeschlitzt hätte, wären die Briefe nie entstanden, und ich hätte ebenfalls keinen Grund, mir den Kopf zu zerbrechen, wie in drei Teufels Namen ich sie zurückbekam.

Doch hier stand ich nun und überlegte, wie in drei Teufels Namen ich sie zurückbekam.

Wenn Antti trotz unserer Verabredung nicht zu Hause war ... wenn es mir nicht gelang, ihn aus dem Zimmer zu schicken, in die Küche zum Beispiel ... wenn ich mich zwar unbemerkt in sein Arbeitszimmer schleichen konnte, aber die Briefe nicht fand ... wenn die Post den zweiten noch gar nicht zugestellt hatte ... wenn Antti sie bereits zur Polizei gebracht hatte ... wenn ich alle Wenn aufzählen wollte, würde die Liste mehrere Seiten füllen. Aber Sie sehen mein Problem, nicht wahr: Ich musste improvisieren.

Mehr als das stresste mich eine andere Frage: Warum hatte Antti Annikki getötet?

Eifersucht war eine Möglichkeit. Eher unwahrscheinlich. Verbitterung wegen der Scheidung? Finanzielle Streitigkeiten? Fällt Ihnen auf, dass mir nur die gängigsten Motive in den Sinn kamen? Ich war über die Ehe der beiden ziemlich gut informiert gewesen und wusste, dass sie nicht die glücklichste der Welt war. Aber die glücklichste Ehe der Welt gibt es gar nicht. Ich wusste, dass Annikki nicht die treueste Ehefrau der Welt gewesen war. Aber den treuesten Ehepartner der Welt gibt es nicht und trotzdem leben die Menschen im Ehestand. Antti hatte sich in der Hinsicht auch nicht lumpen lassen.

Trotz allem hatte ich das Gefühl, dass die Liebe zwischen ihnen (Annikki und Antti) größer war, als man aus ihrem Verhalten hätte schließen können.

Ungelöste Rätsel irritieren mich. Annikki hatte wegen Untreue ihres Mannes die Scheidung eingereicht, aber Antti hatte unmissverständlich zugegeben, das sei nicht der wahre Grund gewesen. Ebenso deutlich hatte er gesagt, er werde den wahren Grund nie verraten.

Aber ich würde ihn herausfinden, auch wenn ich den Rest meines Plans aufgegeben hatte.

Als ich wieder auf die Hauptstraße kam, war der Herbst vorbei. Die Sonne schien, der Wind hatte sich gelegt, von Regen keine Spur. Als wäre in den letzten Minuten ein ganzes Jahr verstrichen, ohne dass ich es gemerkt hatte.

Ich näherte mich meinem Ziel und begann vorsorglich, eine feierliche Miene aufzusetzen. Feierlichkeit weckt mehr Vertrauen als ein alltäglicher, nichts sagender Gesichtsausdruck. Und ich wollte Vertrauen erwecken.

Ich wartete auf den Lift, der gerade auf dem Weg nach unten war. Aus der Kabine trat ein schöner, junger Mann, fast noch ein Kind. Seine dunklen Locken waren schulterlang, aber ordentlich gekämmt. Seine Jeans waren sauber, wenn auch modisch verwaschen. Er lächelte mich an und grüßte sogar. Dabei hatte ich ihn noch nie gesehen. Es wäre schwierig gewesen, die feierliche Miene wiederherzustellen, wenn ich zwischendurch gelächelt hätte, weshalb ich auf überflüssige Höflichkeit verzichtete und grußlos den Fahrstuhl betrat. Die Tür fiel langsam hinter mir zu. Ich war in Sicherheit.

Noch vier Stockwerke, dann war ich am Ziel.

Das Treppenhaus roch nach Putzmitteln. Es war dunkel und altmodisch. Das Haus war vor vierzig Jahren gebaut worden. Das beste an den vor vierzig Jahren gebauten Häusern ist, dass sie nicht mehr altern. Moderne Wohnungen sind langweilig. In ihrer grenzenlosen Zweckmäßigkeit kann man sie als eine Art Denkmal der modernen finnischen Wohnkultur betrachten: sauber, steril, eng und charakterlos.

Ich klingelte.

Nichts.

Ich klingelte erneut.

Immer noch nichts.

Dann schwang die Tür langsam auf. Doch es stand niemand da, der sie öffnete. Sie war nicht geschlossen gewesen.

Ich war verblüfft, ging aber hinein. Im Flur war niemand. Ich drang weiter vor und rief nach Antti.

Keine Antwort. Im Wohnzimmer war niemand zu sehen. Auch in der Küche nicht. Ich ging ins Schlafzimmer. Die Betten waren gemacht, man konnte nicht erkennen, ob in der letzten Nacht jemand darin geschlafen hatte. Das Zimmer war jedenfalls leer. Kein Mensch weit und breit. Ich hatte Lust, die Schranktür aufzureißen und Kuckuck zu rufen, ließ es aber sein. Aus irgendeinem Grund war Antti in letzter Zeit nicht zu Späßen aufgelegt gewesen.

Ich setzte meinen Erkundungsgang fort und kam in Anttis Arbeitszimmer.

Dort saß er.

»Gott sei Dank, du bist gekommen«, stieß er hervor.

Die Kugel hatte ihn in die Brust getroffen. Er hatte kaum geblutet, dennoch sah es schlecht aus. Ich hatte den Eindruck, dass er starb. Doch der Tod ließ sich Zeit.

Antti wirkte gefasst. Er lächelte beinahe, als er mich ansah. Er wartete.

Der Revolver lag auf dem Boden. Ein hübsches kleines Objekt, das den Tod ins Haus gebracht hatte. Es war Anttis eigene Waffe, ich hatte sie früher schon einmal gesehen.

Ich griff zum Telefon, doch Antti machte eine abwehrende Geste. Sein Gesichtsausdruck verriet, dass der Krankenwagen nicht mehr gebraucht wurde. Ich sah ihn an und stellte die Frage, die auf der Hand lag.

»Wer war es? Wer hat das getan und warum?«

Irgendwie konnte ich mir nicht vorstellen, dass er es selbst getan hatte, obwohl das ganze Arrangement dafür sprach.

Er sah mich an und sagte: »Du.«

Das war sein letztes Wort. Für immer. Dieses eine Wort brachte mich endgültig zu der Überzeugung, dass Antti durchgedreht war, und ließ mir zugleich ein halbes Dutzend feuchtkalte Eidechsen über den Rücken kriechen. Ich begriff absolut nichts mehr.

Da er tot war, konnte ich ihn nicht fragen, was er meinte. Ich hatte ihn schließlich nicht erschossen. Dass man nicht weiß, wer der Täter ist, macht einen noch lange nicht zum Mörder.

Aber ich hatte etwas zu erledigen: Ich musste zwei Briefe finden. Die meisten Menschen verwahren ihre Briefe in der Schreibtischschublade. Rasch zog ich eine Schublade nach der anderen auf. Alles Mögliche lag darin, nur meine Briefe nicht.

Wo sollte ich suchen?

Anttis Arbeitszimmer war nicht groß. Außer dem Schreibtisch bot es Platz für einen kleinen Tisch, zwei Sessel und ein Bücherregal, in dem medizinische Fachbücher in schönster Eintracht neben Krimis und anderen Romanen standen.

War das Bücherregal die richtige Stelle? Warum nicht. Gab es noch andere Möglichkeiten? Ja. Hunderte. Ich konnte nichts ausrichten. Auf keinen Fall wollte ich länger in einer Wohnung bleiben, in die jeder hereinspazieren konnte und in der sich als Gaststar eine Leiche aufhielt. Es ist nicht gerade erstrebenswert, auf frischer Tat ertappt zu werden, wenn man gar nichts getan hat.

Ich hatte keine Zeit, genauer über die Situation nachzudenken. Keine Zeit, zu überlegen, wer Antti getötet hatte und warum. Oder ob er Selbstmord begangen hatte. Ich konnte an nichts anderes denken als daran, wo ich die verdammten Briefe finden könnte.

Und die fand ich nicht.

Ich verließ die Wohnung, das Haus.

Zweiter Teil

Neun

Kommissar Kari Kairamo saß am Schreibtisch und blätterte zerstreut in seinen Papieren. Seine Gedanken waren bei dem aktuellen Mordfall, den er bereits als den interessantesten in seiner bisherigen Laufbahn eingestuft hatte. Hauptmeister Lauri Hanhivaara saß etwas abseits. Er paffte eine Zigarette. Seine Gedanken folgten dem aufsteigenden Rauch; nebenbei dachte er an eine Frau.

Kairamo betrachtete missmutig den Qualm, der durch sein Dienstzimmer waberte, sagte aber nichts. Er vertrat eine sehr eigenwillige Zigarettenphilosophie: Da er von Kind an Detektivromane gelesen hatte, wusste er, dass Kommissar Maigret Pfeife rauchte; er wusste auch, dass Kriminalinspektor Olavi Susikoski Colt und Privatdetektiv Mike Hammer Lucky Strike bevorzugte; ihm war sogar bekannt, dass Kommissar Beck Florida rauchte, aber versuchte, sich das Rauchen abzugewöhnen; als aufmerksamer Leser wusste er natürlich auch, dass Becks Paffen so fiktiv war wie der ganze Mann. Kairamo hatte sich vorgenommen, seine Persönlichkeit keinesfalls einer so simplen Definition zu unterwerfen.

Folglich rauchte er weder Pfeife noch streifte er Asche von einer Zigarette ab, während er Berichte las. Diesen Part übernahm Hanhivaara.

Kairamos Karriere hatte ausgesprochen literarisch begonnen: Er hatte als kleiner Junge die Detektivromane von S. S. van Dine gelesen und davon geträumt, komplizierte Mordfälle aufzuklären, wenn er groß war. Anders als die meisten kleinen Jungen hatte er diesen Traum bis ins Erwachsenenalter gehegt. Rein intellektuelle, unpersönliche Probleme zu lösen war seine Leidenschaft geworden. Er liebte es, Kreuzworträtsel und Rebusse zu lösen, und konstruierte zum

Zeitvertreib sogar Korrelationsmatrizen, was allerdings nicht unbedingt eine Intelligenzübung war, sondern eine Bastelei, die systematisches Denken und Genauigkeit erforderte. Immer noch las er gern klassische Whodunits, sofern er eines auftrieb, das er noch nicht kannte, und beim Scrabble trieb er seine Mitspieler zur Verzweiflung, indem er eine geschlagene Viertelstunde lang kalkulierte, wie er seine Punktzahl maximieren konnte. Gelegentlich löste er auch die Zahlenrätsel im *Abendblatt,* worüber bis zu zwei Minuten vergehen konnten. Dagegen war er unfähig, auch nur ein einziges persönliches Problem zu lösen. Frauen gegenüber verhielt er sich kühl und gefühllos, weshalb sämtliche Frauen, die ihn gekannt hatten oder eine Weile mit ihm ausgegangen waren, schleunigst einen anderen heirateten. Kairamo musste sich bereits seit Langem mit Kurzzeitbeziehungen und Selbstbefriedigung behelfen.

Als Kriminalbeamter war er Quereinsteiger. Er hatte Jura studiert und war danach zur Kripo gegangen, obwohl er als Scheidungsanwalt erheblich mehr verdient hätte.

Die Kinderträume hatte er schon lange verloren. Komplizierte und intellektuell befriedigende Kriminalfälle gehörten nicht zum Alltag finnischer Polizisten. Dennoch fiel ihm die Arbeit sowohl geistig als auch körperlich leicht. Er hatte keine eigentlichen Laster, die ihn an der normalen, regelmäßigen Büroarbeit gehindert hätten, sah also keinen Grund, den Beruf zu wechseln. Mitunter brachten ihn freilich die zwischenmenschlichen Beziehungen im Polizeipräsidium zur Verzweiflung; auch bei der Aufklärung von Verbrechen kam er mit anderen Menschen in Berührung und soziale Kontakte waren nicht seine starke Seite. Doch er wusste, dass er auch als Privatunternehmer mit menschlichen Problemen konfrontiert würde, für die er nun einmal kein Mitgefühl aufbrachte. Kommissar Kari Kairamo hatte keine großen Träume. Er wollte lediglich Probleme lösen.

»Die Aufklärung eines Mordes ist nicht nur eine Frage der Deduktion«, sagte er zu Hauptmeister Lauri Hanhivaara, der sich gerade die nächste Zigarette ansteckte. »Aber wie du auch bei diesem Fall am Ende feststellen wirst, deutet die genaue Untersuchung der Hintergründe letztlich in eine bestimmte Richtung und auf einen einzigen Menschen.« Kairamo hielt gelegentlich Vorlesungen an der Polizeischule, wo man ihm bisher nie vorgeworfen hatte, er drücke sich zu konkret aus.

Hanhivaara stand mittlerweile am Fenster und starrte nach draußen. Er war älter als sein Vorgesetzter und begegnete dem Volljuristen mit einer Mischung aus Respekt und Unsicherheit.

Im Plauderton begann er: »Was für ein grausamer Mord. Er wirkt so kalt und überlegt. Komisch, dass in solchen Fällen die Strafe härter ist als bei Totschlag im Affekt. Dabei wird ein Mensch, der gewollt oder ungewollt in eine Situation geraten ist, der er durch einen vorsätzlichen Mord entkommt, vermutlich kein weiteres Verbrechen begehen. Er hat keinen Grund mehr dazu. Jemand, der im Affekt tötet, könnte es dagegen durchaus wieder tun. Bei ihm ist es Teil seines Charakters. Sollte man ihn nicht sicherheitshalber irgendwo einsperren, wo keine anderen Menschen sind? Auf sich selbst würde er wohl nicht so wütend werden, dass er sich in Ermangelung von etwas Besserem umbringt.« Hanhivaara sprach leise und leicht nuschelnd. Er schaute immer noch zum Fenster hinaus.

Kairamo sah seinen Untergebenen verwundert an. Er selbst hätte niemals nutzlose Spekulationen über ein Problem angestellt, das schlicht und einfach gelöst werden musste. Seine Aufgabe bestand darin, den oder die Täter dingfest zu machen; was danach mit ihnen geschah, lag in der Hand des Gerichts und des Gesetzgebers. Er grub die Fakten aus und legte sie dem Staatsanwalt vor. Anschließend vergaß er den Fall, sofern er unerheblich war. Vielleicht erinnerte er sich noch eine Weile daran, wenn die Aufklärung irgendetwas Besonderes erfordert hatte. Wie zum Beispiel seine persönlichen Fähigkeiten.

»Ich habe versucht, die wesentlichen Elemente des Falles herauszufiltern«, sagte Kairamo. »Bisher wissen wir natürlich nicht viel, wir haben ja noch nicht einmal den Bericht des Pathologen.«

Er lehnte sich in seinem Stuhl zurück, schob die Brille zurecht und fuhr fort: »Wesentlich bei diesen vorsätzlichen Morden ist ja, dass Mörder und Opfer sich kennen. Vielleicht seit Langem. Das schränkt den Kreis erfreulicherweise ein, nicht wahr?«

»Allerdings. Davon würde ich auch ausgehen«, meinte Hanhivaara. »Aber irgendwie stört es mich, dass sich die Theorie vom vorsätzlichen Mord nur auf unsere Intuition stützt. Ebenso gut könnten wir es mit einem Unbekannten zu tun haben, der die Frau zufällig allein in der dunklen Gasse gesehen und getötet hat. So unwahrscheinlich das auch klingt.«

»Genau. Es ist möglich, aber meines Erachtens ganz und gar nicht wahrscheinlich. Wenn der Mörder gehofft hat, uns auf diese Fährte zu locken, hat er einen Fehler gemacht.« Für Kairamo bestanden Morde aus Fehlern und richtigen Entscheidungen, und ihre Aufklärung entsprechend aus der korrekten Deutung dieser Fehler und richtigen Entscheidungen. Für die Motive brachte er nur selten Interesse auf, obwohl ihre Aufdeckung oft wesentlich zur Lösung des Falles beitrug. Motive interessierten ihn nur, solange sie in das Puzzle passten; als menschliche Probleme existierten sie für ihn nicht.

Er fuhr fort: »Derartige Präzisionsarbeit habe ich noch bei keiner Messerstecherei gesehen. Es muss sich um ein sehr scharfes Messer handeln. Außerdem geht den so genannten gewöhnlichen Messerstechereien immer eine Drohphase voraus. Meines Erachtens sieht es in diesem Fall eher so aus, als hätte der Mörder hinter der Frau gestanden, als er ihr die Kehle aufschlitzte. Ein sauberer Schnitt, wie von einem Profi. Womöglich haben wir es aber auch mit einem Verrückten zu tun. Dann sitzen wir wirklich in der Kacke (Kairamo verwendete selten saftige oder derbe Ausdrücke) und können nur abwarten, bis er wieder zuschlägt.«

Hanhivaara sah seinen Vorgesetzten mit ernster Miene an. »Professionell, sagst du. Was bedeutet das? Wer schwingt beruflich das Messer?«

»Ein Arzt«, erwiderte Kairamo trocken und bildete sich ein, wieder einmal seine intellektuelle Überlegenheit demonstriert zu haben. Untergebene können keine Schlüsse ziehen, dachte er.

Hanhivaara hatte ein Faible für Sarkasmus und schwarzen Humor, was Kairamo immer noch nicht begriffen hatte. Er sagte: »Oder eine Kaltmamsell.«

»Eine Kaltmamsell?«, entfuhr es Kairamo, bevor ihm aufging, dass Hanhivaara seinen Spott mit ihm trieb.

»Genau. Kaltmamsells schneiden reihenweise Gurken, Zwiebeln und sonstiges Grünzeug auf. Hast du mal zugesehen, wie eine Gurke fachmännisch in Scheiben zerlegt wird? Mit einem stumpfen Messer und klobigen Händen geht das nicht.«

Kairamo grunzte. Er verstand nicht, worauf Hanhivaara mit seinem Gefasel hinauswollte.

Hanhivaara lächelte. »Natürlich können wir auch mit den Ärzten anfangen. Da hätten wir gleich einen Kandidaten parat. Oder eigentlich sogar zwei.«

»Der Exmann von Annikki Koski ist Arzt, wenn du das meinst«, unterbrach ihn Kairamo.

»Aber warum sollten wir uns die Sache so leicht machen?«, meinte Hanhivaara.

Kairamo schlug die Akte mit dem Protokoll der Tatortuntersuchung auf. Die Leiche war in den ersten Stunden des Mittwochs, genau um 01.50 Uhr, von einer Polizeistreife entdeckt worden. Jetzt war Donnerstag. Nur eine Straße weiter hatte die Streife einen neunzehnjährigen Betrunkenen aufgegabelt. Er schien von nichts eine Ahnung zu haben.

»Wir könnten das Glück haben, dass der junge Mann sich später doch wieder an etwas erinnert«, meinte Kairamo.

»Könnten wir, aber darauf würde ich nicht bauen.«

»Natürlich nicht.«

Kairamo seufzte und begann von vorn.

»Wenigstens haben wir den Todeszeitpunkt genau festlegen können. Die Leiche wurde offenbar unmittelbar nach der Tat gefunden.«

»Kein Wunder, wenn man bedenkt, dass sie mitten auf der Straße lag«, sagte Hanhivaara. »Wäre die Streife einen Moment früher vorbeigekommen, hätten wir womöglich nicht nur das Opfer, sondern auch den Mörder. Der Täter muss unglaublich kaltblütig sein.«

Der Bereitschaftsarzt, ein erfahrener Mann, hatte die Leiche oberflächlich untersucht und festgestellt, dass die Körpertemperatur, die nach dem Tod durchschnittlich um ein Grad pro Stunde sinkt, noch fast siebenunddreißig Grad betrug. Selbst unter den Achseln und am Hals waren noch keine Totenflecken zu sehen gewesen. Leichenstarre war ebenfalls nicht festzustellen, nicht einmal am Zwerchfell, wo sie bereits eine halbe Stunde nach dem Tod einsetzt.

So wollte es die Ironie des Schicksals, dass die Streife womöglich nur um eine halbe Stunde zu spät eingetroffen war. (Tatsächlich hatte sie sich nur um zehn Minuten verspätet, doch das konnten die Polizisten natürlich nicht wissen.)

»Ein Anhaltspunkt ist das Messer. Irgendwo muss es ja sein. Und irgendwo muss auch Blut zu finden sein«, sagte Kairamo.

»Das Messer kann inzwischen wer weiß wo liegen«, meinte Hanhivaara hilfsbereit. »Zum Beispiel in der Stromschnelle.«

»Natürlich, wenn der Täter auch nur ein Fitzelchen Verstand hat. Aber Tatwaffen werden überraschend oft gefunden.«

Kairamo holte ein großes Foto aus seinem Ordner. Eine gestochen scharfe Aufnahme, sorgfältig belichtet, aber nicht unbedingt angenehm anzusehen. Sie zeigte eine Frau, auf dem Bürgersteig liegend und unverkennbar tot. Viel Blut. Der Hals der Frau war aufgeschnitten, die Luftröhre durchtrennt, die Wunde lachte ein zahnloses, böses Lachen. Das Blitzlicht machte das Foto schattenlos und kalt; das Gesicht der Frau mochte schön sein, doch auf dem Bild sah es nicht schön aus. Ihre Kleidung verriet, dass sie einer Gesellschaftsschicht angehört hatte, zu der die meisten gehören möchten, in die aber nur wenige aufsteigen.

»Sie hat stark geblutet«, stellte Kairamo fest. »Da muss es noch weitere Spuren geben außer denen auf der Straße.«

»Guck mal«, sagte Hanhivaara. Sein Finger fuhr auf dem Blutrinnsal entlang, der sich zur Lache erweiterte und exakt den Rillen im Asphalt folgte.

»Siehst du, hier ist Blut weggewischt worden«, dozierte er. »Seltsam, dass sich jemand die Mühe macht, Blut vom Bürgersteig zu wischen. Es sei denn, er wäre Straßenkehrer. Andererseits hätte ein Straßenkehrer wahrscheinlich viel gründlicher gearbeitet.« Die Sache war ernst, Hanhivaara nicht.

»Vielleicht haben die Streifenbeamten gepfuscht«, überlegte Kairamo.

»Möglich. In dem Fall hat einer von ihnen Blut an den Händen, und wenn ich den Fleck finde, bringe ich den Kerl für diesen Mord hinter Gitter«, sagte Hanhivaara, seinem Stil getreu.

»Um die Wahrheit zu sagen, glaube ich nicht recht an diese Alternative«, fügte er hinzu.

Die Polizei ermittelte seit mehr als vierundzwanzig Stunden. Die ersten vierundzwanzig Stunden sind oft die wichtigsten. Inzwischen zeichnete sich bereits ein Bild der Ermordeten und ihres Umfeldes ab. Dennoch konnte man keinen Tatverdächtigen vorweisen. Mögliche Kandidaten gab es natürlich.

Kairamo reckte sich. Er polierte seine Brille, als könne er den Fall dadurch klarer erkennen. Dann sagte er: »Ich schlage vor, du machst eine Liste von der ganzen Gemeinde und befragst jeden Einzelnen.«

»Von welcher Gemeinde? Vielleicht sollte ich mit der schwedischsprachigen anfangen, das ist die kleinste«, erwiderte Hanhivaara, der genau wusste, was sein Chef meinte.

»Ich spreche von der Gemeinde, die sich in der Mordnacht zum Saufgelage versammelt hatte«, erklärte Kairamo geduldig. »Es sieht so aus, als hätten sie sich gegenseitig ein Alibi geliefert. Ganz besonders interessiert mich der Exehemann Antti Koski. Die meisten sind ja schon einmal kurz vernommen worden, aber du könntest deinen persönlichen Charme einsetzen und dich mit allen unterhalten. Die anderen sollen inzwischen ermitteln, was das Opfer in seinen letzten Stunden getan hat. Das scheint ausgesprochen schwierig zu sein.«

»Alibis können immer umgestoßen werden«, sagte Hanhivaara, der wusste, dass jedes Alibi auf den Kopf gestellt werden kann.

»Das ist vorläufig nicht nötig. Aber ich habe den Eindruck, dass es sich um eine ziemlich enge Clique handelt. Sie halten regelmäßig derartige Zusammenkünfte ab oder wie auch immer man sie nun nennen will.«

»Seancen«, schlug Hanhivaara vor.

Kairamo sah ihn schweigend an.

»Soll ich alphabetisch vorgehen oder wäre dir eine andere Reihenfolge lieber?«, fragte Hanhivaara nicht weniger verdrossen als sein Chef – und ohne einen Kommentar auf seine Bemerkung zu erwarten.

»Du könntest dir erst mal den Direktor der Werbeagentur vornehmen, Raimo Ojanen. Ihm gehört die Wohnung, in der die Leutchen gefeiert haben. Sieh zu, was du aus ihm herausholen kannst. Und beschränke dich nicht nur auf die Vorfälle an dem bewussten Abend. Frag ihn auch nach anderen Dingen. Wie gut hat er die Ermordete gekannt, seit wann, was hält er von Antti Koski? Versuch, eine Art Biografie der Toten und ihres Mannes zu skizzieren. Ich glaube, dabei kann etwas herauskommen. Unterhalte dich ganz locker mit ihm. Er muss natürlich später zur offiziellen Aussage herkommen.«

»Alles klar, Herr Kommissar«, sagte Hauptmeister Hanhivaara ohne jeden Spott.

»Schön«, erwiderte der Kommissar.

Kairamo schloss die Augen. Wenn er Fantasie besessen hätte, hätte er sich vielleicht erleichtert gefühlt und an etwas Angenehmeres gedacht. An eine Frau zum Beispiel. Aber ungelöste Probleme quälten ihn und machten ihn rastlos. Andererseits verschaffte ihm die Aufklärung eines Falls eine fast physische Befriedigung. Also dachte er nur an den Mord. Er sah die Gestalt eines Mannes vor sich, der Mann hielt ein Messer in der Hand und das Messer durchtrennte gerade die Halsschlagader einer Frau. Die Frau war deutlich zu erkennen, während die Gestalt des Mannes verschwommen blieb. Kairamo wusste nicht, warum er einen Mann sah. Konnte es nicht ebenso gut eine Frau gewesen sein?

Hanhivaara verließ den Raum so leise, dass Kairamo überrascht war, als er die Augen wieder aufschlug.

Zehn

Hanhivaara hatte die Adresse herausgesucht und stellte unterwegs Reflexionen über den Zufall an: Die Wohnung des Werbedirektors befand sich am Hämeenpuisto, ganz in der Nähe des Tatorts. Seiner Ansicht nach wurde Antti Koskis Alibi damit bedeutungslos. Dasselbe galt für die Alibis der anderen Gäste.

Er klingelte. Keine Reaktion.

Natürlich nicht. Tagsüber sind die Leute bei der Arbeit. Hanhivaara hatte sich jedoch persönlich von der Lage der Wohnung überzeugen wollen. Perfektionismus.

Hanhivaara sah auf die Uhr. Dann spazierte er gemächlich bis zur nächsten Querstraße und zurück. Er ging sogar die Treppe zu Ojanens Wohnung hinauf. Siebeneinhalb Minuten. Im Schlenderschritt. Hanhivaara konnte sich nicht vorstellen, dass jemand ein Alibi für siebeneinhalb Minuten hatte.

Im Park stand eine Telefonzelle. Hanhivaara blätterte im Telefonbuch und fand heraus, dass sich Ojanens Werbeagentur in der Innenstadt befand, wo auch die Auftraggeber saßen. Er beschloss, sich zu vergewissern, ob der Direktor im Haus war. Allerdings war es in Kriminalfällen oft von Vorteil, unangemeldet bei einem Zeugen aufzutauchen. Die Zentrale teilte mit, der Direktor sei in seinem Büro, und Hanhivaara legte auf. So ging es auch.

In der distinguierten Agentur wurde er empfangen wie jeder Unbekannte, der den Direktor zu sprechen wünscht – mit Misstrauen. Er musste sich als Polizist offenbaren, bevor man ihn in das gediegen eingerichtete Büro des Direktors führte.

Raimo Ojanen war etwa dreißig und breitschultrig, der Typ Mann, dem die Frauen gutes Aussehen bescheinigen und in dem die Männer etwas Betrügerisches vermuten. Ein Mann, der so aussieht, verkauft bestimmt zwei oder drei Lügen billig, um eine teure Wahrheit unter Verschluss zu halten, dachte Hanhivaara, musste allerdings zugeben, dass sein Gegenüber es für sein Alter recht weit gebracht hatte.

Ojanen stand höflich auf. Er sagte: »Guten Tag. Ich bin Raimo Ojanen, vierzig. Das sage ich immer gleich, bevor die Leute mich ›mein Junge‹ nennen. Außerdem halte ich viel von Ehrlichkeit.«

»Gleichzeitig wollen Sie sich auch ein wenig schmeicheln, nehme ich an«, entgegnete Hanhivaara. »Aber trotzdem: Guten Tag. Ich bin Hauptmeister Hanhivaara, siebenundvierzig. Von der Kriminalpolizei, aber nicht von der Steuerfahndung.«

»Etwas unverschämt, die Bemerkung«, meinte Ojanen. »Aber mag sie als Witz durchgehen. Lassen Sie mich raten: Sie sind wegen Annikki Koski hier. Ich vermute, dass ihr Tod kein Unfall war.«

»Mit dieser Vermutung liegen Sie goldrichtig.«

»Das kommt öfter vor. Wie kann ich Ihnen behilflich sein?«

Schau an, dachte Hanhivaara trocken und sagte: »Zum Beispiel, indem Sie mir von Ihrer vorgestrigen Party erzählen.«

Ojanen strich mit der rechten Hand, deren Ringfinger ein Siegelring schmückte, leicht über die Schreibtischplatte. Er spielte den Sorglosen oder war ganz einfach sorglos. Offenbar glaubt er, dass er nichts zu befürchten hat, dachte Hanhivaara. Und offenbar hat er Recht.

»Was, zum Beispiel?«, fragte Ojanen.

»Zum Beispiel, wer dabei war.«

»Ehrlich gesagt, verstehe ich nicht ganz, weshalb Sie das wissen wollen. Annikki war nicht dabei.«

»Ich kann mir denken, dass Sie das nicht verstehen. Auch ich verstehe so manches nicht. Ich könnte Ihnen erklären, dass wir versuchen, Aufschluss über die Vergangenheit von

Annikki Koski zu gewinnen, die zu Ihrem Freundeskreis gehörte. Aber ich schenke mir die Erklärung und wiederhole meine Frage.«

»Sie haben offenbar eine Vorliebe für hübsch gedrechselte Äußerungen.«

»Schauen Sie, wenn wir wissen, wer Annikki Koski kannte, finden wir in diesem Kreis womöglich jemanden, der etwas gegen sie hatte und deshalb auf die Idee gekommen ist, sie umzubringen. Was sagen Sie dazu?«

Hanhivaaras Vernehmungstechnik war nicht ganz orthodox. Aber er hatte eine Methode entwickelt, die ihm lag. Er schien ständig an der Sache vorbeizureden.

Ojanen blieb jedoch sachlich: »Mir scheint, Sie wissen bereits, wer auf der Party war. Das Wichtigste ist doch, dass Annikki nicht dabei war.«

»Trotzdem bitte ich Sie, mir die Gäste noch einmal aufzuzählen. Es könnte ja sein, dass Sie beim ersten Mal einen vergessen haben. Möglich ist auch, dass Sie jetzt jemanden vergessen, und das wäre ebenfalls nicht unwichtig.«

Ojanen gab nach: »In alphabetischer Reihenfolge oder nach Alter, Geschlecht oder Einkommensklasse geordnet?«

»Ganz, wie Sie wollen.«

»Wenn Sie mich nach irgendeinem anderen Abend gefragt hätten, wäre die Sache viel interessanter. Meistens sind wir nämlich mehr. Diesmal waren außer mir nur drei dabei, keine Massenversammlung also. Jouko und Liisa Lankila, der Erstere Anwalt, Alter fünfundvierzig Jahre, Scheidungs- und andere Zivilsachen, keine Strafprozesse; die Letztere Biologielehrerin, Alter dreiundvierzig Jahre, bescheidenes Einkommen, gerade genug, um die Steuern ihres Mannes zu bezahlen.«

Als Ojanen schwieg, fragte Hanhivaara: »Und weiter?«

»Antti Koski natürlich.«

»Ich dachte schon, Sie hätten ihn vergessen.«

»Alter vierzig Jahre, allein stehend, männlich. Von Bedeutung ist in diesem Zusammenhang vermutlich auch, dass er früher mit einer schönen, zwei Jahre jüngeren Frau verheiratet war.«

Ojanen klopfte mit seinem Ring ein Satzzeichen auf die Schreibtischplatte. Einen Punkt: Es war alles gesagt.

»Darf ich rauchen?«, fragte Hanhivaara.

»Bitte, tun Sie ruhig was für Ihren Krebs. Ich bin Nichtraucher.«

Hanhivaara holte eine halb zerdrückte Packung aus der Tasche und beobachtete seinen Zeugen, während er sich eine Zigarette anzündete. Dann zog er einen Block aus der anderen Tasche, blätterte langsam darin und nickte zerstreut. Er war ein guter Schauspieler.

»Ihr Gedächtnis ist in Ordnung«, sagte er schließlich.

»Hören Sie, Hauptmeister, amerikanische Fernsehserien und hartgesottene Detektivstorys in allen Ehren, aber Ihnen steht dieser Sarkasmus nicht.«

Hanhivaara schubberte sich an der Sessellehne. Sein Rücken juckte. Hauptsächlich ging es ihm aber darum, Zeit zu gewinnen. Er wusste nicht, was er sagen sollte.

»In der bewussten Nacht haben wir einen Neunzehnjährigen aufgesammelt, der keine Ahnung hatte, woher er kam und wohin er wollte. Ganz zu schweigen davon, dass er sich erinnert hätte, mit wie vielen Kumpels er gesoffen hatte.«

»Ich bin kein neunzehnjähriger Bursche.«

»Tja. Bei jungen Leuten funktioniert alles besser. Das Gedächtnis wohl auch.«

Bevor Ojanen sich dazu äußern konnte, fuhr Hanhivaara fort: »Seit wann kennen Sie Annikki und Antti Koski?«

Ojanen schwieg. Er überlegte, und Hanhivaara hätte gern gespottet, hoffentlich lasse sein Gedächtnis ihn nicht im Stich. Er hatte nichts gegen den jungen, erfolgreichen Mann; er verspürte weder Wohlwollen noch Antipathie; auch um seine offensichtlich solide finanzielle Lage beneidete er ihn nicht. Der Hauptgrund für seine ständig zunehmende Tendenz, prinzipiell jedem Menschen mit Hohn zu begegnen, lag darin, dass er seit Jahren auf der Empfängerseite stand und sich die Witze der Zivilbevölkerung über des Schreibens unkundige Polizisten, Bauklötzchentests als Aufnahmeprüfung zur Polizeischule und dergleichen mehr anhören musste. In Ojanens Fall neigte sich die Waage vielleicht doch eher in Richtung Sympathie. Es gab keinen Grund zu der Annahme, dass der Mann irgendwie an der Tat beteiligt war. Trotzdem war er nicht ausfällig geworden. Ein ausgeglichener Mensch, überlegte Hanhivaara. So unwahrscheinlich das klingt, wenn man an seinen Beruf denkt.

Dennoch bekam er seinen Zeugen nicht recht in den Griff. Ojanen wirkte aufrichtig und offen, doch Hanhivaara wusste, dass ›aufrichtig‹ im Geschäftsleben ein Synonym für ›gut geschult‹ ist. Im Business galten andere Gesetze als bei der Polizeiarbeit. Deshalb musste Hanhivaara auf der Hut sein.

»Ich kenne sie seit circa drei Jahren«, sagte Ojanen.

»Wie kam die Bekanntschaft zu Stande?«

»Das war schon einigermaßen seltsam. Antti Koski war auf die Idee gekommen, bei der Kommunalwahl zu kandidieren, und hatte meine Agentur beauftragt, die Wahlkampagne für ihn zu planen. Er hat unseren Vorschlag nicht akzeptiert und letztlich ganz auf die Kandidatur verzichtet, was ich eigentlich nicht überraschend fand. Wir haben uns damals ein paarmal getroffen und später habe ich ihn näher kennen gelernt. Man kann beinahe sagen, wir sind gute Freunde geworden.«

»Wieso war es nicht überraschend?«, fragte Hanhivaara.

»Was?«

»Dass Antti Koski letztlich auf die Kandidatur verzichtete.«

»Meiner Meinung nach war er kein Stadtratstyp. Deshalb wunderte es mich, dass er das Angebot, zu kandidieren, überhaupt angenommen hat.«

»Was ist ein Stadtratstyp?«

»Sagen wir so: Meiner Meinung nach ist Antti Koski ein ehrlicher Mensch.«

»Aha. Ich verstehe.«

»Tun Sie das?«

Hanhivaara hatte sehr gut verstanden, wollte sich jedoch nicht wiederholen. Es schien, als seien Ojanen und er zumindest in einem Punkt derselben Meinung. Aber Schizophrenie ist in der Werbewelt der Normalzustand: Ojanen war durchaus fähig, verlogene Kampagnen für Leute zu planen, die im Stadtrat sitzen wollten, nur um sie anschließend zu verachten. Hanhivaara war sich nicht ganz sicher, ob er den jungenhaften Agenturbesitzer mochte, der immer noch über die Schreibtischplatte rieb und ihn mit aufmerksamem Lächeln ansah. Attraktiv wirkt er jedenfalls, dachte Hanhivaara. Zumindest bei Frauen kommt er bestimmt gut an.

»Sie kennen Antti Koski also seit ungefähr drei Jahren?«, rekapitulierte er.

»In letzter Zeit haben wir uns ziemlich oft gesehen.«

»Was für ein Mensch ist er?«

»Wie gesagt, er macht einen ehrlichen Eindruck.«

»Und seine Frau?«

»War schön.«

»Ich weiß, dass manche Menschen nicht schlecht über Tote reden wollen. Darf ich Ihrer Antwort entnehmen, dass Sie zu dieser Sorte gehören?«

»Sie war nervös und zänkisch. Eigenschaften, die ich nicht mag.«

»Wie lange waren die beiden verheiratet?«

»Sechzehn oder siebzehn Jahre. Die Ehe hielt und hielt. Ich glaube, im Grunde haben sie sich geliebt. Soweit ich das beurteilen kann. Irgendeine starke Bindung muss jedenfalls da gewesen sein, denn es gab auch viele widersprüchliche, zerstörerische Kräfte.«

»Was für Kräfte?«

»Ich glaube, Annikki hatte eine Schwäche für Männer.«

»Aber Sie wissen es nicht genau?«

»Hören Sie, Herr Hauptmeister, ich habe offenbar andere Moralvorstellungen als Sie und Ihre Frage bringt mich keineswegs in Verlegenheit. Um der Wahrheit die Ehre zu geben, kann ich nur sagen, dass ich es glaube. Ich meine damit, dass ich persönlich sie nie gefickt habe.«

Natürlich bildet er sich jetzt ein, mich mit diesem Wort schockiert zu haben, dachte Hanhivaara. Alle Menschen glauben, besser zu sein als die anderen; mutiger, freier, ungehemmter, moderner. Sie schmeicheln sich selbst, indem sie sich anders verhalten als die Mehrheit. Hanhivaara konstatierte, dass Ojanen sich doch nicht wesentlich von seinen Mitmenschen unterschied.

Er zückte einen Stift, schrieb etwas auf seinen Block und las ab: »Der Zeuge hat seiner eigenen Aussage nach das Tatopfer nie gefickt.«

Der Punkt ging an ihn. Er blickte auf und fragte todernst: »Können Sie mir jemanden nennen, der es getan hat? Außer dem Ehemann, natürlich. Wäre es denkbar, dass Eifersucht im Spiel war?«

»Sie verblüffen mich. Aber Angst jagen Sie mir nicht ein. Fragen Sie Magister Pentti Seppänen.«

»Mag sein, dass ich das tue, aber da Sie ein Meister der schnellen Charakterisierung zu sein scheinen, setzen wir ihn mit auf Ihre Liste, auch wenn er nicht bei Ihrer Party war.«

»Pentti Seppänen ist ein achtundzwanzigjähriger Englischlehrer, eindeutig heterosexuell. Wenn Sie wollen, kann ich Ihnen seine Adresse nennen, und auch die Schule, an der er unterrichtet. Nebenbei bemerkt ist er rund zehn Jahre jünger als Annikki Koski. Und ein entfernter Verwandter von mir.«

»Rechnen kann ich selbst. Aber für die Adresse und den Namen der Schule wäre ich dankbar.«

Ojanen schrieb beides auf und reichte Hanhivaara den Zettel. Der Stein an seinem Ring glitzerte. Er lächelte beinahe strahlend, doch Hanhivaara wusste, dass es sich um eine Zwangsreaktion handelte. Dieser Kunde würde ihm nichts einbringen und das war ihm auch klar, aber er war so darauf getrimmt, alle Menschen als potenziell Gewinn bringende Kunden zu behandeln, dass er selbst bei einem Polizisten nicht aus seiner Haut schlüpfen konnte.

»Und die Verwandtschaftsbeziehung? Könnten Sie die präzisieren?«

»Nein.«

Hanhivaara wartete, doch sein Gegenüber schien alles gesagt zu haben, was er sagen wollte. Also musste er nachfragen: »Warum nicht?«

»Weil ich nicht weiß, wie er mit mir verwandt ist. Ziemlich weitläufig, nehme ich an. Wenn er mein Bruder wäre, wüsste ich es.«

»Die meisten Menschen kennen sich in ihrer Verwandtschaft aus.«

»Ich nicht.« Ojanen wurde allmählich wortkarg.

»So. Na, wir werden es schon herausfinden. So wichtig ist es wohl auch nicht.« Hanhivaara hatte die Nase voll.

Ojanen stand auf. »Sie sind sicher ein guter Polizist und ein interessanter Mensch, aber falls dies keine offizielle Vernehmung ist … Ich habe gleich einen Termin.«

»Vielen Dank für das Kompliment, ich bin tatsächlich ein guter Polizist. Und dies ist keine offizielle Vernehmung. Nur eins noch: Was ist mit den anderen Namen?«

Hanhivaara liebte es gelegentlich, beim Sprechen Doppelpunkte zu verwenden. Er war ein präziser Mensch.

»Die anderen Namen?«, fragte Ojanen.

»Keine unnütze Schauspielerei, bitte. Ich möchte wissen, wen Sie meinten, als Sie von anderen, interessanteren Partys sprachen. Sind unter Ihren regelmäßigen Gästen welche, die diesmal aus dem einen oder anderen Grund nicht dabei waren?«

Seinen Block mit Namen gefüllt, verließ Hanhivaara bald darauf die Agentur, um sich der Polizeiarbeit zu widmen.

Da seit dem Mord bereits ein Tag vergangen war, enthielt die Liste kaum Überraschendes. Die Namen waren bekannt, aber Sorgfalt war bei Hanhivaaras Arbeit nicht von Nachteil.

Jetzt hatte er allerdings den Eindruck, dass er bei der Vernehmung nicht viel herausbekommen hatte. War er manipuliert worden? Hanhivaara war verwirrt, denn Manipulation war eigentlich seine eigene Domäne.

Elf

Hauptmeister Lauri Hanhivaara war ein einsamer Mann. Er beschloss, allein zum Mittagessen zu gehen, bevor er sich bei seinem Vorgesetzten meldete. Er kümmerte sich nicht darum, was er aß, sofern es nicht schlecht roch und mühelos hinunterrutschte. Für einen Mann wie ihn gab es in der Stadt eine Fülle von guten Speiselokalen. Hanhivaara fand ganz allgemein keinen großen Gefallen am Essen; es war eine überflüssige Beschäftigung, mit der man nichts erreichte. Diesmal setzte man ihm in einer kleinen Imbissstube Würstchen und Kartoffelpüree vor. Er schlang die Portion hinunter, ohne weiter darauf zu achten, und spülte mit einer Tasse Kaffee nach.

Hanhivaara sah aus, wie niemand aussehen möchte. Nicht hässlich oder unförmig oder verkrüppelt; an seinem Körperbau gab es nichts auszusetzen. Er wirkte einfach ungepflegt.

Der Einsatz eines Kamms und eines geschickten Schneiders hätte vermutlich gereicht, um ihm ein menschenähnliches Aussehen zu geben. Doch so, wie er herumlief, schien er förmlich darauf zu warten, dass ihn jemand anrempelte und herumschubste. Seine Erscheinung weckte keinen Respekt. Seine Kollegen wussten, dass er ein guter Polizist war. Ein talentierter Verbrecher mochte es ahnen. Hanhivaara selbst kannte seine kriminalistischen Qualitäten, wurde sein nichts sagendes Äußeres jedoch nicht los und machte sich auch nichts daraus.

»Dieser Ojanen kennt das Ehepaar Koski seit drei Jahren. Er sagt, er hat eine Wahlkampagne entworfen. Erinnerst du dich, ob Antti Koski irgendwann mal kandidiert hat?«, wandte sich Hanhivaara an seinen Chef.

»Nein, ich erinnere mich nicht, aber ich wähle immer denselben«, erwiderte Kairamo, der kindisch genug war, sein Wahlrecht auszuüben. »War an der Kandidatur etwas faul?«

»Ich weiß nicht. Wahrscheinlich nicht. Aber es ist doch seltsam, dass er sich zuerst aufstellen ließ und dann urplötzlich zurücktrat.«

Allerdings war Hanhivaara sich nicht restlos sicher, ob das wirklich so merkwürdig war. Die Leute wechseln ihre Meinung wie ihre Kleider. Das galt natürlich auch für Hanhivaara, der allerdings seine Kleidung äußerst selten wechselte.

»Und weiter?«, fragte Kairamo.

»Nicht viel. Wir haben hauptsächlich Stroh gedroschen. Wenn nötig, knöpfe ich mir Ojanen später noch einmal vor. Er behauptet übrigens, Annikki Koski habe ihre Gunst recht freigiebig verteilt.«

»Musst du hier unbedingt ein Eifersuchtsdrama konstruieren?«, seufzte Kairamo, der sich etwas Originelleres wünschte.

»Die Ehe scheint trotzdem lange gehalten zu haben«, setzte Hanhivaara hinzu.

»Bis sie vor einem halben Jahr zerbrach.«

»Sie halten immer so lange, bis sie zerbrechen.«

Kairamo überhörte die Bemerkung. Er fragte: »Weißt du, warum sie gescheitert ist?«

»Nein. Hast du den Mann nicht danach gefragt?«

»Er sagt, seine Frau habe ihm Untreue vorgeworfen und deshalb die Scheidung eingereicht. Aber das passt nicht ganz ins Bild, oder?«

»Die Frau schläft angeblich herum, lässt sich aber wegen Untreue des Mannes scheiden. Merkwürdig, da hast du Recht, aber man hat schon seltsamere Dinge erlebt. Irgendjemand lügt.«

»Wir können ziemlich leicht feststellen, wer vor Gericht als Geliebte des Mannes benannt wurde.«

»Ja. Aber bringt uns das weiter?«

»Alles muss untersucht werden«, mahnte Kairamo.

Belehrungen nervten Hanhivaara, vor allem wenn sie von seinem Vorgesetzten kamen. Natürlich war ihm klar, dass er nicht alles wissen und verstehen konnte; das Dumme war nur, dass zu Belehrungen neigende Menschen meist Banalitäten und Gemeinplätze von sich gaben.

Hanhivaara stand auf und sagte: »Ich gehe meiner Wege.« Kairamo dachte bei sich, er selbst hätte sich ein wenig anders ausgedrückt.

Während Hanhivaara leise hinausging, blieb Kairamo sitzen und vertiefte sich in seine Papiere.

Diesmal nahm Hanhivaara einen Wagen, obwohl die Polizei kaum noch Fahrzeuge benutzen durfte. Er hatte eine lange Tour vor sich und meinte, einen Mord aufzuklären sei wichtiger, als für eine unfähige Regierung Geld zu sparen. Er irrte sich: Nichts ist wichtiger, als für eine unfähige Regierung Geld zu sparen.

Hanhivaara brauchte zehn Minuten für die Fahrt, weil er unterwegs anhielt, um Zigaretten zu kaufen.

Das Haus war ein typisches, hässliches Etagenhaus. Es mochte fünf oder auch fünfzehn Jahre alt sein, Jugendstil war es jedenfalls nicht. Was nicht hieß, dass Hanhivaara viel vom Jugendstil verstand. Hanhivaara vermutete, dass es sich bei dem Mann, der ihm die Tür aufmachte, um Pentti Seppänen handelte, denn er sah aus wie ein achtundzwanzigjähriger Hetero. Besonders attraktiv war er nicht. Der Schnurrbart steht ihm nicht, die wenigsten Rothaarigen können einen Schnurrbart tragen, dachte Hanhivaara.

»Polizei«, sagte er.

Dann fügte er noch »Guten Tag« hinzu, obwohl er fand, dass er seinen Besuch dadurch um acht überflüssige Buchstaben plus Gänsefüßchen verlängerte. Da der Mann keine Antwort gab, fragte er vorsichtshalber, ob er der Lehrer Pentti Seppänen sei.

»Ja, der bin ich«, antwortete Seppänen. »Guten Tag. Treten Sie näher.«

Hanhivaara ging vorsichtig in die Wohnung, als fürchte er, sie würde schlecht riechen. Er verzichtete darauf, den Mantel auszuziehen. Im Wohnzimmer kam er der Aufforderung nach, Platz zu nehmen.

Die beiden Männer musterten sich. Hanhivaara hatte sein ganzes Leben lang Menschen beobachtet, zudem war er darauf trainiert. Deshalb langweilte ihn diese Tätigkeit zusehends. Genau genommen waren es die Menschen, die ihn mehr und mehr langweilten, egal ob er sie sah oder nicht. Er vermutete, dass er es hier mit einem besonders langweiligen Exemplar zu tun hatte.

Seppänen war mittelgroß, etwas über eins siebzig. Sein helles, fleckiges Gesicht wurde zum Teil von den langen, ziemlich unsauberen roten Haaren verdeckt. Er war ausgesprochen mager, hatte aber ein rundes Gesicht. Das schloss Hanhivaara jedenfalls aus dem Teil, den er sehen konnte. In diesem runden Gesicht standen wässrige graue Augen, vor denen ruhelose Hände immer wieder die Haare wegschoben. Beinahe wäre Hanhivaara die Bemerkung entschlüpft: »Wie ein Casanova sehen Sie nicht aus.«

Doch stattdessen sagte er: »Es geht um den Tod von Annikki Koski. Ist Ihnen eine Person dieses Namens bekannt?«

»Ja«, antwortete Seppänen bedächtig.

»Wo waren Sie in der Nacht zum Mittwoch zwischen ein und zwei Uhr?«, fragte Hanhivaara und lächelte in sich hinein. Vielleicht kann ich den Langweiler damit aufrütteln, dachte er.

»Zu Hause«, war die stoische Antwort.

Hanhivaara mochte die weiche, klingende Stimme des Mannes, die fast den Eindruck erweckte, man habe es mit einem intelligenten Menschen zu tun.

»Allein?«, fragte Hanhivaara.

»Allein. Ich bin immer allein.«

»Immer allein? Was soll das heißen?«

»Das heißt, dass ich allein lebe und außerdem auch in Gesellschaft oft allein bin.«

»Hat Ihr Deo versagt?« Hanhivaara konnte sich die dämliche Bemerkung nicht verkneifen.

»Nein.«

»Ich meine lediglich, Sie sollten dem Gespräch keine philosophische Wendung geben, wenn es um die Überprüfung Ihres Alibis geht.«

»Ich habe nur Ihre Frage beantwortet«, erwiderte Seppänen mit unerschütterlicher Ruhe.

»Als ich sie gestellt habe, wusste ich nicht, welches Deodorant Sie benutzen.«

»Wollten Sie nicht zur Sache kommen?«, fragte Seppänen.

Hanhivaara ärgerte sich. Irgendwie war er seinem Zeugen ins Garn gegangen und das gefiel ihm absolut nicht. Verdrossen brummte er: »Haben eventuell Sie Annikki Koski ermordet?«

»Ich habe sie nicht ermordet, obwohl ich allein war.«

»Das werden wir überprüfen.«

»Wie denn?«

»Jetzt müsste ich Sie darüber belehren, dass ich die Fragen stelle und Sie antworten. Doch das werde ich nicht tun, vielmehr frage ich Sie, wer Annikki Koski ermordet hat, wenn Sie es nicht waren.«

»Das weiß ich nicht. Meines Erachtens müssten Sie derjenige sein, der es weiß. Bin ich wirklich der einzige Kandidat?« Seppänen verlegte sich erneut aufs Fragen.

Hanhivaara war das Spielchen längst leid, dennoch trieb er es weiter: »Ich belehre Sie immer noch nicht, sondern frage stattdessen, wie gut Sie das Opfer gekannt haben.«

»Sehr gut.«

»So gut, wie ein Mann eine Frau kennen kann, oder?«

»Das verstehe ich nicht.«

Als er diese Antwort hörte, wusste Hanhivaara, dass er die Zügel wieder im Griff hatte. Er sagte: »Dann sind Sie dumm und unsere Kinder sind gefährdet, wenn sie einen solchen Lehrer haben.« Er betonte jedes einzelne Wort, als habe er einen besonders begriffsstutzigen Grundschüler vor sich: »Ich möchte wissen, ob Sie ein Verhältnis mit Annikki hatten. Nur habe ich mich nicht so direkt ausgedrückt. Nicht aus Prüderie, sondern weil ich Sie für einen intelligenten Menschen hielt.« Insgeheim schämte er sich, weil er die Tote nur beim Vornamen genannt hatte, als hätte er sie seit Langem gekannt, ja, als hätte er selbst ein ›Verhältnis‹ mit ihr gehabt. Dabei hatte er Annikki Koski nur als Leiche gesehen.

»Wer behauptet das?«, fragte Seppänen unerwartet heftig.

»Das ist fast schon Stadtgespräch.«

»Ganz so publik war die Sache wohl nicht.«

»Jetzt haben Sie sich verplappert«, freute sich Hanhivaara.

»Nein. Ein paar Leute wussten davon. Zwecklos, es abzustreiten, früher oder später würden Sie es sowieso erfahren.«

»Das würde ich. Und habe ich. Was meinte Annikki Koskis Mann dazu?«, fragte Hanhivaara und vergaß den Familiennamen diesmal nicht.

»Gar nichts. Wir waren Freunde.«

»Ist das üblich?«

»Üblich? Haben Sie etwa keine Freunde?«

Hanhivaara hatte den Verdacht, dass Seppänen absichtlich wieder in die Rolle des Dummen geschlüpft war. Er beschloss, seinerseits zu der des Grundschullehrers zurückzukehren: »Meine zugegebenermaßen unvollständige Frage hatte folgende Bedeutung: Ist es üblich, dass der Ehemann mit dem Liebhaber seiner Frau befreundet ist?«

»Das weiß ich nicht, aber es entspricht der Wahrheit.« Seppänen war wieder lammfromm.

»Ist Annikki Koski von ihrem geschiedenen Mann ermordet worden? War er eifersüchtig?«

»Ich glaube, eifersüchtig war er schon seit Langem nicht mehr. Außerdem hatte er keinen Grund, er war ja nicht mehr mit ihr verheiratet.«

»Es kann lange dauern, bis Verbitterung in eine Tat mündet. Dafür gibt es Beispiele genug.«

Hanhivaara sprach wie ein Experte (in welcher Sparte?); er bezog sich auf verschiedene Fälle, in denen der Mann tatsächlich erst nach der Scheidung begonnen hatte, seine Frau zu terrorisieren. Ein solches Verhalten fand er unbegreiflich. Kein Hund würde ein zweites Mal ins Feuer laufen, nachdem er sich den Pelz oder die Schnauze verbrannt hatte.

Hanhivaara beschloss, dem Zirkus ein Ende zu machen. Er fragte: »Seit wann kannten Sie Annikki Koski?«

»Seit rund zwanzig Jahren.«

»Lügen Sie mich nicht an!«

»Sie war vor langer Zeit einmal Miss Finnland und ich habe sie schon als Kind bewundert. Sie stammte aus demselben ostbottnischen Dorf wie ich.«

Hanhivaara sah ihn verblüfft an.

»Sie verlieren sich wohl gern im Unendlichen. Seit wann kannten Sie sie in natura, nicht von Fotos oder von neidischen Blicken auf den Tanzboden, zu dem Sie noch keinen Zutritt hatten? Ich meine eine nähere Bekanntschaft, eine Freundschaft, eine Liebesbeziehung, wie man so schön sagt.«

»Zirka drei Jahre, würde ich sagen.«

»Wie haben Sie sie kennen gelernt?«

»Auf einer Party.«

»Was für eine Party?«

»Am besten erkläre ich Ihnen alles von Anfang an.«

»Ich bitte darum.«

»Ich bin entfernt verwandt mit Raimo Ojanen. Er hat hier in der Stadt eine Werbeagentur. Und eine große Wohnung, in der er mir freundlicherweise ein Zimmer zur Verfügung stellte, als ich zum Studium nach Tampere kam. Wir standen uns nicht besonders nahe. Er hatte seinen Freundeskreis und ich meinen. Anfangs. Seine Freunde besuchten ihn ab und zu, um sich, wie soll ich sagen ... um sich zu amüsieren. Allmählich begann ich, an diesen Festen teilzunehmen. Schließlich lebte ich in derselben Wohnung. So lernte ich die ganze Clique kennen. Obwohl die anderen etwas älter sind als ich, sind sie meine Freunde geworden. Vor ungefähr drei Jahren kam ein neues Paar dazu, Annikki und Antti Koski. Ich war sofort bezaubert von Annikki und später haben wir uns dann ineinander verliebt.«

Pentti Seppänen redete plötzlich mit fast kindlichem Eifer. Als hätte er seine Erzählung eingeübt. Er blickte Hanhivaara mit wässrigen Augen an, als wolle er ihm für die gute Zusammenarbeit danken.

Hanhivaara sah sich in dem recht großen Wohnzimmer um. Vielleicht hoffte er, an der Wand eine Kollektion Rasiermesser zu finden. Doch an Seppänens Wänden hing nichts. Oder jedenfalls nichts, was Hanhivaara interessiert hätte. Er fragte sich, was Annikki Koski an diesem uninteressanten Menschen gefunden hatte. Aber vielleicht besaß Seppänen irgendwelche Vorzüge, auf die Hanhivaara keinen Wert legte und von deren Existenz er nichts wissen konnte.

»Wie lange dauerte es, bis Sie sich ineinander verliebten?«, fragte er.

»Ich weiß nicht … es ist vielleicht zwei Jahre her. Ich erinnere mich nicht genau.«

»Was ist dann passiert?«

»Annikki und ich haben uns auf diesen Partys getroffen und später manchmal zu zweit in meiner Wohnung.«

»Und ihr Mann ließ sich das gefallen?«

»Es fehlte ihm nicht an weiblichem Trost, glaube ich.«

»Eine seltsame Ehe, finden Sie nicht?«

»Ich finde alle Ehen seltsam.«

Hanhivaara lachte. Er neigte zu derselben Auffassung, doch das sagte er nicht. »Bleiben wir bei dieser speziellen Ehe. Erzählen Sie mir etwas über die beiden.«

»Viel weiß ich nicht.«

»Manche Frauen halten im Bett den Mund, andere schwatzen drauflos. Annikki Koski war offenbar von der schweigsamen Sorte.«

»Ihr Stil gefällt mir nicht.«

»Macht nichts. Spucken Sie nur alles aus, was Sie wissen. Je seltsamer, desto besser. Namen sind ebenfalls willkommen.«

Seppänen seufzte. Sein Blick schweifte ab. Er bat um nichts mehr. Aber Angst hatte er auch nicht. Hanhivaara dachte, vielleicht sei *zerstreut* das richtige Wort, um diesen Zeugen zu beschreiben. Er wirkte abwesend, unaufmerksam, aber nicht aufgeregt. Vielleicht hatte der Tod seiner Geliebten ihn nicht berührt; vielleicht hatte Annikki Koski einen zerstreuten Liebhaber gehabt. Hanhivaara hätte beinahe laut gelacht, als er daran dachte, was ein zerstreuter Liebhaber alles vergessen kann.

Seppänen begann zu reden: »Annikki hat mir tatsächlich das eine oder andere von sich erzählt. Ich bin sicher, sie hat mich geliebt, aber sie behauptete immer wieder, sie liebe ihren Mann. Und als ich ihr die uralte Floskel ›irgendwie‹ anbot, regte sie sich auf und sagte, das sei Unsinn. Man könne nur auf eine Weise lieben, nämlich richtig.«

Der junge Mann liefert mir ein Motiv und merkt es nicht einmal, dachte Hanhivaara.

Seppänen fuhr fort: »Ich glaube, die Ehe hat fast zwanzig Jahre gehalten. Als sie geheiratet haben, studierte Antti noch und Annikki war gerade zur Miss Finnland gewählt worden. Meines Wissens hatte die Romanze bis dahin im Stillen geblüht, damals wurde um die Schönheitsköniginnen noch kein solcher Rummel gemacht wie heute. Annikki schlug offenbar alle Angebote aus, die sie nach ihrem Sieg bekam. Warum, weiß ich nicht. Wer an einem Schönheitswettbewerb teilnimmt, ist doch sicher auf Ruhm und Geld aus, oder? Etwa ein Jahr nach der Hochzeit ereignete sich die erste Tragödie in ihrem Leben, als ihr Sohn – gerade vier Wochen alt – bei einem Autounfall starb. Soweit ich weiß, hatte Antti am Steuer gesessen. Er selbst wurde nur leicht verletzt, aber Annikki erlitt einen Nervenzusammenbruch und war ein halbes Jahr lang in Behandlung.«

Seppänen unterbrach seinen Bericht, um zu fragen, ob er jetzt über das richtige Thema spräche (leicht spöttisch), und um sich eine Zigarette anzuzünden (ziemlich gierig). Hanhivaara betrachtete den jungen Mann nachdenklich, steckte sich ebenfalls eine an und fragte: »Hat Annikki Ihnen das alles erzählt?«

»Ja, aber ich kann Ihnen auch etwas berichten, was sie nicht gesagt hat.«

»Schießen Sie los.«

»Meiner Meinung nach bestand die ganze Clique, der sich die Koskis vor drei Jahren anschlossen, aus extrovertierten und ziemlich sorglosen Leuten. Die beiden waren anders, sie schienen sich zur Fröhlichkeit zu zwingen. Annikki hat praktisch nie etwas getrunken, Antti umso mehr. Oft zogen sie sich mittendrin in eine Ecke zurück und führten im Flüsterton ernste Gespräche, während die anderen feierten. Es kam auch häufig vor, dass sie die Party plötzlich verließen, aber nach einer Weile wieder zurückkamen. Einmal musste Antti seine Frau stützen, als sie gingen, dabei hatte sie meines Wissens gar nichts getrunken. Antti becherte immer reichlich, aber seine Fröhlichkeit wirkte meistens aufgesetzt, er war nie entspannt. Ich weiß nicht, ob es den anderen aufgefallen ist. Vielleicht habe ich es mir auch nur eingebildet.«

Der junge Mann, dessen wässrige Augen offenbar schärfer sahen, als man annehmen konnte, wurde Hanhivaara allmählich sympathischer. Seine Ausführungen klangen überzeugend, obwohl er den Wert seiner Beobachtungen herunterspielte. Aber man konnte nie sicher sein. Womöglich handelte es sich doch nur um das Fantasiegebilde eines Neurotikers. Seppänen hatte vielleicht gar nichts Besonderes gesehen; er hatte sich nur besonders für die Frau interessiert und ihr alle möglichen Eigenschaften angedichtet, beispielsweise Zurückhaltung in puncto Alkohol. Romantische Geister idealisieren gern, dachte Hanhivaara.

Seppänen schwieg, nur seine Hände blieben in Bewegung, machten eine Reise vom Schoß auf die Sessellehnen und vereinten sich wieder, als Seppänen sich vorbeugte und Hanhivaara fragend, fast herausfordernd ansah. Dann sagte er: »Habe ich jetzt genug geklatscht?«

In seiner Stimme lag eine überraschende Bitterkeit, als sei ihm plötzlich klar geworden, dass die Dinge, über die er berichtet hatte, eigentlich niemanden etwas angingen. Sein Blick war nahezu vorwurfsvoll.

Rasch sagte Hanhivaara: »Sie stammen aus derselben Gegend wie Annikki Koski.«

»Ich glaube, das habe ich bereits erwähnt.«

»Erzählen Sie mir mehr darüber.« Hanhivaaras Stimme klang befehlend, sein Gesichtsausdruck gab jedoch nichts preis.

Stille.

»Aus was für Verhältnissen kam sie?«, hakte Hanhivaara nach.

»Ihr Vater hatte eine einträgliche Landwirtschaft.«

»Hatte? Gehört ihm der Hof nicht mehr?«

»Beide Eltern sind tot, und Annikki, die Alleinerbin, hat den Hof verkauft. Seitdem brauchte sie nicht mehr am Hungertuch zu nagen. Vorher allerdings auch nicht.«

»Kannte sie noch jemanden aus der Gegend? Könnte sie dort Feinde haben? Einen enttäuschten Freier zum Beispiel?«

»Genau danach habe ich mich mal erkundigt, als ich meine Eltern besuchte. Ich wollte nämlich mehr über Annikki erfahren. Natürlich erinnern sich die Leute an sie, immerhin ist sie die einzige Berühmtheit, die unser Dorf hervorgebracht hat. Außerdem ist es erst vier oder fünf Jahre her, dass sie den Hof verkauft hat. Es gab alle möglichen Gerüchte, aber von einem enttäuschten Verehrer habe ich nie gehört. Selbstverständlich wurde gemunkelt, sie sei dem Alkohol verfallen. Dass sie ihren Mann verprügeln und herumhuren würde, hat dagegen niemand behauptet. Obwohl die Dorfweiber natürlich alle Schönheitsköniginnen für Nutten halten. Merkwürdig fand man auch ihr Verschwinden.«

»Ihr Verschwinden?« Von dieser Neuigkeit war Hanhivaara so überrascht, dass er Seppänens Redefluss unterbrach.

»Ja, sofern sie wirklich verschwunden ist. Bestimmt gibt es in Wahrheit eine ganz natürliche Erklärung. Es war so: Nachdem Annikki sich von ihrem Nervenzusammenbruch erholt hatte, besuchte sie ihre Eltern ziemlich oft, mal mit Antti, mal allein. Aber dann, vielleicht fünf Jahre nach dem

Unfall, ließ sie sich ein ganzes Jahr lang nicht blicken. Die Leute sagten, sie sei im Ausland. Die Neugierigsten fragten ihre Eltern aus, bekamen aber nur zu hören, sie sei verreist. Fünf Jahre später verschwand sie erneut, wieder auf geheimnisvolle Weise. Das war, nachdem ihre Eltern gestorben waren. Anschließend hat sie dann den Hof verkauft.«

»Wo könnte sie denn gewesen sein?«, fragte Hanhivaara.

»Das ist es ja gerade. Niemand scheint es zu wissen. Die Leute im Dorf raten wie die Wilden, sämtliche Länder Europas stehen zur Auswahl und Asien obendrein. Aber wer weiß, vielleicht war sie die ganze Zeit in ihrer Wohnung.«

»Sie hat es Ihnen nicht erzählt?«

»Nein.«

»Ihr Mann wird es wissen. Ich darf nicht vergessen, ihn zu fragen. Obwohl man auf das Gemunkel wahrscheinlich nicht viel geben kann, diese Landeier wundern sich doch über alles – sogar über eine zu lang geratene Rote Bete.«

Nach diesem kleinen Exkurs fragte Hanhivaara: »Was wissen Sie über den Mann?«

Er war entschlossen, Seppänens Redseligkeit auszunutzen. Vielleicht hatte der Tod seiner Geliebten ihn doch so erschüttert, dass er sich der Polizei gegenüber anders verhielt als die meisten Zeugen, die nur antworteten, wenn sie gefragt wurden, und nicht mehr sagten als unbedingt notwendig.

Seppänen wirkte irgendwie nervös. Hanhivaara hatte den Verdacht, dass er sich nur scheinbar offenherzig gab, mit seinen wahren Kenntnissen aber hinterm Berg hielt. Trotzdem hatte er von diesem Zeugen mehr über die Ermordete erfahren, als er zu hoffen gewagt hatte. Das Beste ist es, den Mann bei Laune zu halten. Ich darf ihn nicht verärgern, dachte Hanhivaara.

Seppänen beantwortete seine Frage: »Über ihn weiß ich nicht viel.«

»Ich weiß sicher noch weniger, aber ich befasse mich gern mit dem Leben anderer Menschen. Mein eigenes ist so langweilig.« Hanhivaaras Stimme gab nichts preis.

»Seltsam, dass Sie das sagen. Ich selbst habe immer Biografien gelesen, um am Leben anderer Menschen teilzuhaben, denn mein eigenes bestand aus kleinen monotonen Schnipseln. Und jetzt stecke ich plötzlich mitten in einem Drama.«

Der letzte Satz ließ sich nach Hanhivaaras Ansicht als Hinweis auf Seppänens Schuld deuten, was dem jungen Mann selbst jedoch nicht aufzufallen schien.

»Mittendrin würde ich nicht unbedingt sagen, aber wie mir scheint, haben wir beide Anteil an diesem Drama«, meinte Hanhivaara ausdruckslos.

Dann stellte er eine Frage, auf die er selbstverständlich die Antwort schon wusste. Es ging ihm nur darum, Seppänen den Anfang zu erleichtern: »Was war er von Beruf?«

»Wissen Sie das wirklich nicht?«

»Wissen Sie es?«

»Arzt. Internist und Chirurg. Mir ist nicht klar, warum er seine chirurgische Tätigkeit aufgegeben hat, denn soweit ich weiß, hatte er einen ausgezeichneten Ruf. Er galt sogar als außerordentlich geschickt. Nebenbei hatte er eine Privatpraxis, mit der er ein Schweinegeld gemacht haben soll. Damit hat er auch aufgehört.«

»Mit dem Geldmachen?«

»Mit der Privatpraxis«, entgegnete Seppänen barsch. »Vielleicht hat Annikki für den Hof ihrer Eltern so viel gekriegt, dass er es nicht mehr nötig hatte, sich zu Tode zu schinden.«

»Seltsam, dass Sie das sagen«, zitierte Hanhivaara seinen Zeugen.

»Wieso?«

»Wer zu Tode kam, war seine Frau, nicht er.«

»Seine Exfrau.« Seppänen war stolz auf seine Genauigkeit. »Meinen Sie, Antti hätte seine Exfrau ermordet? Das gibt doch keinen Sinn!«

»Was meinen Sie selbst?«

»So etwas kann ich mir einfach nicht vorstellen. Warum glauben Sie nicht, dass irgendein Penner sie umgebracht hat?«

»Reden Sie keinen Unsinn. Wir wissen, was wir tun. Aber erzählen Sie mir noch mehr über den Mann.«

»Über seine Vergangenheit weiß ich praktisch nichts. Nicht einmal, ob seine Eltern noch leben. Ich weiß nur, dass er sich die Schuld am Tod seines ersten Sohnes gegeben hat. Das hat ihn wahrscheinlich verbittert.«

»Sah man ihm die Verbitterung an?«

»Nein, im Gegenteil, er war oft lustig. Aber aus Annikkis Bemerkungen habe ich geschlossen, dass er den Heiteren spielte, bis er fast selbst glaubte, ein stets fröhlicher Mensch zu sein.«

»Und die Beziehung der beiden zum restlichen Freundeskreis? Gab es dort jemanden, der ihnen näher stand als andere?«

»Ich weiß nicht, ob sie irgendwen aus der Clique wirklich mochten. Annikki mochte mich, da bin ich mir sicher. Dann ist da noch Risto Takala, Anttis Kollege. Vielleicht stand er ihm deshalb näher als die anderen. Takala hat immer wieder versucht, Antti zur Rückkehr in seinen Beruf zu bewegen. Er meckerte pausenlos, man dürfe seine Fähigkeiten nicht vergeuden. Ich glaube, dass Raimo – Ojanen also – gern bei Annikki gelandet wäre, er hat mich nämlich gelegentlich mit säuerlichen Bemerkungen bedacht. Und Taina Sipilä, eine Journalistin, hatte mit Sicherheit eine engere Beziehung zu Antti Koski. Ich habe sie gelegentlich turtelnd in einer Bar gesehen. Andere haben die beiden in ähnlichen Situationen angetroffen.«

Seppänen schwieg einen Moment und sagte dann zögernd: »Außerdem hat Annikki mir von der Affäre erzahlt.«

Hanhivaara schmunzelte innerlich: Zuerst brüstete sich der junge Mann mit seiner Beobachtungsgabe und dann erzählte er, er gebe nur die Worte einer womöglich an Eifersuchtsparanoia leidenden Ehefrau wieder. Hanhivaara war überzeugt, dass alle Eheleute an krankhafter Eifersucht litten. Zumindest die Frauen. Er hatte seine Erfahrungen.

Alle Namen, die Seppänen erwähnt hatte, waren Hanhivaara bekannt. Sie standen in seinem Notizbuch. Deshalb brauchte er nicht nachzufragen. Er würde die Leute alle aufsuchen. Der Reihe nach würde er jedem Gelegenheit geben, ihm seine eigene Version der Gerüchte, Verleumdungen und Lügen aufzutischen. Von der Wahrheit gab es nach Hanhivaaras Ansicht nur eine Version. Diese Überzeugung war eine seiner wenigen Kindsköpfigkeiten.

»Und das Verhältnis zwischen Raimo Ojanen und Antti Koski?«, fragte er.

»Die Liebe ist einseitig, glaube ich. Und zwar von Raimos Seite. Mir scheint, er mag Antti wirklich, während Anttis Freundlichkeit eher aufgesetzt wirkt.«

»Warum lag Antti Koski und seiner Frau – seiner späteren Exfrau – überhaupt daran, Umgang mit Menschen zu pflegen, die sie nicht mochten?«

Seppänen zog an seiner Zigarette, blies den Rauch durch die Nase und sagte: »Ich weiß es nicht. Ich habe einmal versucht, mir meinen Eindruck von Annikki bestätigen zu lassen, aber sie lachte nur und meinte, ich solle keinen Unsinn reden.«

»Was passierte auf diesen Partys?«

»Eigentlich nichts Besonderes. Es waren einfach Zusammenkünfte von Freunden, die eine Vorliebe für Feiern und Alkohol haben.«

»Sind diese Leute Alkoholiker?«

»Die meisten nicht. Wahrscheinlich keiner. Am ehesten noch Raimo und diese Journalistin, Taina Sipilä. Aus ihr bin ich nicht ganz schlau geworden. Raimo trinkt täglich, aber nur kleine Mengen. Das sieht man ja schon daran, dass er beruflich so erfolgreich ist. Alkoholiker können höchstens als Journalisten oder Künstler reüssieren.«

»Sie haben die Offiziere vergessen. Aber für einen jungen Mann haben Sie erstaunlich konventionelle Auffassungen.«

Seppänen nahm die spöttische Bemerkung nicht übel. Er sagte nur: »Wenn es Ihnen lieber ist, ziehe ich den letzten Satz zurück. Jedenfalls hatten im Spätstadium der Partys die meisten ganz schön einen in der Krone.«

»Was haben Sie eigentlich gegen ...« Hanhivaara ließ den Satz unvollendet und blätterte in seinem Notizbuch. »Gegen diese Sipilä. Mir scheint, Sie mögen sie nicht.«

»Ein Luder«, sagte Seppänen kurz und prägnant.

»Ein starkes Wort, aber doch zu vage«, entgegnete Hanhivaara.

»Ich bin selbst nicht ganz frei von Egoismus, aber Leute, die überhaupt keine Rücksicht auf die Gedanken und Ziele anderer Menschen nehmen, mag ich nicht.«

»Wir alle neigen dazu, unsere eigenen Fehler auf andere zu projizieren«, philosophierte Hanhivaara. »Gab es persönliche Querelen zwischen Ihnen?«

»Ich habe mich zwar ein paarmal mit ihr gestritten, aber da bin ich nicht der Einzige. Allerdings glaube ich, dass sie krank ist. Und deshalb müsste ich ihr verzeihen.«

»Inwiefern krank?«

»Durchgedreht. Schraube locker. Nicht ganz dicht. Plemplem. Ich glaube nicht, dass sie einfach nur dumm ist.«

»Wie kam sie mit den anderen aus?«

»Mal hat sie sich mit ihnen gezankt, mal war sie stinkfreundlich. Vor allem wenn sie als Siegerin aus einem Streit hervorgegangen war. So ist es ja immer, nicht wahr?«

»Mag sein. Und die Party in der Nacht von Dienstag auf Mittwoch? Sie waren nicht dabei?«

»Nein. Ich hatte etwas Besseres zu tun. Mit anderen Worten, ich musste arbeiten. Außerdem hatte ich keine Lust, hinzugehen.«

»Warum nicht?«

»Ich wusste, dass Annikki nicht kommen würde. Deshalb konnte mir die Fete gestohlen bleiben.«

»Annikki Koski war nicht auf der Party, aber trotzdem ganz in der Nähe. Ein seltsamer Zufall. Können Sie sich vorstellen, was sie mitten in der Nacht in dieser Gegend zu suchen hatte? Wohnte sie hier irgendwo?«

Die Antwort auf die letzte Frage wusste Hanhivaara längst, aber er stellte sie trotzdem.

»Nein, sie hat nicht in dieser Gegend gewohnt. Ich weiß nicht, was sie dort zu suchen hatte, wenn sie nicht auf Raimos Party war. Oder auf dem Weg dorthin. Aber ich kann nicht alles wissen. Obwohl ich mit ihr geschlafen habe, hat sie mich nicht über jeden ihrer Schritte informiert. Das hätte ich auch gar nicht gewollt.«

Hanhivaara reagierte nicht auf den Ausbruch des jungen Mannes, sondern fragte ruhig: »Haben Sie Annikki Koski am Dienstag tagsüber gesehen?«

»Nein.«

»Wann zum letzten Mal?«

»Am Sonntag.«

»Wo?«

»In einem Restaurant.«

»Wer war sonst noch da?«

Hanhivaara rechnete fest damit, dass Seppänen als Erstes sagen würde, im Restaurant seien Kellner, ein Oberkellner, ein Barkeeper und ein Portier gewesen, um anschließend alle aufzuzählen, die er unter den Anwesenden kannte. Aber Seppänen hatte keinen Humor.

Er sagte nur: »Alle.«

Und Hanhivaara verstand genau, was er meinte.

Hanhivaara stand auf und machte sich bereit zu gehen. Er wusste immer, wann er einen Zeugen aufgebraucht hatte. Das schien ihm jetzt der Fall zu sein. Er hatte ein gutes Gedächtnis. Und er hatte Notizen gemacht, in seiner eigenen Kurzschrift, die auf Schlüsselworten basierte. Später würde er in seinen Aufzeichnungen blättern, sie ins Reine schreiben und dann überlegen, welche Fragen ungeklärt geblieben waren und welche neuen Fragen die neuen Informationen aufwarfen. Schon jetzt wusste er viel über die Tote und ihren ehemaligen Ehemann. Es begann sich bereits ein Bild abzuzeichnen, doch er musste es noch vervollständigen und ihm Farbe geben. Am liebsten waren Hanhivaara dreidimensionale Bilder, die man fast berühren konnte und die viele konkrete Einzelheiten aufwiesen. Er musste die Gestalten auf dem Bild zum Leben erwecken, ihnen Leidenschaft einhauchen. Das wäre fruchtbar. Es brächte die Wahrheit ans Licht.

Vielleicht würden die nächsten Zeugen auch das Bild von Pentti Seppänen vervollständigen. Hanhivaara neigte allerdings dazu, ihn für ehrlich zu halten. Seppänen war der Typ, der nicht lügen kann, selbst wenn er es versucht.

Hanhivaara dankte Seppänen für seine Offenheit und Kooperationsbereitschaft und meinte jedes Wort ernst. Dann ging er leise hinaus.

Seppänen starrte nachdenklich in den Garderobenspiegel.

Im Treppenhaus hing ein unangenehmer Geruch.

Zwölf

Hanhivaara saß im Auto und blätterte in seinen Aufzeichnungen. Er wägte ab, ob Pentti Seppänen ernsthaft als Tatverdächtiger infrage kam. Seppänen hatte zugegeben, dass er

Annikki Koski geliebt hatte. Warum hätte er die Frau, die er liebte, töten sollen? Womöglich war seine Liebe nicht erwidert worden. Auch Eifersucht war denkbar. Er hatte ein wenig nervös und langsam gewirkt. Aber ein Mord kann jeden Menschen nervös machen, auch wenn er ihn nicht begangen hat.

Hanhivaara stieg aus und ging zur nächsten Telefonzelle. Sie war nicht besetzt. Das ist schon die halbe Miete, dachte er. Was noch erstaunlicher war: Das Telefon schien, zumindest oberflächlich betrachtet, in Ordnung zu sein. Niemand hatte den Hörer abgerissen und sogar das Telefonbuch lag an seinem Platz.

Hanhivaara wählte. Die Zentrale des Polizeipräsidiums meldete sich, dann ertönte das Besetztzeichen. Der Automat hatte die Münzen geschluckt, aber die Verbindung nicht freigeschaltet. Natürlich nicht, dachte Hanhivaara. Die halbe Miete ist nie die ganze. Doch er war zufrieden, denn er hatte wieder einmal Recht behalten.

Er verließ die Zelle, stieg in den Wagen und fuhr vorsichtig an. Er fluchte nicht. Kleine Widrigkeiten gab es immer, wenn man versuchte, sich über die wichtigsten Fragen Klarheit zu verschaffen.

Hanhivaara parkte wieder ein, denn er hatte eine zweite Telefonzelle entdeckt. Von diesem Apparat erwartete er bereits das Schlimmste. Doch das Gerät schluckte die Münzen gierig und gleich darauf sprach er mit seinem Chef.

»Hanhivaara hier.«

»Hallo«, sagte Kairamo. »Was gibt's Neues?«

Hanhivaara war ein friedfertiger Mann, aber die Frage ärgerte ihn. Hielt Kairamo ihn etwa für unfähig, Bericht zu erstatten, wenn er nicht ausdrücklich gefragt wurde? Das war nicht fair, überhaupt nicht.

»Nichts Neues«, begann Hanhivaara aus purer Bosheit. »Ich habe bisher mit einem gesprochen, aber ich denke, ich mache die ganze Runde und erstatte erst dann Bericht. Sollte sich etwas Wichtiges ergeben, ein Geständnis zum Beispiel, mache ich natürlich sofort Mitteilung.«

»Hervorragend.«

»Ich denke, ich nehme mir als Nächstes unseren Spitzenkandidaten vor.«

»Den Exmann?«

»Ja.«

»Gut.«

Laus mich der Affe, ein Lob, dachte Hanhivaara und sagte: »Kann sein, dass ich es heute nicht mehr schaffe, alle zu befragen.«

»Dann machst du eben morgen weiter. Die laufen uns nicht davon.«

Ein guter Vorschlag, dachte Hanhivaara und sagte: »Na dann, tschüss.«

»Tschüss.«

Hanhivaara hängte den Hörer ein. Der Teil seines Ichs, der seinen Vorgesetzten respektierte, hielt sich momentan im Hintergrund. Dort rumorte auch die Unsicherheit, die sich allmählich in Misstrauen verwandelte. Sie war grundlos, wie Hanhivaara sehr wohl wusste. Nicht einmal er selbst konnte sich immer ganz verstehen. Aber er hatte sich nie eingebildet, dass irgendein anderer ihn verstand.

Er setzte sich wieder ans Steuer, zündete eine Zigarette an und rauchte sie auf, bevor er weiterfuhr. Seine Kollegen hätten sicher angenommen, dass er beim Rauchen über die nächste Vernehmung nachdachte und sich eine Strategie zurechtlegte, aber damit hätten sie falsch gelegen. Ein mit blühender, aber einseitiger Fantasie begabter Mann hätte vielleicht gedacht, dort sitzt ein Mann und denkt an eine Frau. Er hätte Recht gehabt.

Hanhivaara wusste jedoch, dass er den Vorstellungen seiner Kollegen gerecht werden musste. Als er anfuhr, hörte er auf, an die Frau zu denken, und überlegte stattdessen, wie er vorgehen sollte. Er würde sich äußerst vorsichtig verhalten müssen, wenn er dem Mann gegenüberstand, dessen geschiedene Frau ermordet worden war und der als intelligenter Mensch (war er intelligent?) sicher begriff, dass er unter Verdacht stand. Und zwar massiv. Bei Mordfällen findet man den Täter in aller Regel im Familienkreis.

Während ihm einige ungeordnete Gedanken durch den Kopf gingen, betrachtete Hanhivaara den gut aussehenden, etwa eins neunzig großen, elegant gekleideten Mann, der ihm gerade geöffnet hatte. Kraft genug für einen Mord hättest du, dachte er, schade, dass bei diesem speziellen Mord kaum Körperkraft erforderlich war.

Diesmal änderte er die Wortfolge und sagte: »Guten Tag. Polizei.«

»Ja, bitte?«

Scheint ein Wirrkopf zu sein, dachte Hanhivaara. Offenbar hat er keine Ahnung, weshalb die Polizei bei ihm anklopfen sollte. In säuerlichem Ton fragte er: »Können Sie sich nicht denken, weshalb ich hier bin?«

Antti Koski wurde wach. Seine Augen, die vor einer Sekunde noch auf einen Punkt fixiert, aber leer gewesen waren, schienen nun erst Hanhivaara wahrzunehmen, der in seinem vor acht Jahren erworbenen Popelinemantel im Hausflur stand.

»Natürlich, bitte kommen Sie herein«, sagte Koski.

Hanhivaara entschloss sich, den Mantel auszuziehen. Es konnte eine lange Sitzung werden. Ebenso gut kann sie überaus kurz ausfallen, dachte er trocken. An der Garderobe hing ein gutes Dutzend identische schwarze Kleiderbügel, und ihm fiel plötzlich ein, dass er vergessen hatte zu tanken.

Er wurde in ein geschmackvoll eingerichtetes Wohnzimmer geführt, wo ihm sein Gastgeber Bier und Zigaretten anbot. Das Bier lehnte er ab, die Zigarette nahm er. Ziemlich stark, dachte er beim Anzünden. Eine französische Zigarette. Schmeckte gar nicht übel.

Wie er es sich vorgenommen hatte, fing Hanhivaara vorsichtig an: »Rauchen Sie immer diese französischen?«

»Ja. Ich bin viel gereist, unter anderem war ich ein halbes Jahr als Stipendiat in Frankreich. Damals habe ich mich an diese Marke gewöhnt und bin ihr seither treu geblieben.«

»Die müssen Sie wohl direkt in Frankreich bestellen?« Hanhivaaras Interesse war echt.

»Früher war es so. Aber inzwischen bekommt man sie in allen gut sortierten Tabakgeschäften und sogar in einigen Kaufhäusern.«

»Aber sie sind bestimmt teuer?«

»Nicht viel teurer als normale Lizenzprodukte. Aber besser.« Koski zeigte keine Verwunderung über das ungewöhnliche Gesprächsthema.

»Ein beeindruckender Geschmack. War Ihre Frau mit Ihnen in Frankreich?«

»Ja. Allerdings nur zwei Monate. Sie arbeitete damals als Fotomodell und musste für ein Shooting nach Frankreich.«

»Meinen Informationen nach hat sie die Angebote, die sie als Miss Finnland bekam, alle abgelehnt.«

»Ihre Informationen – woher Sie sie auch haben mögen – sind teils richtig, teils falsch. Anfangs hat sie alle abgelehnt, weil wir heiraten wollten, und bald darauf wurde sie schwanger. Werdende Mütter sind in der Modebranche kaum gefragt. Später hat sie dann als Fotomodell gearbeitet, wenn ihr die Bedingungen zusagten. Natürlich war der Sieg im Schönheitswettbewerb dabei ein Plus.«

Na schön, damit war die Theorie von der Auslandsreise erledigt. Oder doch nicht? »Ihre Frau war wohl oft beruflich im Ausland?«

»Sehr selten. Ihr genügten die Aufträge, die sie in Finnland bekam. Im Übrigen war sie ziemlich wohlhabend, sie hätte nicht zu arbeiten brauchen. Wir wären beide auch so zurechtgekommen. Aber es ist nicht gut, überhaupt nichts zu tun.«

Hanhivaara betrachtete den Mann, der auf ihn unruhig und melancholisch wirkte. Allerdings fand er es problematisch, das Wesen eines Menschen zu beurteilen, der mitten in einer Krise steckte. Unruhe und Traurigkeit waren möglicherweise nur Symptome, deren Ursache in dem überraschenden Todesfall lag. Hanhivaara war mit seiner Schlussfolgerung zufrieden.

Vorsichtig machte er weiter: »Es tut mir leid, dass ich Ihnen einige sehr persönliche Fragen stellen muss. Aber es ist notwendig, um diesen bedauerlichen Fall aufzuklären.«

Koski war nicht weniger vorsichtig: »Ich werde mich bemühen, möglichst offen zu sein. Allerdings kann ich nicht versprechen, Ihnen jede Frage zu beantworten.«

»Versuchen wir es.«

Hanhivaara zog seinen Notizblock hervor und beugte sich über den Glastisch. An den oberen Rand eines leeren Blatts schrieb er Antti Koskis Namen. Er lächelte und sagte: »Als Erstes muss ich immer den Namen hinschreiben, damit ich nicht durcheinander bringe, wer was gesagt hat.«

»Ich verstehe«, sagte Koski, entsetzt über so viel Dummheit. Doch er würde sein Urteil noch revidieren müssen.

Hanhivaara hatte nämlich gerade die Strategie gewechselt. Gegenüber einem dummen Vernehmungsbeamten verhalten sich viele Zeugen arrogant und lassen sich zu Aussagen hinreißen, die sie andernfalls nie gemacht hätten. Beispielsweise zu einem Geständnis. Zumindest war Hanhivaara davon überzeugt. Sonst hätte er nicht freiwillig den Protagonisten all der Polizeiwitze gespielt, die jeder außer den Polizisten selbst so gern erzählt.

»Sie wissen sicher, dass Sie noch eine offizielle Zeugenaussage abgeben müssen, deshalb verzichten wir fürs Erste auf

Personalien, Adresse et cetera und unterhalten uns auf allgemeiner Ebene.«

»Ich verstehe«, sagte Koski wieder.

»Sie waren etwa zwanzig Jahre mit Annikki Koski verheiratet und haben sich vor einem halben Jahr scheiden lassen?«

Hanhivaara hatte seinen Satz nicht ausdrücklich als Frage formuliert, vermutete aber, dass Koski ihn als solche verstehen würde. So war es auch.

»Genau gesagt waren wir siebzehn Jahre verheiratet. Vor einem halben Jahr wurden wir geschieden, das ist richtig.«

»Warum?«

»Meine Frau hat mir Ehebruch vorgeworfen.«

»Entsprach dieser Vorwurf der Wahrheit?«

»Ja.«

»Aber war er auch der wirkliche Grund?«

»Wieso nicht? Das ist in aller Regel ein hinreichender Grund, sowohl für das Gericht als auch für den Ehepartner.«

»Nehmen Sie es mir bitte nicht übel, aber ich habe mir sagen lassen, Ihre Frau sei ebenfalls nicht musterhaft treu gewesen.«

Koski wirkte jetzt ruhiger, aber das mochte daran liegen, dass er in Hanhivaaras Beisein zwei Flaschen Bier getrunken hatte.

»Es erstaunt mich nicht, dass Sie dergleichen gehört haben. Gerede gibt es immer. Und vermutlich gehen die meisten Ehefrauen fremd.«

»Ihre Frau auch?« Hanhivaara gab nicht nach.

»Vermutlich.«

»Sie wissen es nicht?«

»Beim eigentlichen Akt war ich nie Augenzeuge.«

»Aber Sie hatten Grund zu dem Verdacht?«

»Ja.«

»Wissen Sie, wer die Männer waren?«

»Ja. Ich glaube, ich kenne jeden Einzelnen.«

»Waren es viele?«

»Nicht allzu viele.«

»Neigen Sie zu Eifersucht?«

»Sehe ich so aus?«

»Nein, aber das beweist gar nichts.«

»Dann versichere ich Ihnen ausdrücklich, dass ich kein eifersüchtiger Mensch bin.«

»Wo waren Sie in der Nacht zum Mittwoch zwischen Mitternacht und zwei Uhr?«

»Das habe ich schon mehrmals erzählt.«

»Erzählen Sie es noch einmal.«

»Na gut.«

Ein wortkarger Mann, dachte Hanhivaara. Andererseits hatte er heute bereits einen Schwätzer erlebt. Nicht alle Menschen sind schwatzhaft, was er im Hinblick auf seine Arbeit bedauerte.

»Reden Sie schon«, sagte er mit unnötiger Schärfe.

Koski seufzte und begann. Er sprach mit monotoner Stimme, in kurzen Sätzen, wie ein Mann, dem alles zuwider ist.

»Ich war bei Raimo Ojanen. Jouko und Liisa Lankila waren ebenfalls dort. Wir haben ziemlich viel getrunken. Ich bin versackt. Zur fraglichen Zeit habe ich wahrscheinlich geschlafen.«

»Passiert Ihnen das öfter?«

»Dass ich schlafe? In letzter Zeit nicht sehr oft.«

Hanhivaara hatte den Verdacht, dass Koski sich über die Obrigkeit lustig machte, und wollte ihn schon zurechtweisen. Doch auf Koskis Gesicht war auch nicht der leiseste Anflug eines Lächelns zu sehen.

Also sagte er einfach: »Dass Sie versacken.«

»Nein.«

Einsilbigkeit scheint für ihn eine Frage des Lebensstils zu sein, dachte Hanhivaara.

»Warum sind Sie gerade in dieser Nacht versackt?«

»Ich weiß es nicht. Vielleicht habe ich zu viel getrunken.«

Nun war der Hohn unverkennbar. Was veranlasste Koski, so zu reden?

»Daran liegt es meistens. Aber gibt es einen Grund, weshalb Sie zu viel getrunken haben?«

»Jedenfalls nicht, um irgendwelchen Kummer zu ertränken. Es war eine lustige Party. Wahrscheinlich habe ich einfach meine Kondition überschätzt, was mir selten passiert.«

»Sie sind Arzt?«

»Ja.« Auch diesmal zeigte Koski keine Reaktion auf den plötzlichen Themenwechsel.

»Halten Sie sich für einen guten Arzt?«

»Ja«, sagte er, und in seiner Stimme lag nicht einmal Stolz.

»Warum haben Sie dann den Chirurgenberuf und Ihre Praxis aufgegeben?«

»Die Chirurgie habe ich an den Nagel gehängt, weil ich müde wurde. Ich wollte die Verantwortung nicht mehr. Ab vierzig baut der Mensch allmählich ab. Meine Privatpraxis habe ich einfach deshalb aufgegeben, weil meine Frau einen großen Hof erbte und wir finanziell versorgt waren. Ich neige zu Faulheit.«

»Und zum Lügen, fürchte ich. Ihre Chirurgenlaufbahn haben Sie schon vor Jahren beendet, vierzig sind Sie jetzt erst geworden.«

»Ich habe mein Studium schon mit fünfundzwanzig abgeschlossen. Nach zwei Jahren Ausbildung zum Facharzt war ich bis fünfunddreißig als Chirurg tätig. Also habe ich acht Jahre lang Menschen aufgeschnitten und das hat mir gereicht. Glauben Sie mir, es steckt kein finsteres Geheimnis dahinter.«

»Wie war das Verhältnis zwischen Ihnen und Ihrer Frau nach der Scheidung?«

»Freundlich, aber nicht besonders herzlich.«

»Sie hatten weiterhin einen gemeinsamen Freundeskreis?«

»Ja.«

»Haben Sie Ihre geschiedene Frau ermordet?«

»Seltsam, wie viele mir diese Frage stellen. Die Antwort ist: Nein, ich habe meine Frau nicht ermordet. Meine Exfrau, meine ich. Ich sagte ja bereits, ich war auf der Party, als es passierte.«

»Wer sonst hat gefragt?«

»Jemand aus meinem Bekanntenkreis.«

Hanhivaara hätte gern gewusst, ob dieser Jemand auch einen Namen hatte, ließ die Sache jedoch auf sich beruhen. Er fragte: »War Ihre Frau auch auf der Party?«

»Nein, und das wissen Sie genau!« Nun war Koski verärgert.

»Was hatte sie dann in der Gegend zu suchen?«

»Keine Ahnung.«

»Sie hatten vor Jahren einen Verkehrsunfall, bei dem Ihr Sohn ums Leben kam, nicht wahr?«

»Was hat das mit der Sache zu tun?«

»Wer hatte Schuld?«

»Ich. Ich bin unvorsichtig gefahren.«

»Wie kam es zu dem Unfall?«

»Meine Erinnerung ist lückenhaft. Außerdem will ich nicht darüber sprechen.«

»Hat Ihre Frau Ihnen deshalb Vorwürfe gemacht?«

»Aha, Sie suchen nach einem Tatmotiv, beispielsweise sechzehn Jahre pausenlose Beschuldigungen. Aber da sind Sie auf dem Holzweg. Meine Frau hat mir nichts vorgeworfen. Allerdings erlitt sie einen Nervenzusammenbruch.«

»Wie hat sich das auf Ihr Leben ausgewirkt?«

»Nach einem halben Jahr hat sie sich wieder erholt.«

»Und Sie selbst, haben Sie sich Vorwürfe gemacht?«

»Der Unfall tut nichts zur Sache und ich will nicht darüber sprechen.«

Hanhivaara blickte über Koskis Schulter hinweg auf ein

großes Gemälde, registrierte jedoch die Antworten seines Gegenübers genau und nahm jedes Schwanken seiner Stimme wahr. Koski schien weit weg zu sein, vielleicht in der Vergangenheit. Es war Zeit, ihn zurückzuholen; deshalb wechselte Hanhivaara erneut das Thema: »Wer, glauben Sie, hat sie ermordet?«

»Ich weiß es nicht. Vielleicht ein eifersüchtiger Freund.«

»Pentti Seppänen womöglich?« Das war eine Suggestivfrage, doch Hanhivaara fand, Koski habe eine kleine Handreichung nötig.

»Mag sein. Aber ich glaube eigentlich nicht, dass er dazu fähig wäre.«

»Weshalb nicht?«

»Meiner Meinung nach ist er zu schwach, sowohl physisch wie psychisch. Haben Sie seine Augen gesehen? Sie sind tot. Sein Leben ist nicht besonders reich, ich traue ihm keine nennenswerte Denkfähigkeit zu. Den Zynismus, ohne den ein Mensch nicht zum Mörder wird, besitzt er allerdings.«

»Gibt es andere Kandidaten?«

»Jeder kann es gewesen sein.«

»Warum haben Sie gerade Seppänen erwähnt?«, fragte Hanhivaara hinterhältig.

»Nicht ich habe ihn erwähnt, sondern Sie«, erwiderte Koski, als habe er die Falle, die Hanhivaara ihm gestellt hatte, gar nicht bemerkt.

»War er einer der Liebhaber Ihrer Frau?«

»Ja.«

»Gehören zu Ihrem gegenwärtigen Freundeskreis weitere Exliebhaber?«

»Nein.«

»Sind Sie sicher?«

»Ja.«

»Wie können Sie so sicher sein? Ehepartner tappen meist im Dunkeln.«

»Nun hören Sie schon auf. Wenn ich sage, ich bin sicher, dann bin ich es auch.«

Hanhivaara glaubte zwar nicht, dass Koski sich in einer solchen Frage hundertprozentig sicher sein konnte, tat ihm aber den Gefallen, nicht länger auf der Sache herumzureiten. Koski holte sich noch ein Bier.

»Mein so genannter sozialer Umgang spielt sich in einem ziemlich kleinen geschlossenen Kreis ab. Ich habe nicht viele Freunde.«

»Wie lange kennen Sie diese Leute schon?«

»Die meisten erst seit einigen Jahren. Risto Takala und seine Schwester schon länger. Takala und ich haben zusammen studiert und später auch miteinander gearbeitet. Seine Schwester war eher mit Annikki befreundet.«

»Dann hat Dr. Takala Sie mit den anderen bekannt gemacht?«

»Nein. Wann und wie er sie kennen gelernt hat, weiß ich nicht.«

»Und wie sind Sie selbst zu dem Kreis gestoßen?«

»Beinahe aus Versehen«, antwortete Koski, und Hanhivaara ahnte, dass er log.

»Was heißt das?«

»Ich habe Raimo Ojanens Werbeagentur einen Auftrag erteilt und dabei den Direktor kennen gelernt. Er machte einen sympathischen Eindruck. Wir sind uns einige Male zufällig über den Weg gelaufen und dann hat er mich – uns – zu sich eingeladen. Ich mochte ihn.«

»Aber jetzt mögen Sie ihn nicht mehr?«, fragte Hanhivaara und rechnete damit, wieder angelogen zu werden.

»Ich wollte sagen, ich mag ihn.«

Das schien nicht zu dem zu passen, was Hanhivaara von Seppänen gehört hatte. Und doch war ihm Seppänen vollkommen aufrichtig erschienen. Hanhivaara starrte immer noch das Gemälde an und fragte sich, was es ihm sagen wollte.

»Und Ojanen hat Sie dann seinen Bekannten vorgestellt?«

»So ist es. Sie machten alle einen gebildeten Eindruck, sodass ich keinen Grund hatte, sie abzulehnen.«

Snob, dachte Hanhivaara und sagte: »Dann haben Sie also mir nichts, dir nichts Ihren kompletten Freundeskreis gewechselt. Ist das nicht seltsam?«

»Ich habe ihn nicht gewechselt, sondern aufgebaut. Bis dahin hatten wir kaum Freunde. Wir waren meist zu zweit.«

Das fand Hanhivaara noch merkwürdiger, wollte jedoch nicht weiter nachfragen. Es stand natürlich jedem frei, zuerst zu zweit zu sein und dann in größerer Gesellschaft. Hanhivaara selbst war zuerst zu zweit gewesen und dann allein. Trotzdem fand er die Geschichte irgendwie merkwürdig.

»Worum ging es bei dem Auftrag an die Werbeagentur?«

Koski lächelte. Er drückte das Kreuz durch und wirkte plötzlich jungenhaft schüchtern und verschämt.

»Das war eine kindische Sache. Mir ist nicht klar, warum Sie das wissen wollen.«

»Kindische Geschichten interessieren mich besonders.«

»Ich kann es Ihnen genauso gut erzählen.«

»In der Tat.«

»Alle möglichen Parteien haben versucht, mich anzuwerben, als Mitglied und als Kandidat bei der Kommunalwahl. Sie fanden wohl, ich sähe Vertrauen erweckend aus«, lachte Koski.

Hanhivaara dachte bei sich, dass Vertrauenswürdigkeit in der Politik keine wesentliche Rolle spielte. Wahrscheinlich hatten es die Parteistrategen eher darauf abgesehen, den Wählern einen attraktiven jungen Arzt präsentieren zu können.

Koski fuhr fort: »Der Gedanke an eine politische Karriere war mir fremd, deshalb habe ich immer wieder abgelehnt. Aber dann wurde ich wieder einmal gefragt und beschloss, es zu versuchen. Zum Glück habe ich mich rechtzeitig zurückgezogen.«

»Sie haben zuerst beschlossen, zu kandidieren, und Ihre Entscheidung dann rückgängig gemacht? Warum? Sind Sie ein wankelmütiger Mensch?«

»Eigentlich nicht. Sagen wir, es war eine vorübergehende Geistesverwirrung.«

Wieder hatte Hanhivaara das Gefühl, dass Koski nicht die Wahrheit oder zumindest nicht die ganze Wahrheit sagte. Er konnte sich dieses Gefühl jedoch nicht erklären. Also beschloss er, die Aussage vorerst gelten zu lassen und über ihren Wahrheitsgehalt später nachzudenken.

Erneut wechselte er das Thema. Der hoch aufgeschossene Mann, der ihm gegenübersaß, wirkte traurig wie zu Beginn des Gesprächs. Er war unbeteiligt, ganz gleich, worum es ging. Über seine Freunde sprach er ebenso gleichgültig wie über sich selbst. Doch sein Blick war nicht abweisend. Eher suchend.

»Pentti Seppänen konnten Sie sicher nicht besonders gut leiden?«, fragte der Hauptmeister.

»Kein Mann hegt freundschaftliche Gefühle für den Liebhaber seiner Frau. Aber ich habe ihn ertragen.«

»Warum?«

Hanhivaara beschränkte sich zur Abwechslung auch einmal auf ein einziges Wort, das allerdings mehr als eine Silbe hatte.

»Weil ich meine Frau liebte. Und ich wusste, dass sie ihre Gründe und ihre Rechte hatte.«

Koski verstummte plötzlich und blickte sich um. Er sah das Gemälde, das Hanhivaara unablässig anstarrte, und fragte: »Gefällt es Ihnen nicht?«

»Ich sehe es kaum.« Hanhivaara nahm an, dass sein Zeuge ihn vom Thema abbringen wollte, und hakte nach: »Welche Gründe und Rechte hatte sie?«

»Jeder hat das Recht zu tun, was ihm gefällt. Und dafür gibt es dann wohl auch immer einen Grund.«

»Mir scheint, Sie weichen mir aus«, sagte Hanhivaara und dachte, verdammt nochmal, jetzt sind wir schon wieder bei der Lebensphilosophie.

»Mehr sage ich dazu nicht.« Koski blieb fest.

»Irgendwer hat angedeutet, dass auch Ojanen ein Auge auf Ihre Frau geworfen hatte.«

»Das mag durchaus irgendwer angedeutet haben. Meine Frau war sehr schön.«

Koski schien ständig von seiner Frau zu sprechen. Als seine Exfrau bezeichnete er sie selten, nannte sie auch nicht einfach beim Vornamen, nein, er sagte »meine Frau«, was Hanhivaara unnatürlich fand. Merkwürdig geradezu. Waren die Koskis wirklich geschieden?

Wieder hatte Hanhivaara das Gefühl, vor einer Wand zu stehen. Er steckte in einer Sackgasse. Nirgends kam er weiter. Er schaute zum Fenster hinaus und merkte, dass es dämmerte. Der Herbst kam mit aller Macht. Er beschloss, trotz allem noch einen letzten Vorstoß in einer anderen Richtung zu machen.

»Von irgendwem habe ich auch gehört, dass Sie und ...«

Er unterbrach sich und suchte in seinem Block. Er blätterte alle Seiten durch. Dann noch einmal von hinten nach vorn. Schließlich zog er einen zweiten Block aus der Tasche und sagte: »Irgendwer hat angedeutet, dass Sie und die Journalistin Taina Sipilä eine ... wie soll man es nennen ... eine Art Affäre hatten.«

Koski brach in Gelächter aus. Zum ersten Mal hatte Hanhivaara das Gefühl, dass sein Gegenüber spontan und offen reagierte. Sein Lachen klang weder spöttisch noch gekünstelt, es entsprang echter Freude. Koski lachte wie jemand, der erreicht hat, was er wollte. Hanhivaara wunderte sich. Wieso sollte sich irgendwer über die Beschuldigung freuen, die er gerade geäußert hatte – am allerwenigsten Antti Koski.

»Könnte an dieser Behauptung etwas dran sein?«, erkundigte er sich vorsichtig.

»Mag sein, aber das ist meine Privatsache.«

»Bei einem Mordfall bleibt vom Privatleben nicht viel übrig. Die Geschichte kann durchaus mit diesem Fall in Verbindung stehen.«

»Wieso denn?«

»Man könnte zum Beispiel die folgende Theorie aufstellen: Ihre Frau hat bei der Scheidung den Erlös aus dem Verkauf des Hofs mitgenommen, sodass Sie nicht mehr so viel Geld zur Verfügung haben wie bisher. Sie könnten diese Journalistin heiraten, aber der wäre ein reicher Mann natürlich lieber. Also ermorden Sie beide gemeinsam Ihre Exfrau. Ihre Geliebte führt die Tat aus, Sie selbst verschaffen sich ein perfektes Alibi. Erfolg: Sie bekommen Ihr Kind zurück, das Kind beerbt seine Mutter, also Ihre Exfrau, und Sie verwalten das Vermögen Ihres Sohnes. Was sagen Sie dazu?«

Hanhivaara hatte wieder das seltsame Gefühl, als hätte er die Lösung gefunden, liege aber doch ein Quentchen daneben. Koski fing erneut an zu lachen. Zuerst wirkt er traurig und rastlos, aber wenn ich ihn des Mordes beschuldige, lacht er plötzlich hysterisch. Ein seltsamer Typ, dachte Hanhivaara.

Inzwischen war die Sonne verlöscht.

»Sie hätten Schriftsteller werden sollen«, sagte Koski, als er seinen Lachanfall überwunden hatte.

»Geld erweist sich immer wieder als starkes Motiv«, erklärte Hanhivaara, ohne sich von dem Gelächter beirren zu lassen.

Das war ohnehin bereits verstummt. Koski saß ruhig im Sessel und betrachtete Hanhivaara mit einem Ausdruck, den der Polizist nicht zu deuten wusste.

Dann fragte er: »Hat man Sie je als guten Ermittler bezeichnet?«

»Alle loben mich«, erwiderte Hanhivaara ernsthaft. »Abgesehen von dem vielen Lob, das ich einstecke, hat mein Beruf noch weitere Vorteile, wie gute Bezahlung und angenehme Arbeitszeiten.«

Er wusste, dass er noch eine Frage stellen musste, hatte aber vergessen, wie sie lautete. Er gab vor, wieder in seinen Notizen zu blättern, und starrte dann auf das große Ölbild. Im Dämmerlicht hatte es sich verändert, die Farbtöne glichen sich einander an und die Figur verschmolz mit dem Hintergrund. Er schaute wieder auf seinen Notizblock und bat den Hausherrn, das Licht einzuschalten. In dem Moment, als die geschickt verborgenen Punktstrahler aufleuchteten, ging auch in seinem Gehirn ein helles Licht an: Er würde sich einige Mühe ersparen, wenn er Koski fragte, wer im Scheidungsprozess seinen Ehebruch bezeugt hatte.

Also fragte er: »Wer hat Ihre Untreue vor Gericht bezeugt?«

Koski sah ihn lächelnd an.

»Das möchte ich Ihnen nicht sagen.«

»Wir finden es sowieso heraus. Sie könnten mir oder einem meiner Kollegen die Mühe ersparen, im Gerichtsarchiv nachzusehen.«

»Sicher finden Sie es heraus, aber ich will Ihnen die Mühe nicht ersparen. Jeder hat seine Arbeit. Sie die Ihre und ich die meine. Außerdem ist das ohnehin überflüssig. Ich glaube, Sie wissen es längst. Habe ich Ihnen schon gesagt, dass Sie ein guter Polizist sind?«

»Ich erinnere mich nicht genau. Diese Bemerkung habe ich heute von so vielen gehört – wie fast jeden Tag. Nicht zuletzt von Zeugen und Vorgesetzten. Aber selbst wenn Sie es schon einmal gesagt haben, kann ich Ihnen nicht verbieten, sich zu wiederholen. Das tun die meisten Menschen.« Hanhivaara war jetzt entspannt, ebenso wie sein Zeuge; beide wussten, woran sie waren. Es war ein Katz-und-Maus-

Spiel. Aber Hanhivaara wusste, dass er viel weniger wusste als Koski. Deshalb befand er sich in der schlechteren Position und musste in diesem Gespräch meist nachgeben.

»Sie sind ein guter Polizist«, wiederholte Koski.

Stille.

Dann sagte Hanhivaara: »Schade, dass wir uns in dieser Situation befinden. Ich glaube, wir haben zumindest den gleichen Sinn für Humor.«

»Ja, leider habe ich kaum Zeit für Humor. Schade ist auch, dass ich keinerlei Möglichkeit sehe, Ihnen bei Ihren Ermittlungen zu helfen.«

»Möglichkeiten gibt es immer, wenn man nur will«, wandte Hanhivaara ein.

»Sie irren sich. Ich habe keine Möglichkeit.«

Hanhivaara kam zu dem Schluss, dass er hier nichts mehr erreichen konnte. Er musste über die Ausbeute des Tages nachdenken. Eigentlich hätte er noch mehr Beute machen sollen. Kairamo würde ihn nicht als guten Polizisten bezeichnen, wenn er am nächsten Tag mit seinen bisherigen Erkenntnissen aufkreuzte.

Er mochte den Mann, den er gerade vernommen hatte. Obwohl er vermutete, dass Koski seine Exfrau ermordet hatte, bedankte er sich höflich und ging.

Dreizehn

Es hatte nicht nur in der teuren Wohnung des melancholischen Mannes zu dunkeln begonnen, sondern auch draußen. Hanhivaara dachte missmutig, dass die Dämmerung zu ihm passte: Alles, was er untersuchte, war zwielichtig und gedieh im Verborgenen. Verärgert betrachtete er den Verkehr. Autofahren machte ihn grundsätzlich nervös, und wenn er zur Stoßzeit fahren musste, wurde er fast wahnsinnig.

Er stieg ein, zündete sich eine Zigarette an, legte den ersten Gang ein und baute einen Unfall. Mit einem Laternenpfahl. Hanhivaara stieg wieder aus und besah sich die winzige Beule an der Stoßstange. Er beschloss, sich zu verdrücken, bevor die Polizei kam und ihn ins Röhrchen pusten ließ. Bei der Polizei weiß man nie, dachte er.

Nachdem er sich mühsam in die Blechlawine auf der Hämeenkatu eingefädelt hatte, verschwendete Hanhivaara keinen Gedanken mehr auf den Verkehr, sondern grübelte über seine Strategie nach. Er würde Koskis Alibi überprüfen müssen. Es war von Raimo Ojanen sowie von Liisa und Jouko Lankila bestätigt worden. Alle drei hatten an der Party teilgenommen, die dem Lebenslänglich für Antti Koski im Wege stand. Hanhivaara hielt Koski bis auf Weiteres für den aussichtsreichsten Kandidaten, aber ... Er konnte sich selbst nicht ausstehen, wenn er voreingenommen war. Also brauchte er Fakten.

Die Lankilas wohnten im Westen der Stadt, in einer Siedlung mit eng beieinander stehenden Bungalows. Von jedem Haus aus hatte man eine formidable Aussicht direkt ins Nachbarhaus. Die Menschen, die dort lebten, waren nicht nur relativ wohlhabend, sondern vermutlich auch relativ konventionell. Für einen Kriminalermittler war die Siedlung ein Paradies, denn die Bewohner konnten das Treiben ihrer Nachbarn aus nächster Nähe beobachten und machten von dieser Gelegenheit auch Gebrauch. Wäre das Verbrechen doch hier passiert, seufzte Hanhivaara, doch er wusste, dass das Leben kein Honigschlecken war.

Er hatte zwanzig Minuten für die Fahrt gebraucht und es geschafft, während einer grünen Welle jede Kreuzung bei Rot zu überqueren.

Es war sechs Uhr, als er an einem der Bungalows klingelte und mit reglosem Gesicht auf die Tür starrte, die sich, wie er hoffte, gleich öffnen würde. Die Klingel hatte er nicht gehört, doch daraus war nicht unbedingt zu schließen, dass sie nicht funktionierte. Ihm fielen reihenweise andere Gründe ein, weshalb sie nicht zu hören war.

»Wenn Sie ein Zeuge Jehovas sind, können Sie sich mit Ihrem *Wachtturm* den Arsch abwischen«, sagte die Frau, die die Tür aufmachte.

Hanhivaara stellte fest, dass er nun alle Arten von Begrüßungen erlebt hatte. Er sagte: »Jetzt habe ich fast alle Formen der Rhetorik des Türöffnens gehört.«

»Wollen Sie noch mehr hören?«, fragte die Frau.

»Aber gern. Darf ich mir Notizen machen? Man weiß ja nie, ob man nicht eines Tages ein Drehbuch schreiben muss.«

»Wenn Sie Teppiche verkaufen, setzen Sie sich drauf und fliegen Sie dahin, wo der Pfeffer wächst.«

»Polizei«, sagte Hanhivaara, ohne eine Miene zu verziehen.

Die blonde, eher mollige als zu dünne Frau hatte sich offenbar verhört.

»Von der Post sind Sie nicht. Der Postmann klingelt immer zweimal«, sagte sie.

Die Klassiker der Kriminalliteratur waren auch Hanhivaara nicht unbekannt. Trocken bemerkte er: »Ich habe einmal geklingelt.«

»Eben. Von der Post sind Sie nicht.«

»Polizei«, wiederholte Hanhivaara, diesmal etwas lauter.

»Polizei? Aber mein Wagen steht doch in der Garage«, gab die Frau zurück.

»Das war eindeutig unter Ihrem Niveau. Den dummen Witz habe ich soeben zum dreitausendvierhundertsiebenundsechzigsten Mal zu hören bekommen.«

»Warum sind Sie dann hier?«

Hanhivaara beschloss, sich zu revanchieren: »Einer Ihrer Nachbarn behauptet, Sie hätten Ihren Mann mit der Bratpfanne erschlagen und wären gerade dabei, ihn hinter dem

Haus zu verscharren. Ich wollte nur nachsehen, ob das zutrifft.«

Die Frau musterte ihn mit kühlem Blick. Ihre Kleidung war geschmackvoller als ihr Benehmen. Sie trug einen grünen Hosenanzug und war dezent geschminkt. Ihre Haare waren echt, die Haarfarbe möglicherweise auch. Die Füße steckten in Clogs. Blond und stattlich, war sie genau der Typ Frau, von dem Südeuropäer ganz Schweden bevölkert wähnen. Sie hielt sich gerade, ihre Brüste waren groß und rund. Auf den ersten Blick wirkte sie zurückhaltend, elegant und kühl. Doch so war sie nicht, wie Hanhivaara inzwischen wusste.

»Wollen wir nicht mit dem Unsinn aufhören und hineingehen?«, fragte er, nun wieder mit seiner normalen, ruhigen und farblosen Stimme.

»Worum geht es?«

»Sind Sie Liisa Lankila?«, erkundigte sich Hanhivaara, wobei er absichtlich alle Titel wegließ.

»Ja, aber ich habe nichts verbrochen.«

»Sie haben einen Beamten bei der Ausübung seiner gesetzlich vorgeschriebenen Pflichten behindert. Kann ich jetzt hereinkommen oder soll ich Sie zur Vernehmung aufs Revier vorladen?«

»Geht es um den Fall Annikki Koski?«

Hanhivaara verlor selten die Nerven und fluchte auch nicht oft. Jetzt aber legte er los, allerdings ohne wirklich wütend zu sein: »Verdammt nochmal, das wussten Sie doch von Anfang an! Ich gehe jetzt. Mal sehen, ob mir mildernde Umstände einfallen.«

»Kommen Sie rein.«

Die Frau gab endlich nach. Urplötzlich schwang die Tür auf, doch es stand niemand mehr auf der Schwelle. Die Frau war verschwunden. Hanhivaara ging ins Haus. Der Zwischenfall beeindruckte ihn nicht im Geringsten, dergleichen passierte ihm oft genug. Mitunter wirkte ein kleines Scharmützel sogar erfrischend. Nun erblickte er die füllige Gestalt wieder (diesmal von hinten); die Frau stolzierte durch den langen, schmalen Flur. Der Anblick brachte Hanhivaara keineswegs auf irgendwelche Gedanken. Er dachte nur an die Überprüfung des Alibis, denn das war sein Anliegen. Für ein Geplänkel zwischen Tür und Angel hatte er den weiten Weg nicht zurückgelegt.

»Mein Mann kommt auch gleich. Bitte, nehmen Sie Platz«, sagte die Frau, die bereits erwartungsvoll auf dem Sofa saß.

»Haben Sie Kinder?«, fragte Hanhivaara.

»Zwei. Ein Mädchen und einen Jungen.«

»Dann haben Sie Ihre Ausdrucksweise sicher von den beiden gelernt?«

»Nein. Die habe ich mir aus eigenem Antrieb angeeignet. Aber ich muss zugeben, dass ich in der Schule einiges dazugelernt habe ... Von den Kindern anderer Eltern.«

Hanhivaara wollte allmählich zur Sache kommen.

»Erzählen Sie mir von der Party bei Direktor Raimo Ojanen in der Nacht von Dienstag auf Mittwoch.«

Er war überrascht von der Präzision, mit der Liisa Lankila ihren Bericht begann.

»Wir sind gegen acht Uhr angekommen. Raimo liebt es, ganz offiziell mit einem Cocktail zu beginnen. So auch diesmal. Ich glaube, es war ein simpler trockener Martini. Mögen Sie den Geschmack von Gin? Meistens hören wir Musik oder unterhalten uns. Der Abend verlief wie immer. Wir haben getrunken, geredet ...«

Sie zuckte die Achseln, als gäbe es über die Party nichts weiter zu sagen.

»Worüber haben Sie sich unterhalten?«

»Über alles Mögliche. Über Politik, über Bücher, die wir gelesen haben oder behaupten, gelesen zu haben. Lesen Sie

Bücher? Über uns und die anderen, eben über alles Mögliche. Die einen reden am liebsten über Menschen, die anderen über Ereignisse. Worüber wir an diesem Abend im Einzelnen gesprochen haben, weiß ich nicht mehr. Vorträge wurden jedenfalls nicht gehalten. Und wenn ich mich recht entsinne, stand auch kein Mord auf der Tagesordnung.«

Liisa Lankila machte eine Pause.

»Antti Koski kam gegen neun. Daran erinnere ich mich genau, weil wir gerade den Fernseher eingeschaltet hatten, um die Nachrichten zu sehen.«

»Wie wirkte er?«

»Ganz normal. So wie immer.«

»Ich würde sagen, er wirkte nervös und angetrunken.«

Hanhivaara drehte sich um. Der bebrillte Mittvierziger im grauen Anzug, der hinter ihm aufgetaucht war, schien nicht recht zu der großen Blonden zu passen. Er war sozusagen birnenförmig und folglich aller Wahrscheinlichkeit nach ein arrivierter Mann. Am Hinterkopf bildete sich bereits eine leichte Glatze. Er sah so alt aus, wie er war, weder ganz jung noch ganz alt. Aber als er seinerzeit neben der Frau am Altar gestanden hatte, hatte er mit Sicherheit eine komische Figur gemacht, denn die Menschen haben eine klare Vorstellung vom angemessenen Größenunterschied zwischen Mann und Frau.

Bevor Hanhivaara aufstehen und sich vorstellen konnte, merkte er, dass er zum Zuschauer degradiert worden war.

Der Mann: »Ich habe gehört, worüber ihr gesprochen habt. Meiner Meinung nach war Antti entweder nervös oder betrunken, wenn nicht gar beides gleichzeitig.«

Die Frau: »Mir ist nichts aufgefallen. Und du weißt genau, dass er zu unseren Partys immer nüchtern kommt.«

Der Mann: »Aber die spätere Entwicklung spricht für meine Einschätzung.«

Die Frau: »Nicht unbedingt. Er hat auf der Party, sofern

man das überhaupt Party nennen kann, mehr getrunken als üblich.«

Der Mann: »Hat er eben nicht. Die Einzige, die mehr getrunken hat als sonst, warst du.«

Die Frau: »Ich trinke nie zu viel.«

Der Mann: »So? Und wie war das vor drei Wochen?«

Die Frau: »Das kriege ich jetzt wohl bis in alle Ewigkeit aufs Butterbrot geschmiert. Bis in alle Ewigkeit.«

Der Mann: »Du hast dich total blamiert.«

Hanhivaara fand, dass Eheberatung nicht zu seinem Aufgabengebiet gehörte, und griff beherzt in das Gespräch ein.

Er streckte seine Hand aus und verkündete: »Hauptmeister Lauri Hanhivaara. Ich ermittle im Mordfall Annikki Koski und bin hier, um von Ihnen zu hören, wo Sie beide sowie Raimo Ojanen und Antti Koski zur Tatzeit waren.«

Die Frau kümmerte sich nicht um ihn, sondern setzte das Geplänkel fort: »Halt doch endlich die Schnauze!«

Der Mann drehte ihr den Rücken zu und wandte sich an Hanhivaara: »Ich hatte mir schon gedacht, dass es um den Mord geht. Ich helfe Ihnen gern, immerhin repräsentiere ich selbst gewissermaßen Gesetz und Ordnung.«

»Ha, ha«, machte Liisa Lankila.

Der Mann schenkte ihr keine Beachtung. »Am besten fragen Sie mich. Meine Frau hat vermutlich nicht viel mitgekriegt.«

»Leck mich am Arsch«, sagte Liisa Lankila, ohne eine Miene zu verziehen.

Hanhivaara begann sich allmählich zu ärgern. Es erschien ihm unbegreiflich, dass irgendjemand die Lankilas einlud. Aber es gibt natürlich alle möglichen Perversionen, überlegte er. Außerdem verfügen die meisten Menschen über ein breites Register an Verhaltensweisen. In Gesellschaft eines Polizisten benehmen sie sich womöglich ganz anders als im Kreis ihrer engsten Freunde.

Er versuchte es noch einmal: »Sie haben gerade als Beweis für die Richtigkeit Ihrer Auffassung auf die spätere Entwicklung hingewiesen. Könnten Sie das bitte erläutern?«

Jouko Lankila ging zum Bücherschrank, öffnete das Barfach und goss sich einen Drink ein, was seine Frau zu der Bemerkung veranlasste, er solle sich bloß nicht betrinken.

»Nun ja, Antti Koski war völlig hinüber.«

»Ist ihm das öfter passiert?«, fragte Hanhivaara und hoffte, Liisa Lankila würde den Mund halten.

»Ich habe es bei ihm noch nie erlebt. Aber diesmal wurde es bei ihm zappenduster, haha.«

Idiot, dachte Hanhivaara und fragte weiter: »Hat er mehr getrunken als sonst?«

»Meiner Meinung nach nicht, jedenfalls ist es mir nicht aufgefallen. Aber nach einigen Stunden schien er ziemlich einen sitzen zu haben. Alle Symptome waren da, vom Lallen bis zu unkontrollierten Bewegungen.«

»Ich finde, er hat gesoffen wie ein Loch«, mischte sich Liisa Lankila ein.

Hanhivaara kam zu dem Schluss, dass seine beiden Zeugen kein Ohr für originelle Vergleiche hatten, dafür aber umso emsiger abgedroschene kultivierten.

Er richtete auch seine nächste Frage an den Mann: »Was passierte, nachdem er eingeschlafen war?«

»Raimo und ich haben ihn ins Gästezimmer geschleppt.«

»Um welche Zeit war das?«

»Das weiß ich nicht genau. Vermutlich gegen eins oder kurz danach.«

Hanhivaara dachte über Koskis Alibi nach. Hatte er den Vollrausch und den tiefen Schlaf des Betrunkenen womöglich nur vorgetäuscht? Das war nicht so leicht, wie mancher glauben mochte. Doch in Hanhivaaras Kopf nistete sich eine Vorstellung ein, die er nicht mehr loswurde: Nachdem Koski ins Nebenzimmer verfrachtet worden ist, schleicht er sich leise aus dem Haus, bringt in aller Eile seine Exfrau um, kommt unbemerkt zurück und schnarcht weiter. War das möglich? Hanhivaara hoffte es, denn damit wäre der Fall beinahe aufgeklärt.

»Wo befindet sich das Gästezimmer?«

»In der Wohnung natürlich«, antwortete Liisa Lankila zu Hanhivaaras Verdruss.

»Was ich meinte, ist Folgendes: Hätte er die Wohnung von dort aus unbemerkt verlassen und ebenso unbemerkt zurückkehren können?« Diesmal wandte sich Hanhivaara ausschließlich an Jouko Lankila.

Dennoch war es Liisa Lankila, die ihm antwortete: »Wie denn? Er war doch total weg vom Fenster.«

Hanhivaara wiederholte seine Frage nicht. Er wartete einfach ab. Der Mann und die Frau sahen sich an. Beide wirkten verblüfft. Die Augen der Frau funkelten plötzlich. Sie ging ans Barfach, während der Mann einen Schluck trank und die Eiswürfel in seinem Glas klirren ließ. Keiner der beiden sagte ein Wort. Keiner kam auf die Idee, Hanhivaara einen Drink anzubieten.

»Na?«, drängte Hanhivaara.

»Tja, wissen Sie, es ist eine große, alte Wohnung. Das Gästezimmer war früher ein Dienstbotenzimmer. Heutzutage kann sich ja niemand mehr Hauspersonal leisten. Die Steuern, die Sozialabgaben – der Lebensstandard sinkt immer mehr.«

Hanhivaara ließ ihn reden. Er konnte nicht endlos um den heißen Brei schleichen, irgendwann würde er zur Sache kommen. Hanhivaara kannte sich mit Dienstbotenzimmern aus und wusste, was er zu erwarten hatte.

»Ein Hausmädchen könnten wir auch brauchen«, fuhr Jouko Lankila fort. »Wir sind beide berufstätig. Es wäre schön, das Abendessen serviert zu bekommen, wenn man müde von der Arbeit kommt.« Er sah seine Frau an. Dann fügte er hinzu: »Schön wäre es auch, wenn die Kinderzimmer aufgeräumt wären und so weiter. Aber so etwas können sich heutzutage nur noch Millionäre leisten.«

Damit ist Koskis Alibi erledigt, dachte Hanhivaara. Es hat sich doch gelohnt, herzukommen.

»Kurz und gut, Antti hätte das Haus theoretisch verlassen können, denn diese alten Wohnungen haben einen separaten Dienstboteneingang.«

»Aha«, sagte Hanhivaara.

»Aber er hätte nicht zurückkommen können. Der Treppenflur ist nämlich nachts abgeschlossen.«

»Das ist kein Problem«, murmelte Hanhivaara zerstreut.

»Wie bitte?«, fragte Jouko Lankila, der die leise Bemerkung nicht gehört hatte. Seine Frau stand stocksteif am Barfach.

»Nichts. Sprechen Sie nur weiter.«

»Weiter war eigentlich nichts. Von Raimo – also von Herrn Ojanen – habe ich gehört, dass Antti die ganze Nacht im Gästezimmer geschlafen hat und erst am nächsten Morgen gegangen ist.«

»Das einzige außergewöhnliche Ereignis an dem fraglichen Abend war also die Tatsache, dass Antti Koski, der nie versackt, versackt ist.«

»Meiner Auffassung nach ja«, sagte Jouko Lankila.

»Deine Auffassungsgabe ist beschränkt«, warf seine Frau ein.

»Hat Koski die Wohnung im Lauf des Abends irgendwann verlassen oder telefoniert?«

»Weggegangen ist er nicht, das kann ich beschwören. Und ich glaube auch nicht, dass er telefoniert hat. Allerdings kam ein Anruf für ihn, aber daran ist meiner Auffassung nach nichts Ungewöhnliches.«

»Deine Auffassungsgabe ist beschränkt«, wiederholte Liisa Lankila.

»Von wem kam der Anruf?« Hanhivaara ließ sich nicht beirren.

»Das weiß ich nicht.«

»Und Sie, gnädige Frau, wissen Sie es?« Nun erteilte Hanhivaara ganz offiziell Liisa Lankila das Wort, brachte sie aber mit der höflichen Anrede ganz aus dem Konzept.

»Ich weiß es auch nicht«, erwiderte sie ohne jede Arroganz.

»Wer hat den Anruf entgegengenommen?«

»Raimo natürlich, es ist schließlich sein Anschluss. Wer geht denn bei Ihnen ans Telefon, Herr Wachtmeister?«, fragte Jouko Lankila zurück.

Hanhivaara ersparte sich die Antwort.

»Und er hat dann Koski an den Apparat geholt. War es so?«

»Ja.«

»Hat Ojanen nicht gesagt, wer Koski sprechen wollte?«

»Soweit ich mich erinnere, sagte er, er wüsste nicht, wer es sei.«

»Um welche Zeit kam der Anruf?«

»Ich glaube, es war kurz bevor Antti einschlief. Er brachte kaum noch ein vernünftiges Wort heraus.«

Hanhivaara machte sich wieder Notizen. Er notierte sich, dass er klären musste, wer Antti Koski um ein Uhr nachts angerufen und was der Anrufer gesagt hatte. Der Einzige, der ihm diese Fragen beantworten konnte, war Koski selbst. Hanhivaara sah von seinem Block auf und musterte Jouko Lankila, der im Schaukelstuhl saß und sich wiegte wie ein alter Opa, das Glas kraftlos in der linken Hand.

»Sie sind Anwalt. Ich verlasse mich darauf, dass Sie mir alles sagen, was Sie aufgrund Ihrer Erfahrung als ermittlungsrelevant betrachten.«

»Natürlich können Sie sich auf mich verlassen, aber es fällt mir beim besten Willen nichts mehr ein, was auch nur im Entferntesten mit dieser schauderhaften Tat in Verbindung stehen könnte.«

Toll formuliert, dachte Hanhivaara.

Liisa Lankila kam wieder auf ihr Lieblingsthema zurück: »Deine Auffassungsgabe ist beschränkt.«

Eine Monomanin, dachte Hanhivaara.

»Monomanin«, sagte Jouko Lankila zu seiner Frau.

»Was meinen Sie, weshalb wurde Annikki Koski ermordet?«, fragte Hanhivaara.

»Das kann ich Ihnen nicht sagen. Dafür kann es tausend Gründe geben oder gar keinen«, erwiderte Jouko Lankila, der von eindeutigen Antworten offenbar nichts hielt.

»Nennen Sie mir einen.«

Lankila warf seiner Frau einen Blick zu und sagte: »Annikki war mitunter ziemlich schwierig. Außerdem weiß ich, dass sie es mit der ehelichen Treue nicht so genau nahm. Das wären schon mal zwei Gründe.«

»Ein schwieriger Charakter ist doch kein Grund, jemanden zu ermorden«, kommentierte Hanhivaara.

»Nein«, räumte Lankila ein und sah wieder seine Frau an. »Aber manchmal ist eine Kleinigkeit der Auslöser. Vielleicht hat es Annikki mit irgendwem zu weit getrieben.«

»Und wer könnte dieser Jemand sein?«

»Zum Beispiel Antti. So wie die Dinge stehen.«

»Nein!« Liisa Lankila, die die Blicke ihres Mannes mit einem kalten Lächeln erwidert hatte, fuhr auf. »Antti wäre nicht fähig gewesen, Annikki zu ermorden, das glaube ich einfach nicht. Die beiden haben nie aufgehört, sich zu lieben.«

»Woher wissen Sie das?«

»Nennen Sie es meinetwegen weibliche Intuition. Ich weiß es eben.«

»Wer dann?«

Nun schien Jouko Lankila von dem Gespräch ausgeschlossen zu sein.

»Fragen Sie doch Pentti Seppänen, der hat verzweifelt um Annikki geworben, ohne auf Gegenliebe zu stoßen. Oder Taina Sipilä, die ohne jeden Skrupel versucht hat, die Beziehung zu zerstören und sich Antti zu angeln. Oder die Geschwister Takala. Sie haben Antti und Annikki länger gekannt als irgendjemand sonst in unserem Bekanntenkreis.«

Für Hanhivaaras Geschmack waren das zu viele Kandidaten. Daher hakte er nach: »Wer von den Genannten wäre am ehesten, wie man so schön sagt, Manns oder auch Frau genug für diese schändliche Tat?«

»Das weiß ich nicht. Antti war es jedenfalls nicht.«

»Lesen Sie Detektivromane, gnädige Frau?«

»Ja.«

»Und erraten Sie den Mörder?«

»Manchmal. Eigentlich sogar ziemlich oft.«

»Dann raten Sie jetzt auch mal.«

»Seltsame Ermittlungsmethoden sind das!«, mischte sich Jouko Lankila ein. »Was sollen diese Ratespielchen? Die bringen doch nur die Fakten durcheinander. Vielleicht haben Sie selbst zu viel Geschichten über Maigret, Hercule Poirot und Konsorten gelesen.«

»Schon möglich«, seufzte Hanhivaara. »Aber im Zuge der Ermittlungen ist es manchmal durchaus ratsam, zu raten.«

Mit diesem Satz war er außerordentlich zufrieden.

Er fand es immer wieder problematisch, in so genannten besseren Kreisen zu ermitteln, denn die Leute bildeten sich ein, alles besser zu wissen. Hanhivaara war es leid, dass er nie so vorgehen durfte, wie er es für richtig hielt. Er glaubte, viel herausfinden zu können, indem er die Menschen gegeneinander aufhetzte und sie dazu brachte, sich gegenseitig zu bezichtigen. Dabei gaben sie meist auch einiges über sich selbst preis.

In jedem Konflikt steckte ein Keim von Wahrheit. Doch nun hatte der Mann den magischen Moment zerstört und die Frau würde es nicht mehr wagen, ihre Vermutung zu äußern. Sofern sie eine hatte.

Hin ist hin.

Hanhivaara stand auf. Das Interview war beendet. Für ihn waren diese Begegnungen eher Interviews als Vernehmungen. Es gelang ihm oft, den Befragten Informationen zu entlocken, die sie bei einer offiziellen Vernehmung unter allen Umständen für sich behalten hätten. Er provozierte die Zeugen immer wieder, aber nie so sehr, dass sie ihm die Tür gewiesen hätten. Hanhivaara war ein Seiltänzer. Sein Seil war der menschliche Geist und der war weitaus trügerischer als das straff gespannte Stahlseil im Zirkus.

Die Männer von der Spurensuche waren ein Fall für sich. Für die moderne Kriminalermittlung waren ihre technischen Kapazitäten und Methoden unentbehrlich und dennoch hatte Hanhivaara es geschafft, sich seine Position als inoffizieller Befrager zu bewahren. Technik verwirrte ihn. Mit technischen Verfahren allein hätte man seiner Meinung nach allenfalls von Robotern begangene Verbrechen aufklären können. Aber vielleicht gab es die ja eines Tages. Jedenfalls war Hanhivaara nicht nur bei seinen Interviews, sondern auch bei offiziellen Vernehmungen ein Ass. Das konnte niemand bestreiten.

»Vielen Dank. Ich gehe jetzt nach Hause, um zu essen, zu trinken und zu schlafen«, sagte er.

»Und Pipi zu machen, hähä«, lachte Jouku Lankila. »Nichts zu danken. Wir tun alles, um Ihnen behilflich zu sein.«

Hanhivaara empfand nur noch Abscheu.

»Sie irren sich«, sagte Liisa Lankila.

Eine Weile saß Hanhivaara still im Auto und überlegte. Dann fuhr er nach Hause. Immerhin konnte er ein widerlegtes Alibi vorweisen. Seine Vorgesetzten würden zufrieden sein und seine Pension war gesichert. Eigentlich müsste er jetzt gleich zu Antti Koski fahren und ihn noch einmal befragen. Er müsste dem Mann die Fakten ins Gesicht schleudern und ihm sagen, dass sein Alibi praktisch wertlos war.

Er müsste.

Hanhivaara hätte vieles tun müssen. Insofern war er wie alle anderen. Auch seine Zeitform war häufig das Konditional.

Doch die Faulheit oder, netter gesagt, die Müdigkeit siegte und Hanhivaara fuhr nach Hause.

Das sollte er am nächsten Tag bereuen. Er hatte nicht wissen können, dass er Antti Koski an diesem Abend noch angetroffen hätte.

Vierzehn

Der nächste Tag war ein Freitag. Er war kalt und herbstlicher als der vorhergehende (ein Donnerstag).

Hanhivaara wachte auf und war mit sich zufrieden.

Er trudelte um neun am Arbeitsplatz ein; da er am Abend zuvor Überstunden gemacht hatte, beeilte er sich nicht. Unterwegs zertrat er die dünne Eisschicht auf den Pfützen und dachte an seine Kindheit. Viel war ihm davon nicht im Gedächtnis geblieben, daher wunderte er sich oft, wie die Menschen dazu kamen, in ihren Memoiren die wunderlichsten Dinge zu behaupten, zum Beispiel, ihre Großmutter sei am 6. Juni 1924 in einem neuen rosa Kleid mit Spitzenärmeln zu Besuch gekommen. Da Hanhivaara kaum Kindheitserinnerungen besaß, gab er sich damit zufrieden, die Eishaut von den Pfützen zu treten. Ihm schien, dass er das auch als Kind getan hatte.

Von seinem Büro aus rief er Kairamo an und sagte, er wolle zuerst seine Notizen zu den gestrigen Befragungen ins Reine schreiben, bevor er zum Rapport antrat. Doch als er gegen elf alles abgetippt hatte, ging er erst einmal in die

Kantine. Mit gutem Appetit aß er die in der hauseigenen Küche zubereiteten Fleischklößchen und war keineswegs davon überzeugt, dass er lieber anderswo gegessen hätte. Er hatte keinen anspruchsvollen Geschmack.

Dann wurde ihm der Tag gründlich verdorben.

Er betrat das Dienstzimmer seines Chefs, nachdem er vorsichtig angeklopft hatte. Da er glaubte, eine gute Nachricht zu überbringen, fasste er vor dem detaillierten Bericht das Wichtigste zusammen: »Ich habe einen Keil in Koskis Alibi getrieben. Ein fester Ruck und der ganze Fall liegt offen da.«

»Koski braucht kein Alibi«, erwiderte Kairamo.

»Seit wann denn das?«, fragte Hanhivaara.

»Seit heute Morgen.«

Hanhivaara wartete darauf, dass Kairamo weiterredete. Er ahnte, dass etwas Unangenehmes auf ihn zukam, und setzte sich vorsorglich hin.

»Vor fünf Minuten habe ich einen Anruf bekommen. Koski ist tot«, unterbrach Kairamo die Stille.

»Scheiße«, sagte Hanhivaara. »Selbstmord?«

»Scheint so, aber Genaueres wissen wir erst nach der Tatortuntersuchung.«

Hanhivaara schwitzte. Er hatte eine Bombe mitgebracht, die sich nun als Blindgänger erwies. So etwas kommt vor, sinnierte er. Doch dann erinnerte er sich, dass er am Vorabend nahe daran gewesen war, noch einmal zu Koski zu fahren. Daraufhin sagte er in Gedanken erneut Scheiße. Das verschaffte ihm nicht die geringste Erleichterung. Er schwitzte nur noch mehr. Verdammte beschissene stinkende Kacke, dachte er. Und auch das half nicht.

»Wer hat ihn gefunden?«, fragte er schließlich, obwohl er wusste, dass es keine Rolle spielte.

»Der Junge wollte seinen Vater besuchen. Er hat zwar nicht mehr bei ihm gewohnt, hatte aber einen Schlüssel.«

»Das wird ja immer schlimmer. Gerade erst hat der Kleine die Mutter verloren und jetzt auch noch den Vater ...«

»Ob der Mann, nachdem er seine Frau getötet hatte, Gewissensbisse bekam und sich das Leben nahm? Könnte es so gewesen sein?«

Hanhivaara schwieg und betrachtete seinen Vorgesetzten, der aussah, als wälze er irgendein mathematisches Problem. Für ihn ist das nichts als Mathematik, dachte er mit leiser Verbitterung. Er selbst brachte es nicht fertig, stets kühl und unbeteiligt zu bleiben.

Unvermittelt sagte er: »Oder der Junge hat beide umgebracht.«

Das riss Kairamo aus seinen Überlegungen. Er sah Hanhivaara erschrocken an und stammelte: »Was redest du da? Weißt du, wie alt der Junge ist?«

»Ungefähr zehn«, riet Hanhivaara. Er war zufrieden, weil er die Gleichung seines Chefs durcheinander gebracht hatte. Kairamo sah ihn hasserfüllt an, sagte aber nur: »Am besten fahren wir hin.«

Das finnische Gesetz schreibt bei jedem Selbstmord eine polizeiliche Untersuchung und in den meisten Fällen auch eine Obduktion vor. Das wusste jeder Polizeibeamte. Und jeder Polizeibeamte hasste die Leute, die den Behörden unnötige Scherereien machten, statt in aller Ruhe abzuwarten, bis der Sensenmann sie freiwillig holte. Den weltlichen Gesetzen nach ist Selbstmord kein Verbrechen, doch es kommt vor, dass ein Mörder seine Tat als Selbstmord zu tarnen versucht. Gelegentlich gibt es auch den umgekehrten Fall, dass ein Selbstmörder seine Tat als Mord inszeniert. Das ist allerdings selten und hat gewöhnlich etwas mit irgendwelchen Klauseln in der Lebensversicherung zu tun.

Der Weg vom Polizeigebäude zu Antti Koskis Wohnung war kurz. Hanhivaara und Kairamo sprachen nicht miteinander. Beide hingen ihren Gedanken nach.

Am Tatort befanden sich bereits die Fingerabdruckexperten mit ihren Pinseln, der Fotograf mit seiner Kamera und der Arzt, mit dessen Utensilien sich niemand auskennt. Kairamo hatte seine Befehlsempfänger im Handumdrehen mobilisiert.

Antti Koski lag mit dem Oberkörper auf dem Schreibtisch, in einem Raum, der (vermutlich) sein Arbeitszimmer war. Auf dem Fußboden zwischen Stuhl und Schreibtisch lag ein Revolver. In Koskis Brust prangte ein (vermutlich) durch eine Kugel verursachtes Loch, aus dem ein wenig Blut ausgetreten war. Der Teppich hatte ein paar Flecken abbekommen. Im Übrigen war der Raum sauber und ordentlich; Kampfspuren waren nicht zu erkennen. Der Tod war gewaltsam, aber ohne Gepolter gekommen.

Kairamo betrachtete die Leiche und gab den Tatortermittlern Anweisungen. Er schaute sich nach einer Nachricht um. Selbstmörder brachten meist irgendwelche pathetischen Abschiedsworte zu Papier, *Verzeih mir* oder *Ich ertrage es nicht mehr,* in diesem Stil. Auf den ersten Blick entdeckte er nichts dergleichen. Also wies er seine Untergebenen an, nach einem Abschiedsbrief zu suchen, und fragte: »Wo ist der Junge?«

Einer der Ermittler zeigte mit dem Daumen auf eine Wand.

Kairamo und Hanhivaara gingen in den nächsten Raum, der sich als Schlafzimmer erwies. Auf dem Bettrand saß ein dunkelhaariger, stiller und blasser, etwa zehnjähriger Junge. Kairamo hasste Situationen wie diese. Er hatte keine Kinder und hegte tiefes Misstrauen gegen Kinder als solche. Das war einer der Gründe, weshalb er nie geheiratet hatte. Er nahm an, dass alle Frauen Kinder wollen. Jetzt verspürte er hauptsächlich Mitleid, doch das machte die Sache nicht weniger unangenehm. Dieses eine Mal war selbst er ratlos, er wusste nicht, was er tun sollte. Flehend sah er Hanhivaara an. Auch der hatte keine Kinder, seine Frau hatte nämlich keine gewollt. Davon hatte er Kairamo nie erzählt. Aber Hanhivaara wusste, dass er selbst einmal ein Kind gewesen war, während Kairamo glaubte, als Erwachsener zur Welt gekommen zu sein.

»Wie heißt du?«, fragte Hanhivaara einfach.

»Samuli«, sagte der Junge.

»Samuli Koski?«

»Ja.«

»Um wie viel Uhr warst du hier?«

»Weiß nicht.«

»Warst du heute in der Schule?«

»Ja.«

»Wann war die zu Ende?«

»Um elf hat die Mittagspause angefangen.«

»Und dann bist du direkt hergekommen?«

»Ja.«

»Wie lange braucht man für den Weg – eine Viertelstunde vielleicht?«

»Ungefähr.«

»Du hast einen Schlüssel zur Wohnung?«

»Ja. Ich hab' aber zuerst geklingelt. Mama hat gesagt, das muss ich tun, weil ich jetzt woanders wohne. Mama ist tot.«

»Wo wohnst du denn jetzt?«

»Bei meiner Tante.«

»Wusste dein Vater, dass du kommen würdest, oder hast du ihn ganz überraschend besucht?«

»Ich dachte, es wäre schön, ihn zu sehen.«

»Und dann hast du ihn hier gefunden. Tot.«

»Ja«, sagte der Junge und begann zu schluchzen.

»Was hast du dann gemacht?«, fragte Hanhivaara leise.

Das Schluchzen verstummte. »Ich bin rausgerannt. Der Hausmeister hat den Krankenwagen und die Polizei gerufen. Der Krankenwagen ist aber gleich wieder weggefahren.«

»War sonst noch jemand hier, als du gekommen bist?«

»Nein.«

»Bist du sicher?«

»Ich hab jedenfalls niemanden gesehen.«

Hanhivaara sah seinen Vorgesetzten an, der ihm mit einem Nicken bestätigte, dass es reichte.

»Am besten übergeben wir ihn jetzt dem Arzt. Er steht wahrscheinlich unter Schock«, sagte Kairamo leise.

Die beiden Männer gingen ins Wohnzimmer. Kairamo setzte sich, während Hanhivaara, neugierig wie immer, sich umschaute. Seit seinem letzten Besuch hatte sich nichts verändert. Abgesehen davon, dass der Besitzer der Wohnung gestorben war. Das mochte man je nach Geschmack als große oder kleine Veränderung ansehen, als gute oder schlechte Nachricht. Für Hanhivaara und Kairamo war es eine schlechte, für Koski vielleicht eine gute. Sofern es nämlich Selbstmord gewesen war.

»Der Junge ist unnatürlich ruhig«, murmelte Hanhivaara.

»Das kommt noch«, erwiderte Kairamo.

»Was?« Hanhivaara hatte keine Antwort erwartet.

»Die Reaktion. Hysterie«, erklärte Kairamo, der urplötzlich zum Kinderpsychologen mutiert war. Das passiert kinderlosen Menschen oft.

Hanhivaara zuckte die Achseln und Kairamo stand auf. Die beiden gingen zurück ins Arbeitszimmer.

»Habt ihr den Brief gefunden?«, fragte Kairamo die Spurensucher.

»Nein.«

»Ein Selbstmörder würde seinen Abschiedsbrief doch nicht verstecken. Das wäre ja wider alle Vernunft«, sagte der vernünftige Kairamo.

»Wann ist der Tod eingetreten?«, wandte sich Hanhivaara an den Arzt.

»Sicher vor weniger als einer Stunde. Die Körpertemperatur ist fast normal, keine Flecken, keine Starre. Jetzt haben wir zehn vor zwölf ... Ich würde sagen, er ist nach elf gestorben. Ihr seid zeitig aufgekreuzt.«

»Nicht zeitig genug«, konstatierte Hanhivaara.

Stille.

»Seltsam, dass ein Selbstmörder Wert darauf legt, einen Schalldämpfer zu benutzen«, merkte einer der Spurensucher an.

»Was?«, fuhr Kairamo auf. Es war eher ein Ausruf als eine Frage.

»Einen Schalldämpfer?«, wunderte sich auch Hanhivaara. »Was für ein stiller, bescheidener Mann.«

»Die Sorte gibt es in Finnland doch gar nicht zu kaufen«, sagte Kairamo.

Alle betrachteten nun den merkwürdigen Zylinder auf dem Revolverlauf.

»Vielleicht ist er viel gereist«, überlegte einer der Ermittler.

Kairamo beugte sich über die Leiche, die jetzt rücklings auf dem Fußboden lag.

»Schmauchspuren. Der Schuss wurde auf jeden Fall aus nächster Nähe abgegeben.«

»Das steht fest«, stimmte der Spurensucher zu. »Aber warum der Schalldämpfer? Wenn ich mich umbrächte, würde ich verdammt nochmal wollen, dass die Leute es auch mitkriegen.«

»Ein bescheidener, stiller Mann. Er wollte keinen Lärm machen«, meinte Hanhivaara.

»Derart anspruchslose Männer begreife ich nicht«, sagte der Spurensucher. »Mein Schwiegervater ist so bescheiden, dass er sich nicht mal im Spiegel sieht, aber das gehört nicht hierher. Trotzdem komisch. Alles hat seine Grenzen.«

»Rufst du die Tante an?«, wandte sich Kairamo an den Arzt. »Der Junge muss in Sicherheit gebracht werden. Womöglich ist er sonst das nächste Opfer. Vielleicht war der Selbstmord ja doch kein Selbstmord.«

Der Arzt sagte: »Am besten bringen wir ihn zur Beobachtung ins Krankenhaus. Da ist er in guter Obhut.«

Die Leiche wurde abtransportiert. Kairamo blätterte in Koskis Kalender. Das oberste Blatt war das vom nächsten Tag, dem Samstag, und es war leer. An den Vortagen gab es einige Eintragungen, die untersucht werden mussten. Doch das Blatt vom Freitag fehlte. Der Schreibtisch war ordentlich aufgeräumt. Da gab es nichts außer den normalen Gerätschaften, die man eben auf einem Schreibtisch findet: Locher, Hefter, Kalender, eine zur Seite geschobene Schreibmaschine, Stifte, ein Stempel mit dem Namen *Antti Koski.* Keine Zettel unter der Schreibunterlage, nichts. Ein reinlicher, ordentlicher Mann, dieser Antti Koski, dachte Kairamo.

Hanhivaara betrachtete das Bücherregal: medizinische Werke, penibel geordnet, Krimis bunt durcheinander, ein Stapel Zeitschriften auf dem untersten Brett. Kein Nippes, kein Schrankfach, aber Hanhivaara wusste ja bereits, dass sich die Schränke und die Ledereinbände im Wohnzimmer befanden. Ein ziemlich konventioneller Mann, dieser Antti Koski, dachte Hanhivaara.

Die Spurensucher nahmen sich die Schreibtischschubladen vor.

Hanhivaara fand, er habe genug gesehen. Den Rest konnte er später in den Protokollen nachlesen. Falls die Tatortermittler etwas Berichtenswertes fanden. Außer Leiche, Waffe, Blut und so weiter. Den meisten Menschen wäre selbst das schon zu viel gewesen, doch für Hanhivaara war es nicht genug.

Kairamo lächelte.

Hanhivaara interessierte sich mehr für die Lebenden als für die Toten. Er schlug seinem Chef vor, die Befragungen fortzusetzen, denn er wollte die Serie zu Ende führen. Am Nachmittag würde er dann im Präsidium erscheinen, Bericht erstatten und sich die Ergebnisse der Tatortuntersuchung anhören.

»Ich glaube, wir werden den Fall bald aufklaren. Mal sehen, was die technischen Untersuchungen ergeben. Aber wahrscheinlich ist es ganz nützlich, wenn du mit deinen Befragungen weitermachst.«

»Ich versuche, das Tempo ein bisschen zu steigern. Drei Zeugen habe ich noch auf der Liste, aber womöglich kommen ja noch welche dazu«, sagte Hanhivaara.

Dann ging er seiner Wege.

Kairamo blieb am Tatort und befehligte seine Truppen.

Fünfzehn

Es wäre falsch zu sagen, dass Hanhivaara zum Polizeipräsidium schlurfte. Trotz seines leicht schäbigen Äußeren schritt er aus wie ein Mann, der ein festes Ziel hat. Sein Ziel war diesmal sein Dienstzimmer, wo das Schicksal es wollte, dass er zum Telefonhörer griff.

Vor ihm lagen die Namensliste und das Telefonbuch. Er begann mit der Journalistin Taina Sipilä: Zu Hause meldete sie sich nicht, dafür aber am Arbeitsplatz. Er vereinbarte einen Termin. Dann rief er bei Dr. Risto Takala an: Zu Hause meldete sich niemand. Hanhivaara versuchte es bei der Zentralklinik, konnte den Arzt jedoch auch dort nicht erreichen. Er nannte der Krankenschwester seinen Namen und seinen Dienstrang und äußerte den Wunsch, Dr. Takala spätestens am Nachmittag zu treffen. Die Krankenschwester versprach, es auszurichten, und Hanhivaara gab sich damit zufrieden. Dann rief er bei Maija Takala zu Hause an, doch sie meldete sich nicht. Da er nicht wusste, wo sie arbeitete, musste er kapitulieren. Maija Takala war bisher noch gar nicht befragt worden. Man hatte sie nicht erreicht.

Na, immerhin war er ein Stück vorangekommen: ein fester Termin und ein eventueller. Außerdem würde Risto Takala ihm wahrscheinlich sagen können, wo sich seine Schwester aufhielt.

Hanhivaara holte sich einen Dienstwagen und fuhr die kurze Strecke in die Innenstadt, wo sich die Redaktion der Zeitung befand. Er steckte eine Münze in die Parkuhr und hoffte, die Sache in einer Stunde hinter sich zu bringen.

Die Empfangsdame schickte ihn hoch in den dritten Stock.

Hanhivaara war noch nie in einer Zeitungsredaktion gewesen. In einem kleinen Raum auf der rechten Seite spuckten ratternde Fernschreiber größtenteils überflüssiges Rohmaterial für die Redakteure aus. Zu beiden Seiten des langen Flurs reihte sich Tür an Tür. Hanhivaara schritt zielstrebig voran und las dabei die Namensschilder an den Türen. In einem großen Raum auf der rechten Seite standen zahlreiche Schreibtische, an denen jedoch niemand saß. Keine heißen Nachrichten heute, dachte Hanhivaara. Als ihm ein Mann entgegenkam, der wie ein Gefängniswärter aussah, fragte er ihn nach Frau Sipilä. Der Gefängniswärter grunzte etwas und Hanhivaara bedankte sich überschwänglich, obwohl er kein Wort verstanden hatte. Die Namensschilder studierend, setzte er seinen Weg fort.

Plötzlich wurde der Flur lebendig. Hanhivaara blickte sich um und sah zwei Frauen näher kommen. Sie redeten in rasantem Tempo aufeinander ein. Es klang wie ein Schnellfeuer, und Hanhivaara glaubte anfangs, Zeuge einer Auseinandersetzung zu sein, die nur mit einem Mord enden konnte. Doch als die Salven in ohrenbetäubendes Gelächter mündeten, wusste er, dass er sich geirrt hatte. Seine Lippen bewegten sich, er betete stumm: Lieber Gott, gib, dass keine der beiden Frau Sipilä ist. Sein Gebet wurde erhört. Die letzte Tür rechts. *Sipilä.*

Hanhivaara klopfte an und wurde hereingerufen.

Er hatte die Journalistin nie zuvor gesehen. Sie war eine kleine, zierliche Frau, die ihn mit hellen, ernsten Augen musterte. Ihre Haare waren asphaltfarben. Die Frau hielt sich gerade; anders als die meisten Journalisten, die stundenlang über ihrer Schreibmaschine hocken, hatte sie noch keinen Buckel. Sie trug eine lange Hose und ein T-Shirt. Offenbar spielt sie noch Sommer, dachte Hanhivaara, und vielleicht auch ein etwas zu junges Mädchen.

»Hauptmeister Hanhivaara, nehme ich an«, sagte sie.

»Ein unsterblicher Spruch. Uralt und doch immer wieder frisch. Sie sind sicher die Journalistin Taina Sipilä?«

»Der Spruch mag ja alt sein, aber doch wohl unmissverständlich, oder? Ich bin Taina Sipilä, aber auf meine Frage habe ich noch keine Antwort bekommen. Muss ich sie wiederholen?«

»Mein Name ist Hanhivaara.«

»Na also, es geht doch. Worüber wollen wir uns unterhalten?«

Sie lehnte sich in ihrem einfachen Bürostuhl zurück. Hanhivaara sah sich um und entdeckte einen Stuhl, wartete jedoch vergeblich auf die Aufforderung, ihn zu benutzen.

»Darf ich mich setzen?«, fragte er.

»Bitte, nehmen Sie Platz«, entgegnete Taina Sipilä gleichgültig.

Hanhivaara setzte sich und zog den Notizblock hervor. Er musterte die Frau mit absichtlich unverschämtem Blick, erzielte jedoch keine Wirkung. Sie blieb kalt wie Eis.

»Unterhalten wir uns ein wenig über den Mord an Annikki Koski. Sie wissen sicher etwas darüber«, schlug Hanhivaara vor.

»Ich weiß, dass sie tot ist. Dass sie ermordet wurde. Ich habe sie nicht umgebracht und weiß auch nicht, wer es getan hat.«

»In welcher Beziehung standen Sie zu ihr?«

»Man könnte mich wohl als ihre Freundin bezeichnen. Sie hatte nicht viele.«

»Mochten Sie sie?«

»Im Allgemeinen mag man seine Freunde. Ich hatte sie ganz gern, soweit das bei ihr möglich war.«

»Wie lange haben Sie sie gekannt?«

»Ich kenne beide, also Annikki und Antti, seit rund drei Jahren.«

Alle haben die beiden seit rund drei Jahren gekannt, dachte Hanhivaara mit wachsendem Misstrauen. Die plötzlich erwachte Geselligkeit des Ehepaars schien ihm verdächtig. Sie musste irgendeinen geheimen Zweck haben. Oder die beiden waren Ufos, die erst vor drei Jahren auf der Erde gelandet waren.

»Hatten Sie ein enges Verhältnis zu Annikki Koski?«

»Wir haben uns keine Geheimnisse anvertraut oder gegen andere konspiriert. Dazu waren wir beide nicht der Typ.«

»Haben Sie mit ihren anderen Bekannten konspiriert?«

»Was für eine Frage! Ich habe Ihnen doch gerade erklärt, dass auch ich nicht der Typ bin.«

»Ich dachte nur ...«

»Erstaunlich«, sagte Taina Sipilä.

Hanhivaara erkannte den stichelnden, spöttischen Ton und empfand nichts als Überdruss. Schon wieder, dachte er. Wie schön wäre es, gelegentlich jemanden kennen zu lernen, der anders ist.

»Man hat mir gesagt ...«, begann Hanhivaara von vorn, um spottanfällige Klippen zu umschiffen, doch er schaffte es wieder nicht.

»Wenn ich einen Artikel schreibe, erwähne ich immer, wer etwas gesagt hat«, unterbrach ihn die Frau kalt lächelnd.

»Ich schreibe keine Artikel«, erwiderte Hanhivaara wohlwollend.

»Das kann ich mir denken. Wahrscheinlich sind Sie eher darauf aus, Presseberichte zu unterbinden.«

»Manche Zeitungen sind derart miserabel, dass es überhaupt keine Rolle spielt, ob etwas darin steht oder nicht«, konterte Hanhivaara.

»Sind Sie gekommen, um sich über Medienpolitik zu unterhalten?«, fragte die Journalistin. Sie saß immer noch zurückgelehnt und völlig reglos auf ihrem einfachen Stuhl. Nur ihre Lippen bewegten sich, und ab und zu auch die Augenlider.

»Ich bin hier, um über den Mord an Annikki Koski zu sprechen. Sie waren es, die das Thema gewechselt hat. Das tut man im Allgemeinen dann, wenn das bewusste Thema einem nicht zusagt. Wenn man zum Beispiel Angst davor hat. Haben Sie Angst?«

»Ich fürchte mich vor nichts.«

»Dann darf ich jetzt vielleicht fortfahren?« Hanhivaaras Stimme verriet keine Verärgerung. Er war auch gar nicht verärgert, sondern resigniert.

Selbst an den Stuhlrücken gelehnt bewahrte die Sipilä ihre Haltung. Hanhivaara sah, dass sie einen wohl proportionierten Körper hatte. Wenn man ihn gefragt hätte, hätte er gesagt, sie sei auf persönliche Weise schön. Das bedeutete nicht ganz dasselbe wie *hässlich.* Bei einem Schönheitswettbewerb hätte sie jedoch keine Chance gehabt, dazu war sie zu klein und zu mager, außerdem hatte sie ein leicht asymmetrisches Gesicht. Hanhivaara bekam keine Antwort von der Frau, die er als berechnend, unverkennbar streitsüchtig und vermutlich von ewigen Machtkämpfen frustriert einstufte. Er neigte mitunter zu übereilten Schlussfolgerungen. Doch das konnte man ihm nicht als Fehler ankreiden, denn sie waren immer richtig.

Ohne länger auf die Erlaubnis zu warten, fuhr er fort: »Und wie war Ihr Verhältnis zum Ehemann, zu Antti

Koski?« Er verwendete absichtlich das Imperfekt, was die Frau jedoch offenbar als polizistentypischen Sprachfehler betrachtete. Jedenfalls reagierte sie nicht darauf.

»Auch mit ihm bin ich befreundet, ich möchte fast sagen, besser, als ich es mit Annikki je war. Ich mag Männer lieber als Frauen.«

»Sind Sie mehr als nur Bekannte?«

»Wenn Sie damit andeuten wollen, dass ich seine Geliebte – dieses Wort würden Männer Ihres Schlages wohl verwenden – bin oder war, dann liegen Sie falsch.«

»Ach, ich weiß nicht. Ich liege äußerst selten falsch.« Hanhivaara hatte beschlossen, seine Opponentin zu provozieren.

»Wer hat Ihnen denn diesen Quatsch erzählt?«, giftete Taina Sipilä. Ihre Hände zitterten. Womöglich hat sie einfach nur einen Kater, überlegte Hanhivaara, der sich nicht wieder zu voreiligen Schlüssen verleiten lassen wollte.

»Sind Sie verheiratet?«, fragte er.

»Ich war es. Mein Mann ist gestorben. Aber was tut das eigentlich zur Sache?«

»Sie sind also allein stehend?«

»Eine logische Schlussfolgerung«, sagte die Frau mit gepresster Stimme.

»Wo waren Sie, als Annikki Koski ermordet wurde?«

»Wann wurde sie denn ermordet?«

»In der Nacht zum Mittwoch. Wo waren Sie, sagen wir mal, zwischen Mitternacht und zwei Uhr?«

Die Frau schwieg. Sie schien nachzudenken.

»Am Dienstag war ich den ganzen Abend zu Hause. Ich habe gearbeitet.«

Nach einer kurzen Pause fügte sie hinzu, als ahne sie, wonach sie als Nächstes gefragt würde: »Ich war allein.«

Eine Frage kann ich mir also sparen, dachte Hanhivaara und hätte beinahe gekichert.

Doch es gab genug andere Fragen: »Also kann niemand Ihr Alibi bestätigen?«

»Stehe ich unter Mordverdacht?«

Hanhivaara gab keine Antwort. Die Frau stand nicht unter Mordverdacht. Nicht etwa deshalb, weil sie zu Hause gearbeitet hatte, was niemand bezeugen konnte. Andererseits sind in einem Mordfall alle verdächtig.

»Kommen wir noch einmal auf Ihre Beziehung zu Annikki und Antti Koski zurück. Wissen Sie, warum die beiden sich scheiden ließen?«

Er versuchte wieder einmal sein Glück. Es war ein Zeichen seiner Dickköpfigkeit, dass er sich nicht dazu überwinden mochte, die Identität der Scheidungszeugen in irgendeinem unpersönlichen Gerichtsarchiv zu überprüfen. Hanhivaara machte sich nichts aus Dingen, eher hielt er es mit den Menschen. Auf der Polizeischule hatte er Probleme gehabt, weil er als introvertierter Mensch nur eingeschränkt fähig war, seine Umgebung wahrzunehmen. Ein Grübler interessiert sich eben nicht für seine Umgebung. Womöglich hatte auch bereits jemand die alten Akten im Archiv überprüft. Dieser Jemand hatte es jedoch nicht für nötig gehalten, Hanhivaara zu informieren.

Die Frau antwortete: »Meinen Sie den wirklichen Grund?«

»Gibt es auch unwirkliche?«

»Beim Prozess ging es um die Untreue des Mannes. Das war der Scheidungsgrund.«

»Wer hat den Ehebruch bezeugt?«

Stille.

Dann hauchte die Frau: »Ich.«

Hanhivaara ließ sich seine Verblüffung nicht anmerken. Er musste lächeln: Wenn man einmal eine offene Antwort bekommt, ist man völlig von den Socken. Lügen und Ausflüchte nimmt man dagegen als normal hin. Man hört sie eben häufiger. So ist die Welt nun mal.

»Aber Sie haben doch gerade gesagt, Sie hätten kein Verhältnis mit Antti Koski gehabt. Mir scheint, Sie haben entweder mich oder das Gericht angelogen.«

»Wir hatten es so arrangiert. Annikki und Antti wollten eine schnelle Scheidung und eine Klage wegen Untreue war der einfachste Weg. Ich habe den Ehebruch nur bezeugt, damit die Sache rasch über die Bühne ging.«

»Also haben Sie vor Gericht die Unwahrheit gesagt.«

»Nein. Das würde ich jedenfalls nicht zugeben, wenn Sie einen Zeugen dabeihätten.«

»Sie haben Ihre Aussage unter Eid gemacht.«

»Ja.«

»Demnach werden Sie bei einer offiziellen Vernehmung Ihr Verhältnis mit Antti Koski zugeben.«

»Da gibt es nichts zuzugeben. Außerdem habe ich nie von einem Verhältnis gesprochen. Ich habe lediglich erwähnt, dass ich mit Antti Koski Geschlechtsverkehr hatte.«

»Und wie nennt man das, bitte schön?«

»Ficken nennt man das.«

»Mit Scheidungen kenne ich mich nicht so genau aus. Reicht die Erklärung, dass es einmal passiert ist, als Scheidungsgrund?«

»Das müsste reichen, aber ich glaube, ich habe von mehreren Malen gesprochen.«

»Wie stand Annikki Koski danach zu Ihnen?«

»Zwiespältig.«

»Was heißt das?«

»Natürlich hat sie sich nichts daraus gemacht. Immerhin war es eine abgesprochene Sache. Trotzdem hat sie getan, als wäre ich Luft für sie, wenn die anderen dabei waren. Offenbar wollte sie jeden Verdacht zerstreuen, dass es eine einvernehmliche Scheidung war.«

»Und was war nun der wahre Scheidungsgrund?«

»Das weiß ich nicht.«

»Sie sind doch ein intelligenter Mensch. Wie konnten Sie sich mit so wenig Information in die Sache hineinziehen lassen?«, fragte Hanhivaara, obwohl er nicht glaubte, dass ihm die Schmeichelei helfen würde.

»Die beiden waren überzeugend. Sie sagten, sie hätten genug von den ewigen Streitereien und den ständigen Seitensprüngen und wären zu dem Schluss gekommen, dass sie nicht zueinander passten. Im Nachhinein sind mir allerdings Zweifel an dieser Geschichte gekommen.«

»Man behauptet, Antti Koski sei ein ziemlicher Satyr.«

»Das ist nun allerdings übertrieben. Es stimmt, dass er ab und zu ein kleines Abenteuer hatte. Aber das mit dem Satyr ist ein Mythos.«

»Annikki Koski hatte jedenfalls ein Verhältnis mit Pentti Seppänen, nicht wahr?«

Hanhivaara hatte das Gefühl, die Beteiligten bereits so gut zu kennen, dass er sie eigentlich beim Vornamen nennen konnte. Doch das schien ihm irgendwie unangebracht, also musste er jedes Mal den vollen Namen verwenden. Dummerweise hatten nämlich einige denselben Familiennamen, sodass der Nachname allein auch nicht genügte.

Taina Sipilä zündete sich eine Zigarette an. Sie setzte sich gerade, schlug die Beine übereinander und sagte trocken: »Allem Anschein nach.«

»Und mit den anderen? Waren das rein freundschaftliche Beziehungen?«

»Annikki war bei Männern sehr beliebt. Sie war eine schöne Frau.«

Nach Hanhivaaras Ansicht war Schönheit allein nicht genug. Doch das war seine persönliche Meinung. Auch er steckte sich nun eine Zigarette an, was er sich bisher verkniffen hatte, weil er glaubte, Frau Sipilä sei Nichtraucherin. Er sagte: »Ich hatte eher den Eindruck gewonnen, dass sie den meisten Menschen auf die Nerven ging.«

»Bestimmt. Aber ich kenne die geheimen Gelüste der Männer.«

»Besonders offen waren die Avancen also nicht?«

»Der Einzige, der immer offen war, ist Raimo Ojanen. Er spielt gern den Casanova.«

»Und die Frauen? Wer von ihnen hätte Grund haben können, Annikki Koski die Kehle aufzuschlitzen?«

»Einen ausreichenden Grund hatte wohl keine. Aber Liisa ... Frau Lankila hätte es aus purem Neid tun können.«

Im Grunde teilte Hanhivaara diese Ansicht. Er ließ den Blick durch den Raum schweifen. Man hatte ihm immer versichert, Journalisten seien chaotisch und liebten die Unordnung. Taina Sipiläs Büro bestätigte diese Behauptung. Ihr Schreibtisch war derart überladen, dass die Papierstapel zum Teil auf den Fußboden gerutscht waren, wo außerdem unzählige Bücher und einige Apfelsinenschalen lagen. Die Wände waren mit Reklameschildern und Postern – banaler Armeleutekunst – gepflastert. An einer Wand hing noch ein Bild von Lenin, dem man eine Hitlerfrisur und den dazugehörigen Schnauzbart aufgemalt hatte, die unsterblichen Insignien des ultimativen Bösen. Am Fensterrahmen hing ein Schild, das davor warnte, sich an betrunkene Gäste zu lehnen. Mitten auf dem Schreibtisch befand sich ein Tal, eine Vertiefung in der Größe eines DIN-A4-Blatts, wo Taina Sipilä offenbar ihre Manuskripte korrigierte. Ihre Schreibmaschine war ein solides Büromodell von beachtlichen Ausmaßen.

Taina Sipilä selbst wirkte keineswegs ungepflegt. Ihre Kleidung war leger, aber sauber. Die Nägel waren sorgfältig manikürt, die Haare gebürstet. Die Frau und ihr Büro passten nicht zueinander.

»Und Ihre eigenen Beziehungen zum sonstigen Freundeskreis?«

»Sind in Ordnung.«

»Ich hab mal ein Formular gesehen, auf dem in der Rubrik Familienstand *gut* eingetragen war. Ihre Antwort ist von ähnlicher Qualität.«

»Ich beobachte gern andere Menschen«, fügte die Frau hinzu, als sei damit alles gesagt.

»Aber Sie selbst wollen nicht beobachtet werden?«

»Das lässt sich nicht vermeiden, wenn man mit intelligenten Menschen verkehrt.«

»Wie haben Sie die Koskis kennen gelernt?« Hanhivaara war überglücklich, weil er für zwei Personen nur ein Wort zu verwenden brauchte.

»Wie man Leute eben kennen lernt. Wir sind uns irgendwo begegnet. Irgendjemand hat uns miteinander bekannt gemacht. Damals bei der Armee hat uns der Kompaniechef immer wieder versichert, dort würden wir Freunde fürs ganze Leben finden. Aber das stimmt nicht. Wen könnte man in der Kaserne schon kennen lernen.«

»Sie waren nicht bei der Armee«, wandte Hanhivaara verwundert ein.

»Nicht? Na, dann muss ich die Geschichte von irgendwem gehört haben. Sicher von einem Mann. Jedenfalls erinnere ich mich nicht mehr, wo ich die Koskis kennen gelernt habe«, erklärte Taina Sipilä ungerührt.

Hanhivaara überlegte, ob er ihr sagen sollte, dass auch Antti Koski tot war. Für seine Zwecke war es vielleicht am besten, sofort damit herauszurücken und das Überraschungsmoment zu nutzen. In ein paar Stunden würde sich die Sache vermutlich schon überall herumgesprochen haben. Dennoch suchte er nach einem Grund, die Information zurückzuhalten.

»Glauben Sie, dass Antti Koski seine Exfrau ermordet haben könnte?«, fragte er.

»Nein«, erwiderte die Frau vehement. Nach Hanhivaaras Ansicht fast zu vehement.

Mit eckigen Bewegungen begann sie, ihren Schreibtisch aufzuräumen, ein vollkommen hoffnungsloses Unterfangen. Wenn sie zwei Wochen lang täglich acht Stunden darauf verwendet hätte, wäre vielleicht etwas dabei herausgekommen. So aber schaffte sie es nicht einmal, ihre Nervosität zu verbergen, was der eigentliche Zweck der ganzen Operation war. Hanhivaara überlegte, ob sie vielleicht doch eine tiefer gehende Beziehung mit Antti Koski gehabt hatte. Die Menschen reden viel Unsinn und doch sagen manche von ihnen gleichzeitig die Wahrheit. Über die Scheidung und ihre eigene Rolle im Prozess hatte die Journalistin leidenschaftslos gesprochen. Aber der bloße Verdacht, Koski hätte seine geschiedene Frau ermordet, brachte sie aus der Fassung. Hanhivaara begann sich immer mehr für die Frau zu interessieren. Rein beruflich.

»Ich meine, er hatte keinen Grund, Annikki zu töten, nachdem er sie durch die Scheidung sowieso losgeworden war. Das wäre doch ganz unlogisch«, erklärte sie.

Mit ihrer ach so logischen Argumentation versucht sie nur ihre Nervosität zu vertuschen, dachte Hanhivaara. Ihre Reaktionen sind nicht echt, sie verbirgt etwas.

»Einen Toten kann man sowieso nicht unter Anklage stellen«, platzte er heraus.

»Von wem sprechen Sie?«

»Von Antti Koski natürlich. Oder hatte ich noch einen anderen Verdächtigen genannt?«

Taina Sipilä schaute zum Fenster hinaus, sodass Hanhivaara ihr Gesicht nicht sehen konnte. Geschickt, dachte er. Sie drehte sich langsam um, sah ihm direkt in die Augen und fragte: »Meinen Sie das, was ich glaube, dass Sie meinen?«

»Man spricht immer ausweichend vom Tod. Ganz unnötig. Davon wird keiner wieder lebendig.«

»Ist ... ist er auch ermordet worden?«

»Wer weiß.«

»Mann Gottes, nun sagen Sie schon, wie er gestorben ist!«, schrie die Frau.

Falls sie schauspielert, war das eine Glanzleistung, dachte Hanhivaara und sagte: »Wahrscheinlich an einer Revolverkugel. Genaueres wissen wir erst nach der Obduktion. Sieht nach Selbstmord aus, aber auch das steht noch nicht fest. Wo haben Sie übrigens den heutigen Vormittag verbracht?«

»Ich war erst zu Hause und dann hier«, antwortete sie automatisch.

Dann erfasste sie die Bedeutung der Frage und starrte Hanhivaara entsetzt an.

»Kann es auch Mord gewesen sein? Stehe ich jetzt unter zweifachem Verdacht?«, rief sie.

Hanhivaara erwiderte ruhig und beinahe gelangweilt: »Ich habe Ihnen doch gesagt, wir wissen es noch nicht. Mord und Selbstmord sind nicht immer auf Anhieb voneinander zu unterscheiden. Es kommt vor, dass ein Mord als Selbstmord getarnt wird. Nicht oft, aber immerhin. Im Allgemeinen ist das ein aussichtsloser Versuch. Andererseits hat es auch schon Schlauköpfe gegeben, die einen Selbstmord als Mord aufgezogen haben. Das kommt allerdings äußerst selten vor.«

»Sie finden es aber heraus, oder?« Taina Sipilä wirkte besorgt, fast verängstigt.

»Ganz bestimmt. Wenn er ermordet wurde, werden wir es herausfinden. Sein Mörder kommt nicht ungestraft davon, das kann ich Ihnen versichern.«

»Sie halten sich wohl für einen guten Polizisten?«

Hanhivaara gab keine Antwort. Was sollte er darauf schon erwidern. Wenn jemand nicht merkte, wie gut er war, nützten alle Worte nichts.

»Sie murksen schon seit mehr als zwei Tagen an dem Fall herum und haben immer noch keine Ahnung, wer Annikki umgebracht hat. Nicht gerade effektiv, würde ich sagen. Jetzt gibt es noch einen zweiten Toten und Sie wissen nicht einmal, ob er ermordet wurde oder nur gestorben ist, um die Polizei zu ärgern. Sie sind unglaublich. Als Ermittler würde selbst ich eine bessere Figur abgeben!«

Sie sah den Beamten, der vor ihr saß, scharf an. Ihre Hände zitterten.

»Würden Sie den letzten Satz bitte wiederholen? Es ging zu schnell, ich konnte nicht alles mitschreiben«, bat Hanhivaara, der mit seinem Bleistift unverständliche Hieroglyphen auf seinen Block kritzelte.

Da die Frau schwieg, aber erbleichte, als sei sie selbst dem Tod nahe, bedankte Hanhivaara sich leise und ging.

Er entschied sich dafür, zehn Minuten im Auto sitzen zu bleiben, denn die Parkuhr war noch nicht abgelaufen und er war beileibe kein Verschwender. Allerdings kam es ihm vor, als hätte er in letzter Zeit kaum etwas anderes getan als im Auto zu sitzen und nachzudenken. Taina Sipilä (selbst in Gedanken verwendete er für alle Beteiligten Vor- und Nachnamen) benahm sich seltsam. Eine anstrengende Person und voller Widersprüche. Sich selbst schien sie penibel zu pflegen, aber ihr Büro war chaotisch. Zuerst gab sie sich abweisend, dann zeigte sie sich der Polizei gegenüber aufgeschlossen, um sie im nächsten Moment zu kritisieren. Äußerst merkwürdig. Fürchtete sie womöglich um ihr eigenes Leben?

Hanhivaara war ein gewissenhafter Mann. Andernfalls hätte er darauf gebrannt, gerade diese Frau als Mörderin verhaften zu können.

Sechzehn

Die Parkuhr sprang auf *Abgelaufen* und Hanhivaara legte den ersten Gang ein.

Er fuhr über die Hauptstraße nach Osten und stellte zufrieden fest, dass nur wenige Fahrzeuge unterwegs waren. Reger Verkehr machte ihn nervös.

Das Gebäude der Zentralklinik war riesig. Hohe Betonwände, gerade Linien, reihenweise schwarz spiegelnde Fenster. Und weiße Farbe, wohin man sah.

Hanhivaara betrat die niedrige, aber geräumige Eingangshalle und schaute sich um. Er mochte keine Krankenhäuser. Nicht wegen des Geruchs oder der weihevollen Atmosphäre, sondern weil diejenigen, die dort beschäftigt waren, vorgaben, alles zu wissen. Dabei war in einer Klinik Unwissen die einzige Gewissheit. Krankheiten wurden eher durch Zufall besiegt als durch die Abfolge von gesicherter Diagnose und erprobter Behandlung.

So dachte er jedenfalls. Die medizinische Wissenschaft hatte es nicht vermocht, ihn von seiner Unsterblichkeit zu überzeugen. Hanhivaara wollte nicht ewig leben.

An der linken Seite der Halle befand sich ein Schalter, über dem ein Schild hing. Auf dem Schild stand: *Information.* Also ging er zum Informationsschalter.

»Ich möchte zu Dr. Risto Takala«, sagte er zu der selbstsicher dreinschauenden Krankenschwester.

Sie warf ihm einen kurzen Blick zu und fragte: »Geht es um einen Krankheitsfall?«

»Nein, um einen Toten.«

»Um einen Toten?«

»Ja, um einen Toten.«

»Tote werden nicht im Krankenhaus behandelt. Sie werden begraben. In die Erde gelegt oder zu Asche verbrannt. Wer ist tot? Sie?«

»Sehe ich so aus?«, wunderte sich Hanhivaara.

»Todmüde jedenfalls.«

Ein schlagfertiges Mädchen, dachte Hanhivaara. »Ich bin von der Polizei und untersuche einen Mord«, sagte er. »Wo finde ich Dr. Takala?«

»Fahren Sie mit dem Aufzug in den vierten Stock. Dann geradeaus und am Ende des Gangs nach links, den zweiten Gang nach rechts und sie landen vor einer Tür. An der Tür steht *Kantine.*«

Hanhivaara ging zum Aufzug.

Die Krankenhausatmosphäre, die er vorübergehend vergessen hatte, schlug ihm nun wieder entgegen. Man hätte denken können, der mausgraue Hanhivaara hätte sich in dieser farblosen Umgebung besonders wohl gefühlt, doch weit gefehlt! Weißhäutige Menschen kamen ihm entgegen. Sie hatten die passende Tarnfarbe zu den weißen Wänden. Hanhivaara erinnerte sich an einen Tag, an dem er verkatert durch die Stadt gegangen war und plötzlich einen Farbigen vor braunem Hintergrund gesehen hatte. Er hatte geglaubt, der Mann liefe ohne Kopf durch die Gegend, und sich feierlich gelobt, zwei Wochen stocknüchtern zu bleiben. Da er sich in der Regel nur einmal wöchentlich betrank, hatte dieser Vorsatz ihm keine übermenschlichen Anstrengungen abgefordert. Er war damals ins Kino gegangen und hatte sich einen Film angesehen, in dem ein amerikanischer Polizist drogenabhängig gemacht wurde. Der Film hatte ihm nicht gefallen.

Hanhivaara führte ein ausgesprochen geregeltes Leben und hielt sich gern an eine feste Routine. Das allwöchentliche Besäufnis gehörte dazu.

Auf dem Weg zur Kantine fiel ihm ein, dass er nicht wusste, wie Dr. Risto Takala aussah, und vergessen hatte, die junge Dame am Informationsschalter um eine Beschreibung des Oberarztes zu bitten. Auf die berühmte Nelke im Knopfloch durfte er nicht hoffen. Nelken waren altmodisch.

Letzten Endes brauchte er weder Personenbeschreibung noch Nelke. Nachdem er den Weg zur Kantine mühelos, mit nur zweimaligem Nachfragen, gefunden hatte, trat ein Mann auf ihn zu und stellte sich als Risto Takala vor.

Der Arzt war in den Vierzigern und hatte eine Halbglatze. Die noch verbliebenen Haare waren rot. Er schien ständig auf dem Sprung zu sein und sprach mit ungehemmt lauter Stimme. Hanhivaara betrachtete seine Hände, denn über Chirurgenhände hatte er genauso viel gehört wie über Pianistenfinger. Takalas Finger waren kurz und knubbelig und Hanhivaara fühlte sich wieder einmal betrogen. Ständig erwiesen sich alte Wahrheiten als falsch. Und da sollte man Verbrechen aufklären.

Er stellte sich seinerseits dem Arzt vor, der etwa zehn Zentimeter kleiner, aber keineswegs rundlich war. Eher zierlich und schlank; ein Mann, der allabendlich Squash spielt, um jeglichem Fettansatz vorzubeugen.

Der Arzt gab ihm nur flüchtig die Hand. Vielleicht hatte er Angst vor Bakterien.

»Ich habe genau zwanzig Minuten Zeit«, sagte Dr. Takala, als wäre er der Einzige, dessen Zeit knapp bemessen war. »Haben Sie Hunger? Sie können hier zum Personalpreis essen.«

»Danke, ich habe gerade gegessen. Aber einen Kaffee könnte ich trinken. Zum Personalpreis.«

Der Kaffee wurde gebracht. Der Polizist und der Arzt setzten sich an einen Fenstertisch mit Ausblick auf ein altes Villenviertel. Auf dem Tisch stand ein Aschenbecher, den Hanhivaara emsig zu füllen begann.

»Da Ihre Zeit knapp bemessen ist, darf ich wohl ohne Umschweife zur Sache kommen?«

»Bitte.«

»In der Nacht auf Mittwoch wurde Annikki Koski ermordet, kaltblütig und mit quasi klinischer Professionalität – ich bitte zu beachten, dass diese Formulierung nicht gegen Sie gerichtet ist. Die Tat wurde vermutlich zwischen ein und zwei Uhr verübt. Wo waren Sie in dieser Nacht, sagen wir mal, von halb eins bis halb zwei?«

»Danach bin ich schon gefragt worden. Ich habe geschlafen. Am nächsten Morgen stand eine Operation an und ich sorge immer dafür, dass ich vor Operationen ausreichend Schlaf bekomme. Zum Glück erfuhr ich am Mittwoch erst gegen Mittag von Annikkis Tod. Daher lebt meine Patientin noch. Ihr Tod hat mich erschüttert. Annikkis Tod, meine ich.«

»In Polizeisprache übersetzt heißt das, Sie haben kein Alibi.«

»Ich bin ledig.«

»Und Sie hatten kein Betthäschen bei sich?«, fragte Hanhivaara unumwunden. »Angerufen hat Sie auch niemand?«

»Wie gesagt, ich wollte schlafen. Also war niemand bei mir. Und leider habe ich auch keine Anrufe bekommen.«

»Seit wann kannten Sie die Ermordete?«

»Ziemlich lange. Antti Koski und ich haben zusammen studiert und ich kannte natürlich auch seine Frau. Wir hatten allerdings keinen engen Kontakt. Außer in den letzten drei Jahren.«

»Wieso gerade in den letzten drei Jahren?«

Hanhivaara lehnte sich an die Fensterbank und schaute hinaus. Was hatte es mit diesen drei Jahren auf sich? Alle schienen die Koskis drei Jahre lang gekannt zu haben. Und Hanhivaara stand immer wieder vor derselben Frage: Wer hatte die Koskis länger als drei Jahre gekannt? Er fühlte sich plötzlich unbehaglich. Zum ersten Mal kam ihm ernsthaft der Verdacht, dass er die falschen Leute befragte. Vielleicht hatten sie überhaupt nichts mit der ganzen Sache zu tun.

»Es ist tatsächlich seltsam«, sagte Takala nachdenklich. »Annikki und Antti haben ein sehr zurückgezogenes Leben geführt. An gemeinsamen Unternehmungen beteiligten sie sich praktisch nie. Antti besuchte die Sitzungen des Ärzteverbandes, aber darin erschöpfte sich seine Teilnahme am gesellschaftlichen Leben auch schon. Und das waren rein offizielle Zusammenkünfte. Vielleicht hatten sie ausländische Bekannte, denn so oft Antti Urlaub hatte, sind sie verreist.«

»Annikki Koski war mehrmals für längere Zeit verschwunden, habe ich mir sagen lassen. Man vermutet, dass sie sich im Ausland aufgehalten hat. Wissen Sie etwas darüber?«

»Nicht viel. Ich weiß, dass sie vor etwa fünf Jahren fast ein ganzes Jahr fort war. Antti hat aber nie darüber gesprochen. Er hat nur gesagt, es sei eine Dienstreise. Aber damals steckte er noch in seiner Einsiedlerphase.«

»Sie haben also keine Ahnung, wo Frau Koski war?«

»Nein.«

Takalas Antworten waren relativ präzise. Er sprach wie jemand, der nichts zu verbergen hat und infolgedessen auch keine Ausflüchte zu machen braucht.

»Gehen wir einmal drei Jahre zurück«, schlug Hanhivaara vor.

»Ja, ungefähr vor drei Jahren hat es angefangen«, sagte Takala immer noch nachdenklich, aber vollkommen sachlich. »Annikki und Antti wurden plötzlich gesellig. Zu meiner Überraschung traf ich sie auf diversen Partys. Ich hatte den Eindruck, dass Antti mehr trank als früher.«

»Können Sie mir einen Grund für diesen Wandel nennen?«

»Keinen äußeren, nein.«

»Einen inneren?«

»Vielleicht hatte er genug von seinem Beruf und wollte nachholen, was er versäumt hatte, als er noch ganz in seiner Arbeit aufging.«

»Ja richtig, er hat ja seine Stellung als Chirurg aufgegeben und bald darauf auch seine Privatpraxis. Warum wohl?«

»Ich habe ihn oft gefragt, weshalb er nicht mehr chirurgisch tätig sein wollte, er war nämlich verdammt gut in seinem Fach. Aber er sagte nur, er sei müde und ein müder Mann habe im OP nichts verloren. Seine Praxis hat er offenbar aus demselben Grund aufgegeben. Zudem hatte Annikki geerbt. Dadurch waren sie finanziell abgesichert und brauchten nicht mehr für ihren Lebensunterhalt zu arbeiten.«

Der hibbelige Oberarzt warf einen Blick auf seine Uhr, doch Hanhivaara ließ sich dadurch nicht stören. Er trank von seinem Kaffee und zündete sich die nächste Zigarette an. Takalas Blick folgte den Krankenschwestern, die gerade die Kantine betraten.

Hanhivaara riss ihn aus seinen Träumen: »Warum hat Antti Koski sich entschlossen, für den Stadtrat zu kandidieren?«

Takala ließ die jungen Schwestern nicht aus den Augen, antwortete aber in geschäftsmäßigem Ton: »Ich weiß es nicht. Es muss ein Anfall von geistiger Verwirrung gewesen sein, anders kann ich es mir nicht erklären.«

»Genau das hat er auch gesagt. Eine eigenartige Form von geistiger Verwirrung, meinen Sie nicht?«

»Auch das zeigt, wie ausgebrannt er war. Man hatte ihn oft gebeten, zu kandidieren, weil er durch seine Tätigkeit im Ärzteverband öffentlich bekannt war und als relativ junger Mann bereits die Position des Oberarztes bekleidete. Nachdem er seinen Beruf aufgegeben hatte, erschien ihm sein Leben vielleicht leer, und so hat er eben beschlossen, etwas Neues auszuprobieren.«

»Aber eben das hat er nicht getan. Er hat seine Entscheidung rückgängig gemacht.«

»Ja. Ich glaube auch nicht, dass er in der Politik besonders erfolgreich gewesen wäre. Ein Streber war er nie. Den Aufstieg zum Oberarzt verdankte er ausschließlich seiner Begabung und seinem Fleiß, Mauscheleien kamen für ihn nicht infrage.«

»Wer hatte sonst noch ein Verhältnis mit Annikki Koski, außer Pentti Seppänen?«

Hanhivaara musste immer wieder auf denselben Fragen

herumreiten. Ständig stieß er auf die drei Jahre (wie vor einigen Minuten) und auf die seltsame Kandidatur zum Stadtrat, die keinen Sinn zu ergeben schien. Immer wieder dieselben zwischenmenschlichen Beziehungen. Doch es half nichts, er musste diese Punkte klären. Irgendwo in diesem Umfeld lag die Lösung – oder ganz woanders, dachte Hanhivaara und fand das Leben wieder einmal beschissen. Wenn er nicht aufgab, würde er irgendwann jemanden finden, der die Antwort kannte. Der Mörder kannte sie jedenfalls.

Takala hatte seine Erbsensuppe ausgelöffelt und machte sich nun mit gesundem Appetit über den Eierkuchen her. Er drehte unablässig den Kopf und ließ seine Augen durch den Raum schweifen, wirkte aber nicht nervös. Vielleicht wählte er gerade eine Gefährtin für eine Nacht, auf die keine frühe Operation folgte.

»Annikki hatte keine Affären«, sagte er wie nebenbei.

»Da habe ich aber anderes gehört.«

»Mögen die Leute reden, was sie wollen.«

»Seppänen hat es selbst zugegeben.«

»Ich weiß davon, aber das war nichts als die Schwärmerei eines unreifen jungen Mannes für eine zehn Jahre ältere Frau. So etwas schmeichelt dem Mann. Und warum nicht auch der Frau. Aber Liebe war es nicht.«

»Und von Annikki Koskis Seite?«

»Sie war nervlich sehr angespannt und tat manches, ohne selbst zu wissen, warum.«

»Das ist keine Erklärung. Waren die Koskis eifersüchtig aufeinander?«

»Mag sein. Beide waren beruflich oft allein unterwegs, Antti zu Konferenzen und Seminaren, Annikki zu Fototerminen. Es gab immer Gelegenheit zum Seitensprung und damit Anlass zu Misstrauen. Aber ich glaube, der Verdacht hatte nicht viel mit der Wahrheit zu tun.«

»Die beiden waren sich also treu?«

»Im Großen und Ganzen.«

Nichts ist einfach, dachte Hanhivaara, der genau wusste, dass irgendwer log oder falsch informiert war. Fast alle hatten ausgesagt, die Koskis hätten sich häufig gestritten und seien eifersüchtig gewesen. Nun behauptete Dr. Takala, das sei alles nicht so wild gewesen.

»Warum dann die Scheidung?«, fragte Hanhivaara und glaubte, seinen Zeugen damit in eine Falle gelockt zu haben.

»Annikki hat sich oft eigenartig verhalten. Vielleicht hat sie Drogen genommen. Aber danach müssen Sie ihren Mann fragen.«

»Woher wissen Sie, dass Frau Koski Drogen nahm?«, fragte Hanhivaara, ohne sich seine Verblüffung anmerken zu lassen. Zum ersten Mal seit Langem hörte er etwas Neues. Er hatte sich schon so daran gewöhnt, diesen Menschen zuzuhören, dass er sich ihre Antworten im Voraus zurechtlegte. Die Drogengeschichte überraschte ihn. Dennoch blieb seine Stimme eintönig, fast gelangweilt.

»Ich habe nicht behauptet, es zu wissen«, erwiderte Takala. »Eigentlich hätte ich die Sache gar nicht erwähnen sollen. Ich habe Annikki beobachtet. Einiges an ihrem Verhalten war typisch für Drogenkonsumenten.«

»Unter allen Zeugen, die ich befragt habe, sind Sie der einzige, der etwas bemerkt haben will.«

»Den anderen sind diese Verhaltensweisen sicher auch aufgefallen, nur konnten sie den Grund nicht erkennen. Ich bin Arzt, die meisten unserer Bekannten nicht.«

»Aber Antti Koski hätte es doch wissen müssen.«

»Wenn an der Sache überhaupt etwas dran ist, hat er ihr den Stoff vermutlich sogar selbst besorgt. Aber bitte, erwähnen Sie meinen Namen nicht, wenn Sie ihn deshalb vernehmen.«

»Seien Sie unbesorgt«, sagte Hanhivaara. Es fuchste ihn immer mehr, dass er seiner Faulheit nachgegeben hatte und am Abend nicht noch einmal zu Koski gefahren war. Nun war es zu spät.

Takala besaß womöglich ein ausgeprägtes Konkurrenzdenken, überlegte er. Warum sonst hätte er seinen Freund und Kollegen so unritterlich bloßgestellt? Die bedingungslose Solidarität innerhalb des Ärztestandes war schließlich nicht nur den Opfern medizinischer Kunstfehler bekannt. Zwar hatte Takala so getan, als sei ihm die Bemerkung unwillentlich entschlüpft, doch es konnte sich durchaus um einen genau kalkulierten Schachzug handeln. Hanhivaara blätterte seinen Notizblock um und schrieb: *Bez. zw. AK u. RT prüf. Viell. seit Stud.*

»Warum hätte Annikki Koski Rauschgift nehmen sollen?«, fragte er.

»Dafür kann es tausend Gründe geben. Ich habe keine Ahnung.«

»Was könnte sie genommen haben?« Als ob das noch eine Rolle spielte, dachte er.

»Amphetamin möglicherweise. Eventuell auch Morphium.«

»Ist es nicht ziemlich schwierig, sich diese Substanzen zu verschaffen?«

»Das schon. Aber unmöglich ist es nicht. Als Polizist müssten Sie das doch am besten wissen.«

»Ich arbeite beim Gewaltdezernat, mit Drogenkriminalität habe ich nichts zu tun. Meine Kenntnisse sind nur ganz allgemeiner Natur.«

Hanhivaara beschloss, Takala noch nach einigen anderen Personen zu befragen, die in den Fall verwickelt waren.

»Im Scheidungsprozess der Koskis hat Taina Sipilä bezeugt, ein Verhältnis mit Antti Koski gehabt zu haben. Warum war das nötig? Drogenkonsum wäre doch ein ausreichender Scheidungsgrund gewesen. Dann wäre das Kind vermutlich dem Vater zugesprochen worden.«

»Über Tainas Rolle weiß ich nichts, aber niemand gibt

freiwillig zu, ein Junkie zu sein. Nein, das hätten sie auf keinen Fall als Grund anführen können. Das müssen Sie doch verstehen. Die beiden wollten sich nicht verletzen.«

»In Scheidungsprozessen legen es beide Parteien in der Regel gerade darauf an, den anderen zu verletzen und nach Kräften zu piesacken. Warum hätte es in diesem Fall anders sein sollen?«

»Seien Sie doch nicht so naiv. Wenn Antti seiner Frau Drogenkonsum vorgeworfen hätte, was hätte der Richter wohl gefragt? Richtig: woher sie den Stoff bezog. Dann hätte Antti zugeben müssen, dass er ihn ihr beschafft hatte. Keine angenehme Situation für einen Arzt, oder?«

»Jetzt reden Sie, als wären Sie davon überzeugt, dass Anikki Koski tatsächlich rauschgiftsüchtig war. Vorhin haben Sie nur die Vermutung geäußert, das könne möglicherweise der Fall gewesen sein.«

»Dabei bleibe ich auch. Es ist alles reine Spekulation.«

»Taina Sipilä hatte also gar kein Verhältnis mit Antti Koski. Es handelte sich sozusagen nur um einen Freundschaftsdienst. Ist das Ihre Ansicht?«

»Keineswegs. Wahrscheinlich haben Antti und Taina irgendwann mal eine Nummer geschoben. Ihre Aussage war sicher nicht völlig erfunden.«

»Woher wissen Sie das?«

»Ich weiß es nicht, aber ich glaube, dass es so war.«

»Warum glauben Sie das?«

»Ich habe die beiden gelegentlich in Restaurants gesehen, Händchen haltend und tanzend.«

»Das ist kein Beweis.«

»Ich weiß nicht, welche Erfahrungen Sie gemacht haben, aber aufgrund meiner Lebenskenntnis muss ich Ihnen sagen, dass es verdammt oft ein Beweis ist.«

Jetzt wird er hochnäsig, dachte Hanhivaara, der hochnäsige Menschen nicht ausstehen konnte.

»Haben Sie nie einen Korb bekommen?«, fragte er kühl.

»Äußerst selten«, behauptete Takala selbstbewusst.

»Jetzt widersprechen Sie sich aber. Zuerst erzählen Sie mir, die Koskis seien sich treu gewesen, und nun behaupten Sie das Gegenteil.«

»Soweit ich mich erinnere, habe ich gesagt, im Großen und Ganzen. Damit meine ich, dass sie um Seitensprünge kein großes Theater gemacht haben. Besonders häufig kam dergleichen ohnehin nicht vor und es war beiden wohl nicht so wichtig.«

Der Arzt sah wieder auf die Uhr. Und wieder tat Hanhivaara so, als habe er es nicht bemerkt. Er zündete sich die nächste Zigarette an.

»Sie sind jetzt der Oberarzt Ihrer Abteilung?«

»Ja«, bestätigte Takala mit leisem Stolz.

»Wer war Ihr Vorgänger?«

»Antti Koski«, erwiderte Takala, nun ohne jeden Stolz. Er musterte den Polizisten misstrauisch, während er den letzten Bissen des zum Personalpreis erworbenen Mittagessens in den Mund steckte.

»Sie haben also gewissermaßen von Koskis Rücktritt profitiert. Trotzdem haben Sie versucht, ihn davon abzubringen. Das darf man wohl mit Fug und Recht als Selbstlosigkeit bezeichnen.«

»Na, ich weiß nicht. Es stand keineswegs fest, dass ich den Posten bekommen würde, daher hätte ich es vorgezogen, weiterhin unter einem Mann zu arbeiten, den ich kannte und der mir sympathisch war.«

Vermutlich sagte er die Wahrheit. Womöglich sind das die ersten wahren Worte, die ich heute zu hören bekomme, dachte Hanhivaara.

Er beschloss, trotzdem gemein zu sein, denn es war notwendig: »Sind Sie ganz sicher, dass Sie von Annikki Koskis Drogenkonsum nichts wussten? Sind Sie ganz sicher, dass

Sie dieses Wissen nicht benutzt haben, um Antti Koski zum Rücktritt zu bewegen?«

Bestimmt war Takala nie zuvor der Erpressung bezichtigt worden, doch er steckte die Anschuldigung ganz gut weg.

Er sagte ruhig, aber mit Nachdruck: »Das hätte ich lieber nicht gehört. Aber um die Sache möglichst schmerzlos aus der Welt zu schaffen, antworte ich einfach, dass ich mir ganz sicher bin.«

Darauf wusste Hanhivaara nichts zu entgegnen. Also wechselte er das Thema: »War Koski nicht ungewöhnlich jung, um zum Oberarzt ernannt zu werden?«

»Das schon. Aber er war auch außergewöhnlich gut, geradezu brillant. Nach ein paar Jahren hatte er dann genug von seiner Position.«

»Sind die zwanzig Minuten schon um?«, fragte Hanhivaara, als ihm aufging, dass Takala seit einer ganzen Weile nicht mehr auf die Uhr gesehen hatte.

»Sechsundzwanzig«, erwiderte Takala. »Ich habe sechs Minuten Verspätung.«

Hanhivaara stand auf. Takala ebenfalls. Sie verließen die Kantine.

Auf dem Gang sah Hanhivaara sich verlegen um. Er hatte keine Ahnung, welche Richtung er einschlagen musste. Typisch Krankenhaus. Takala schmunzelte und sagte gönnerhaft: »Ich bringe Sie zum Ausgang, ich muss sowieso nach unten.«

»Danke«, murmelte Hanhivaara zerstreut.

Der vollautomatische Lift behagte ihm nicht, doch er musste seinen Abscheu überwinden und die Kabine betreten. Er hatte sich immer darüber gewundert, dass bei diesen modernen Aufzügen auch die Türen mit nach unten zu fahren schienen. Folglich musste ja oben ein Loch bleiben. Tat es aber nicht. Seltsam. Im Aufzug schwiegen die beiden Männer. Als sie unten anlangten, blieb Hanhivaara zwischen den Lichtschranken stehen und inspizierte die Tür. Offenbar fuhr nur die eine Hälfte mit dem Lift, während die andere Hälfte oben zurückblieb, um das Loch zu schließen. Schau an, schau an, die Tür ist quasi gespalten, dachte Hanhivaara.

Am Ausgang schüttelten sich die beiden Männer die Hand.

»Bitte verraten Sie Koski nicht, von wem Sie Ihre Informationen haben«, bat Takala noch einmal.

Hanhivaara sah sich um, entdeckte die junge Frau am Informationsschalter und winkte ihr zu. Sie reagierte nicht.

»Ich werde es ihm bestimmt nicht erzählen. Er wird es nie erfahren. Antti Koski ist tot«, sagte Hanhivaara und ging hinaus.

Siebzehn

Kriminalhauptmeister Lauri Hanhivaara hatte an sich nicht die Angewohnheit, dramatische Situationen herbeizuführen. Die hielt er nur dann für sinnvoll, wenn bereits alle Fakten geklärt waren. Und das konnte man in Bezug auf den Mord an Annikki Koski und den Selbstmord (?) von Antti Koski vorläufig nicht behaupten. Zumindest kannte Hanhivaara selbst noch nicht alle Fakten, er wusste zum Beispiel nicht, von wem und weshalb Annikki Koski ermordet worden war und warum Antti Koski Selbstmord (?) begangen hatte. Für die endgültige Aufklärung des Falles war es seiner Ansicht nach wesentlich, die richtigen Antworten auf diese Fragen zu finden.

Doch nicht alles Handeln ist logisch. Die Menschen sind oft unberechenbar. Auch Hanhivaara erlaubte sich, ein Mensch zu sein und gelegentlich gegen seine Grundsätze zu verstoßen. Also inszenierte er mitunter einen wirkungsvollen Auftritt oder Abgang nach allen Regeln der Dramatik.

So wie jetzt, als er Dr. Takala vor eine schwierige Entscheidung stellte. Der Oberarzt musste abwägen, was ihm wichtiger war: Gegenüber dem Polizisten an seinem Zeitplan festzuhalten und damit sein Prestige zu wahren oder seine Neugier zu befriedigen.

Die Neugier siegte, Takala setzte Hanhivaara nach und wäre dabei fast in die Glastür gerannt.

»Einen Augenblick noch, Hauptmeister«, rief er und demonstrierte damit seine Fähigkeit, sich verständlich und originell auszudrücken.

Hanhivaara war bereits bei seinem Wagen angelangt, setzte sich aber auf die Motorhaube und zündete sich eine Zigarette an. Er hielt es für besser, erst zu rauchen und dann loszufahren. Mit gleichzeitigem Fahren und Rauchen hatte er schlechte Erfahrungen gemacht.

Takalas schmale Gestalt näherte sich. Nun haben Sie schon achteinhalb Minuten Verspätung, hätte Hanhivaara am liebsten gesagt, doch er schwieg und betrachtete den grauen Himmel und den dünnen Rauchstreifen, der aus seinem Mund aufstieg.

»Finden Sie es richtig, Ihre Mitmenschen zum Narren zu halten?«, fragte Takala.

Insgeheim musste Hanhivaara zugeben, dass der Vorwurf nicht unberechtigt war. Dennoch bestritt er ihn nachdrücklich: »Ich halte nie jemanden zum Narren.«

Inzwischen war Takala sozusagen die Puste ausgegangen. Er fragte lahm: »Ist Antti Koski tot?«

»Das habe ich doch gesagt. Und ich lüge nicht.«

»Wann ist er gestorben?«

»Heute.«

»Und woran?«

»Er hatte ein Loch in der Brust und auf dem Fußboden lag ein Revolver. Woran er gestorben ist, weiß ich nicht, aber ich habe einen bestimmten Verdacht.«

»Also noch ein Mord«, murmelte Takala nachdenklich. Es war keine Frage, sondern eine Feststellung. Seine Hände zitterten.

»Sind Sie nervös?«, fragte Hanhivaara.

Er musterte den verwirrten Arzt, rutschte von der Motorhaube und trat gegen die Vorderreifen des Wagens, wie er es irgendjemanden hatte tun sehen. Allerdings war ihm nicht ganz klar, wozu das gut sein sollte.

»Wo waren Sie heute Vormittag?«, fragte er.

»Wo war ich heute Vormittag«, wiederholte Takala. »Ich war zu Hause und bin erst gegen Mittag hergekommen.« Er sah Hanhivaara an, als ob er ihn bitten wollte, ihm eine völlig absurde Geschichte abzunehmen.

»So, zu Hause. Waren Sie allein?«

»Ich war allein, ja.«

»Sie scheinen aber auch nie ein vernünftiges Alibi zu haben.«

»Ich habe ihn nicht ermordet.«

»Womöglich war es ja Selbstmord. Dann braucht niemand ein Alibi«, meinte Hanhivaara tröstend.

Takala griff begierig nach dem Strohhalm: »Ja, es muss Selbstmord gewesen sein. Vielleicht waren die Scheidung und Annikkis Tod zu viel für ihn.«

»War er ein sensibler Mensch?«

»Ja ... oder eigentlich nicht. Im Gegenteil, er war sehr energisch und widerstandsfähig. Aber man kann nie wissen, was das Fass zum Überlaufen bringt. Selbstmord wäre durchaus denkbar.«

»Richtig, man kann nie wissen. Auf Wiedersehen, Dr. Takala«, sagte Hanhivaara, dem ein wenig Dramatik diesmal ganz lieb war. Auch wenn sie im Grunde keinen Nutzen versprach.

»Wo arbeitet Ihre Schwester?«, erkundigte er sich noch rasch.

»Was … In einer Werbeagentur und ziemlich oft auch zu Hause. Sie ist zur Hälfte Freelancerin. Freiberuflich verdient man mehr, sagt sie.«

»In Ojanens Agentur?«

»Nein, in einer anderen«, sagte Takala und gab ihm die Adresse.

Hanhivaara bedankte sich und stieg ein. Er fuhr an. Ein Krankenwagen kam ihm mit heulenden Sirenen entgegen. Typisch Krankenhaus.

Während er quer durch die Stadt fuhr, pfiff Hanhivaara leise vor sich hin. Er war zufrieden, obwohl er dazu eigentlich keinen Grund hatte. Der Lösung seines Problems war er nämlich kaum näher gerückt. Zwar hatte er einige neue Informationen erhalten, doch eben nur einige. Er glaubte, sich mühelos und geschickt in den Verkehr auf der östlichen Ausfallstraße eingefädelt zu haben, doch so mancher hätte in diesem Punkt eine abweichende Meinung zu Protokoll gegeben. Einige Verkehrsteilnehmer hätten Hanhivaara gar nicht erst einen Führerschein ausgestellt, wenn die Entscheidung bei ihnen gelegen hätte.

Doch Hanhivaara pfiff immer noch, als er über die Brücke fuhr. Da er so wenig Informationen besaß, hatte er umso größere Chancen, neue Erkenntnisse zu gewinnen, überlegte er sich. Ein solches Denken darf man wahrhaftig als positiv bezeichnen.

Maija Takala machte einen ungepflegten Eindruck auf ihn. Sie trug Jeans und dazu einen überweiten Männerpullover mit blauen Troddeln. Ihre üppigen Haare hatten sicher seit einer Woche keinen Kamm mehr gesehen. Aus den Hosenbeinen schauten kleine nackte Füße hervor. Auch ihr Gesicht wirkte auffallend klein, doch das mochte an dem gewaltigen Haarschopf liegen. Ihrer eigenen Auskunft nach war sie dreiunddreißig Jahre alt.

Sie saß an einem großen Zeichenbrett, hatte einen Stift im Mund und lächelte. Hanhivaara lächelte zurück, denn er war ein freundlicher Mensch – im Prinzip.

Er hatte sich bereits vorgestellt, als er das winzige, aber gut ausgeleuchtete und offenbar voll klimatisierte Büro betreten hatte, das am schmalen Hauptflur der großen Werbeagentur lag.

»Stellen Sie ruhig Ihre Fragen«, sagte die Frau munter.

»Wonach soll ich denn fragen?«, erkundigte sich Hanhivaara.

»Das müssten Sie doch wissen, oder?«

»Und wenn ich nur hier wäre, weil ich heute Abend mit Ihnen ausgehen möchte? Es ist Freitag, das Wochenende liegt vor uns. Vielleicht wäre es ganz nett, irgendwo, wie man ein wenig banal sagt, die Batterien aufzuladen.«

Maija Takala gab ein surrendes Geräusch von sich, das Hanhivaara als Lachen interpretierte. Er lachte mit, obwohl er seinen Witz nicht besonders gelungen fand. Eigentlich war er nicht einmal mittelprächtig.

»Wie gut kannten Sie Antti Koski?«, fragte er.

»Wie gut ich ihn kenne, meinen Sie wohl. Ich habe ihn nämlich noch nicht vergessen. Meiner Meinung nach kenne ich ihn sehr gut.«

Eine vieldeutige Antwort, dachte Hanhivaara, der der Zeugin absichtlich eine Falle gestellt hatte. Die Frau tat, als wisse sie nichts von Antti Koskis Ableben. Aber vielleicht war sie zu intelligent, um in eine Falle zu laufen, ob sie nun absichtlich gestellt war oder nicht.

»Und wie gut kannten Sie Annikki Koski?«

»Genauso gut wie ihren Mann. Aber sie ist tot.«

»Wo waren Sie, als Annikki Koski ermordet wurde?«

»Zu Hause. Ich hatte einen Auftrag zu erledigen.«

Workaholics, einer wie der andere, dachte Hanhivaara. Alle haben zu Hause geschuftet, während anderswo eine Party stattfand und irgendjemand auch noch Zeit finden musste, einen Menschen ums Leben zu bringen. Keiner war schlau genug gewesen, sich wenigstens ein Alibi zu verschaffen. Fehlt nur noch, dass sich das gemeinsame Alibi von Ojanen und dem Ehepaar Lankila in Luft auflöst, dann haben wir mehr Kandidaten, als uns lieb sein kann.

»Jetzt kommt eine ganz schwierige Frage«, kündigte er an. »Gibt es jemanden, der, meinetwegen aus purer Bosheit, behaupten könnte, Sie hätten einen Grund gehabt, Annikki Koski zu töten?«

»Ich glaube nicht. Eigentlich bin ich überall beliebt. Ich bin fröhlich und lebhaft, schlagfertig, aber gutmütig.«

»Freut mich zu hören.«

»Da sehen Sie es. Auch Sie mögen mich, obwohl Sie mich kaum kennen.«

»Wer in aller Welt hat Annikki Koski ermordet? Niemand will es gewesen sein«, sagte Hanhivaara. Doch ihm dämmerte bereits, dass es nicht der richtige Moment war, den Dummkopf zu spielen.

»War ich Ihre letzte Hoffnung? Ich bin untröstlich.«

»Was war eigentlich Ihre Rolle in dem Spiel?«

»In welchem Spiel?«

»Irgendwie habe ich das Gefühl, dass Sie und Ihre Bekannten eine Clique von neun oder zehn Personen waren, die ein eigenartiges Spiel aufführten. Alle haben sich als Freunde ausgegeben, ihre Freizeit miteinander verbracht, gemeinsam getrunken, dabei aber immer versucht, einen Vorteil für sich herauszuschinden und die Mitspieler für ihre eigenen Zwecke auszunutzen.«

Maija Takala skizzierte ein Sommerkleid, fügte hier und da ein paar Striche hinzu und begutachtete das Ergebnis.

»Sieht aus wie ein Sommerkleid, dabei haben wir schon Herbst«, meinte Hanhivaara wagemutig, denn von Mode verstand er nicht viel.

»Das wurde schon vor längerer Zeit entworfen. Ich versuche lediglich, eine Anzeigenkampagne für das Modell zu planen. Für nächsten Sommer.«

»Aha«, sagte Hanhivaara. Man lernt immer etwas Neues und Seltsames, dachte er. Er selbst plante nie länger als bis zum nächsten Wochenende. Wozu auch – es wurde immer wieder Sommer. Und Herbst.

»Mir scheint, Sie sind ein Einzelgänger«, sinnierte Maija Takala.

»Ich fühle mich ganz wohl.«

»Ich meine nur, wenn Sie sich in größeren Cliquen bewegen würden und mehr so genannte Freunde hätten, würden Sie feststellen, dass vieles, was Sie wundert und vielleicht sogar anwidert, ganz normal ist, in jeder beliebigen Gruppe von zehn Leuten. Freundschaft, Neid und ähnliche Gefühle gehen traulich Hand in Hand.«

»Als Außenstehender habe ich eine Vielzahl von Gruppen dieser Größenordnung beobachtet, aber auf eine derart seltsame Bande bin ich noch nie gestoßen.«

»Was kommt Ihnen denn so seltsam vor?«

»Alles.«

»Das ist keine Antwort.«

Hanhivaara wusste, dass er ihr keine Antwort schuldig war, doch er hatte an der sorglos wirkenden, mädchenhaften jungen Frau sofort Gefallen gefunden. Daher führte er das Gespräch fort: »Sagen Sie mir zum Beispiel, zu welchem Lager Sie im folgenden Punkt gehören. Es wird behauptet, die Ehe zwischen Annikki und Antti Koski sei zerrüttet gewesen, die beiden hätten sich gestritten und seien fremdgegangen. Andererseits heißt es, sie hätten sich innig geliebt und die Seitensprünge seien im Grunde bedeutungslos gewesen.«

»Sie haben sich nicht gehasst«, erwiderte Maija Takala, ohne zu zögern.

Hanhivaara dachte über die Andeutung nach, die in der Antwort steckte. Sie konnte in zwei Richtungen weisen. Also fragte er nach: »Meinen Sie, dass die Koskis den einen das eine vorspielten und den anderen etwas anderes oder dass die einen schlechtere Menschenkenner sind als die anderen?«

»Mag sein, dass Sie Recht haben.«

»Na, na, solche Antworten passen nicht zu einem schlagfertigen, aber gutmütigen Menschen. Gutwillige Menschen geben im Allgemeinen sogar der Polizei ordentliche Antworten.«

»Dann sagen wir so: Es steht fest, dass manche schlechtere Menschenkenner sind als andere. Dagegen kann ich nicht wissen, ob die Koskis anderen Leuten manchmal etwas anderes vorspielten als mir.«

»Geschauspielert haben sie also auf jeden Fall.«

»Das tut doch jeder. Die Koskis waren aber in größerem Kreis betont neutral. Meiner Meinung nach gingen sie jedem Streit aus dem Weg, wenn es möglich war.«

»Immer war es also nicht möglich?«

»Natürlich nicht.«

»Wer hat Annikki Koski ermordet?« Wieder warf Hanhivaara sein Netz aus.

Und wieder vergeblich, denn Maija Takala antwortete: »Ich habe nicht die leiseste Ahnung.«

»Wussten Sie, dass Annikki Koski Drogen nahm?«

»Ja. Es wundert mich nur, dass Sie es wissen.«

»Sind Sie sicher?«, fragte Hanhivaara. Dann verbesserte er sich: »Wie können Sie das mit Sicherheit wissen?«

»Erstens bin ich eine gute Menschenkennerin.«

»Das reicht nicht. Sie müssten außerdem selbst rauschgiftsüchtig sein oder Expertin für Drogen.«

»Oder sehr neugierig.«

»Sind neugierige Menschen etwa beliebt?«

»Ich zeige es nicht allen. Ein guter Menschenkenner weiß es zu verhindern, dass andere Menschen ihn zu gut kennen.«

»Mit Menschenkenntnis allein kommt man bei polizeilichen Ermittlungen nicht weit.«

»Aber sie ist nützlich, oder?«

»Ich wäre der Letzte, das zu bestreiten. Aber erklären Sie mir doch, wie Sie so sicher sein können, dass Annikki Koski Drogen nahm. Oder wussten alle davon?«

»Das glaube ich nicht.«

Hanhivaara fiel eine zweite Frage ein: »Waren die Drogen der Scheidungsgrund?«

»Daran habe ich zuerst auch gedacht, aber letztlich glaube ich es nicht.«

»Warum nicht?«

»Über Antti kam Annikki am leichtesten an Drogen heran. Sicher nicht an Heroin, aber zumindest an Morphium.«

»Nahm sie Heroin?«

»Das war nur ein Beispiel. Ich weiß es nicht. Eigentlich kann ich es mir auch nicht vorstellen. Allerdings heißt es ja, dass Süchtige zu immer stärkeren Mitteln greifen.«

»Aber könnte es nicht sein, dass Antti Koski sich scheiden ließ, weil er von seiner drogensüchtigen Frau genug hatte und ihr keinen Nachschub mehr besorgen wollte?«

»Nein, das ist ganz unwahrscheinlich. So nett Annikki im Prinzip auch war, als Süchtige hätte sie sicher Anttis Verstoß gegen den ärztlichen Eid als Druckmittel eingesetzt, um eine Scheidung zu verhindern.«

Dass Annikki Koski nett gewesen sei, hörte Hanhivaara zum ersten Mal. Diese Bemerkung musste er unbedingt aufschreiben.

Die Frau hatte die Füße auf den Stuhl gezogen, sodass ihre Knie fast den Mund berührten. Ganz schön gelenkig, dachte Hanhivaara, ich muss sie tatsächlich einladen, heute Abend mit mir auszugehen. Hanhivaaras bedächtiger Gang und seine leicht gebeugte Gestalt verleiteten viele zu dem Trugschluss, er sei ungeschickt und träge. In Wahrheit hielt er sich mit regelmäßiger Gymnastik in Form. Auch an anderen schätzte er körperliche Fitness. Er hatte ein Auge für Schönheit.

»Sie haben sicher Recht«, sagte er und beschloss, auf den vorigen Weg zurückzukehren, da sein jüngster Einfall in eine Sackgasse zu führen schien. »Ich frage Sie jetzt, glaube ich, zum dritten Mal: Woher wussten Sie, dass Frau Koski Drogen nahm? Oder war es nur eine Vermutung?«

»Sie sagten, es gäbe zwei Möglichkeiten. Man müsse selbst mit Rauschgift experimentiert haben oder aus anderen Gründen Experte in dem Bereich sein. Aber es gibt noch eine dritte.«

Hanhivaara fragte nicht, welche. Er wartete ab.

»Annikki hat es mir erzählt.«

Hanhivaara war so überrascht, dass ihm keine andere Frage einfiel als die eine, die auf der Hand lag: »Warum?«

»Das ist eine lange Geschichte. Sie haben es hoffentlich nicht eilig?«

»Nein, ich habe es nicht eilig. Ich bin ja nur hier, um die Geschichte zu hören.«

Die Frau streckte sich. Sie legte den Stift weg. Nun saß sie kerzengerade da. Nach den Vorbereitungen zu schließen, würde nun eine Rezitation des Kalevala-Epos vom ersten bis zum letzten Vers folgen.

»Unterbrechen Sie mich nicht.«

»Ich verspreche, mich zu zügeln«, sagte Hanhivaara.

Maija Takala begann.

»Ich bin sieben Jahre jünger als mein Bruder Risto und sein bester Freund Antti Koski. In einem gewissen Alter ist das ein gewaltiger Abstand, doch später schrumpft er erheblich zusammen. Antti war erst zweiundzwanzig, als er Annikki geheiratet hat. Ich war fünfzehn und überglücklich, weil der Freund meines Bruders eine echte Schönheitskönigin heiratete. Ich dachte, dieses Glück müsste auch auf mich abfärben. Ich hatte Annikki unheimlich gern, ich wollte ihre Freundin werden und setzte meinen ganzen natürlichen Charme ein, um ihre Zuneigung zu gewinnen. Und ich schaffte es. Natürlich hatte Annikki anfangs Vorbehalte, weil ich in ihren Augen nur eine kleine Göre war. Aber ich schaffte es trotzdem. Ich glaube, mir gelingt alles, wenn ich es nur ernsthaft genug versuche. Ein Jahr nach der Hochzeit starb ihr kleiner Sohn bei einem Unfall. Annikki erlitt einen Nervenzusammenbruch und wurde in ein Sanatorium eingeliefert. Ich habe mich damals nicht zurückgezogen, sondern sie immer wieder besucht. Unsere Freundschaft wurde dadurch noch tiefer. Eine Zeit lang habe ich mich sogar in dem Gefühl gesonnt, Annikkis Genesung sei nicht zuletzt mein Verdienst. Inzwischen weiß ich allerdings, dass ich meinen Einfluss überschätzt habe. Drei oder vier Jahre später merkte ich, dass Annikki sich wieder veränderte. Ich verbrachte viel Zeit mit den beiden, daher fiel mir dies und jenes auf. Die Situation hatte sich verschoben, der Altersunterschied war bereits ein wenig kleiner geworden und ich stand Annikki viel näher. Freunde in meinem Alter hatte ich kaum, denn ich fand Gleichaltrige kindisch. Dann plante Annikki eine Auslandsreise. Sie selbst und Antti sprachen nur sehr vage darüber und meine Neugier siegte über mein Taktgefühl. Ich fragte Annikki nach den Gründen für ihre Reise und nach dem Reiseziel aus und setzte dabei die perfidesten Mittel ein. Nachdem ich sie in Widersprüche verwickelt hatte, erklärte ich ihr schließlich, ich glaubte kein Wort von dem, was sie mir erzählt hatte. Zu guter Letzt gestand sie, was los war: Sie wollte zu einer Entziehungskur nach England. In England werden Drogenabhängige nämlich behandelt und nicht nur moralisch abqualifiziert wie hier. In Finnland hätte sie sich nicht zum Entzug melden können, denn dann hätte sie Fragen beantworten müssen, und mit Anttis kometenhaftem Aufstieg wäre es vorbei gewesen. Annikki hatte immer größere Dosen genommen. In Wahrheit war sie von ihrem Zusammenbruch nach dem Unfall nie geheilt worden, es war alles nur Fassade gewesen. Ich weinte bitterlich. Als sie dann aus England zurückkam, hieß es, sie habe die Sucht überwunden, aber wer kann das schon mit Sicherheit sagen. Unsere Beziehung wurde nie mehr so eng wie vorher. Annikki war misstrauisch, und ich wohl auch. Ich weiß aber, dass sie noch einen zweiten Entzug gemacht hat, es war also wieder nur eine scheinbare Heilung gewesen. Dennoch mochte ich sie nach wie vor, obwohl die beiden, also Antti und Annikki, sich mehr und mehr zurückzogen. Wir waren Freunde, und ich weiß nicht, warum ich Ihnen das alles erzähle, aber sie ist ja tot, ihr kann niemand mehr schaden.«

Die letzten Sätze hatte sie in einem Schwall hervorgestoßen, hechelnd, als ob sie einen Endspurt eingelegt oder befürchtet hätte, für sich zu behalten, was sie nicht in dieser Sekunde sagte.

Hanhivaara besaß die Fähigkeit, Zeugenaussagen bereits beim ersten Hören zu analysieren. Er ordnete die Sätze und stapelte sie übereinander wie Holzscheite, suchte nach Widersprüchen, um die Wahrheit von der Lüge zu trennen. Auch Maija Takalas kleine Ansprache hatte er auf diese Weise analysiert. Bei den Ermittlungen im Mordfall Annikki Koski hatte er bisher nicht ein einziges Mal eine so lange, zusammenhängende Aussage zu hören bekommen. Alle anderen schienen sich zu winden, man musste ihnen jede kleine Wahrheit einzeln aus der Nase ziehen. Doch was enthüllte Maija Takalas Bericht eigentlich? Er zeigte, dass die Zeugin ein leidenschaftlicher Mensch war. Hanhivaara war vom Wahrheitsgehalt der Aussage überzeugt und fasste immer mehr Zuneigung zu der Frau. Doch die Fakten, die sie ihm geliefert hatte, waren zweitrangig. Nichts über die Gegenwart. Kein Motiv für den Mord an Annikki Koski.

Er schaute aus dem Fenster und sah den rötlichen Himmel. Doch Schwalben, die vor seinem eigenen Fenster noch im August ihre Sturzflüge unternahmen, sah er nicht. Der Flug der Schwalben entzückte ihn. In ihren Bewegungen lag mehr Unternehmungslust, Frische und Lebensfreude und sogar eine größere Gewandtheit als beispielsweise in den erhabenen Flügelschlägen eines Falken. Dohlen und Krähen wirkten bei ihren verzweifelten Versuchen, dem Gegenwind zu trotzen, einfach lächerlich. Aber Schwalben nicht.

Die Frau, die Hanhivaara gerade befragte, hatte etwas Schwalbenhaftes. Sie war ihm sympathischer als all die anderen, die er im Zusammenhang mit diesem Fall kennen gelernt hatte. Er wusste, dass er voreingenommen war, aber unter Berufung auf seine eigene Steifheit mochte er Menschen, die nie ganz erwachsen wurden, aber fähig waren, wie Erwachsene zu denken und zu handeln, wenn es nötig war. Verantwortung zu übernehmen und über Fehlschläge zu weinen, ohne zusammenzubrechen. In der Überzeugung, dass ein neuer Versuch möglich war.

»Man könnte Ihre Aussage auch so verstehen, dass Sie Herrn Koski einen leisen Vorwurf machen, weil er die Beschaffung der Drogen ermöglicht hat«, sagte er.

»Er war Arzt. Er hätte andere Wege finden müssen, seiner Frau zu helfen.«

»Ein Arzt ist nur selten fähig, einem Menschen zu helfen, der ihm nahe steht«, erklärte Hanhivaara im Brustton der Überzeugung. »So ähnlich wie man seinem Ehepartner oder einem guten Freund bestimmte Dinge nicht erzählen kann, über die man mit einem völlig Fremden bei einem Bier ganz freimütig spricht.«

»Dann ist mit der Ehe etwas faul. Oder mit der Freundschaft.«

»In diesem Fall ist mit allen Ehen etwas faul«, philosophierte Hanhivaara.

Es ärgerte ihn, dass das Gespräch zu abstrakt wurde. Doch das war seine eigene Schuld. Und sich selbst hatte er noch nie in seine Schranken weisen können.

»Sind Sie verheiratet?«, fragte Maija Takala.

»Ich war es«, erwiderte Hanhivaara. Es war eine nüchterne Feststellung.

»Ich verstehe Ihren Standpunkt.«

»Das können Sie erst, wenn Sie selbst eine Ehe hinter sich haben.«

»Ich verstehe vieles, was ich nicht selbst erlebt habe.«

Da Hanhivaara sich keiner Analyse unterziehen wollte, legte er schleunigst den Rückwärtsgang ein: »Ich finde es nicht richtig, einen Mann zu hassen, dessen Frau drogensüchtig ist.«

»Ich hasse ihn nicht. Aber damals war er zu ehrgeizig. Er wollte einen bestimmten Status erreichen und vergaß darüber von Zeit zu Zeit seine Frau, die er zweifellos aufrichtig geliebt hat.«

Hanhivaara sah auf die Uhr und stellte fest, dass es allmählich Zeit wurde, aufs Präsidium zu fahren, um mit Kairamo und den anderen Ermittlern die Fakten abzugleichen. Der zweite Todesfall hatte die verdammte Geschichte durcheinander gebracht. Bevor er ging, musste er Maija Takala jedoch über Antti Koskis Tod informieren. Sie würde es ohnehin bald erfahren.

»Wissen Sie, dass Antti Koski ebenfalls tot ist?«

Er wollte sehen, wie die mädchenhafte Frau reagierte. Doch es geschah nichts Bemerkenswertes. Maija Takala sah ihn aus weit aufgerissenen Augen an, doch ihre Augen blieben trocken. Die Stille dauerte eine halbe Minute. (Hanhivaara hatte das Schätzen von Zeitabständen trainiert.) Dann fragte die Frau leise: »War es ebenfalls ein gewaltsamer Tod?«

Hanhivaara hätte am liebsten erwidert, jeder Tod sei gewaltsam. Doch er sah ein, dass es nicht der richtige Moment für Banalitäten war. So sagte er: »Was denn sonst, bei einem gesunden Mann in den besten Jahren.«

Er hatte den Verdacht, eine Banalität vermieden zu haben, nur um eine andere vom Stapel zu lassen. Damit hatte er völlig Recht. Es blieb ihm keine andere Wahl, als Maija Takala zu fragen, wo sie sich zum Zeitpunkt von Koskis Ableben aufgehalten hatte. Also gab er sich einen Ruck: »Eine Frage muss ich Ihnen noch stellen. Wo waren Sie heute Vormittag zwischen halb elf und halb zwölf?«

»Ich war den ganzen Vormittag zu Hause.«

Natürlich. Alle waren zu Hause, dachte Hanhivaara und machte sich gar nicht erst die Mühe zu fragen, ob Maija Takala allein gewesen war.

Als er das Büro verlassen und die Tür hinter sich zugezogen hatte, hörte er, wie die schwalbenhafte Frau in Tränen ausbrach. Und ihm fiel ein, dass er vergessen hatte, sie um ein Rendezvous zu bitten.

Achtzehn

Fünf Männer reichten aus, um Kairamos Dienstzimmer zu füllen. Bei fünf großen Männern wurde es eng. Und fünf große rauchende Männer waren ein Albtraum.

In Kairamos Dienstzimmer befanden sich fünf große Männer, von denen drei rauchten, die Situation war daher noch erträglich. Ähnlich erträglich wie salzloses Kartoffelpüree, wenn die Alternative darin besteht, drei Monate zu hungern.

Kommissar Kairamo stellte seinen Mitarbeitern einen neuen Mann vor. Die Zentralkripo in der Hauptstadt hatte Verstärkung geschickt.

Der neue Mann, auch er im Kommissarsrang, hieß Veikko Jortikka. Alles in allem sah er aus wie ein Polizist: groß und stämmig, mit kurzen, blonden Haaren und blaugrauem Anzug. Er sprach laut und deutlich, was jedoch nicht bedeutete, dass die Sätze, die er sagte, immer klar verständlich gewesen wären. Die Stimme ist bisher das Beste an ihm, dachte Hanhivaara, der den neuen Kollegen zum ersten Mal zu Gesicht bekam.

Neben den beiden Kommissaren und Hanhivaara waren die Ermittler Huhtanen und Rimpiaho anwesend.

Die Männer hatten sich zur Lagebesprechung eingefunden.

Kairamo hatte die Rolle des Vorsitzenden wieder für sich reserviert.

»Was gibt's bei dir Neues?«, wandte er sich an Hanhivaara.

»Annikki Koski war möglicherweise drogenabhängig.«

»Wir haben kein Rauschgiftproblem«, mischte sich Jortikka ein.

»Nein, wir nicht«, erwiderte Hanhivaara trocken. »Aber eventuell hatte Annikki Koski eins.«

»Ich meine, wir hier in Finnland«, erklärte Jortikka. »In den USA tun die Leute nichts anderes mehr als an der Nadel zu hängen. Bei uns schnüffeln ein paar halbgare Bubis Leim und der eine oder andere linke Student raucht Hasch. Aber dass gebildete Frauen Drogen nehmen, das gibt's bei uns nicht.«

»Ihr Mann war Arzt«, sagte Kairamo. Die Wendung, die die Diskussion gleich zu Beginn genommen hatte, behagte ihm nicht. Sein Team war hier, um ein Verbrechen aufzuklären, nicht um sich zu zanken.

»Ich weiß, aber auch Ärzte haben kaum Mittel und Wege. Die Kontrolle ist streng«, beharrte Jortikka.

»Sie ist viel gereist«, hielt Kairamo dagegen.

»Ich habe ja auch nicht behauptet, ich wüsste, dass sie

Drogen genommen hat«, mischte sich Hanhivaara ein. »Ich habe gesagt, es könnte sein.«

»Von wem hast du die Information?«, wollte Kairamo wissen.

»Von Maija Takala und Risto Takala, in getrennten Befragungen. Es ist allerdings möglich, dass Risto Takala seine Schwester angerufen hat, während ich auf dem Weg zu ihr war. Theoretisch könnte er ihr die Geschichte untergejubelt haben, aber eigentlich glaube ich nicht daran. Na, die Obduktion wird ja zeigen, ob es stimmt, wir brauchen uns also nicht darüber zu streiten.«

»Warum ist die Obduktion nicht längst gemacht worden?«, fragte Jortikka. »Es ist doch schon fast drei Tage her, seit die erste Leiche gefunden wurde.«

Dem Gesetz nach werden Autopsien vom Bezirksarzt oder Vizebezirksarzt oder von einem anderen autorisierten Mediziner durchgeführt, in der Praxis also beinahe von jedem beliebigen Arzt. Gerichtsmedizinische Obduktionen werden im Allgemeinen von Ärzten ohne pathologische Fachausbildung nebenberuflich erledigt. Aufgrund des wachsenden Arbeitsanfalls sind Obduktionen in einigen Provinzen mittlerweile zur Hauptbeschäftigung des Bezirksarztes avanciert. Aber es mangelt an Spezialisten, selbst von den Bezirksärzten haben nur vier eine gerichtsmedizinische Ausbildung. Hanhivaara ging in Gedanken die Fakten durch, während Kairamo damit beschäftigt war, Jortikka die Situation zu erläutern, über die dieser bestens informiert war.

Kairamo sagte: »Aber wir sind insofern in einer glücklichen Lage, als wir einen gewissen Vargas als Vizebezirksarzt haben. Er ist in der Gerichtsmedizin sogar international bekannt. Nun verhält es sich allerdings so, dass er an einer Pathologenkonferenz in Stockholm teilnimmt und erst am Sonntag zurückkommt. Natürlich wollen wir nicht jeden x-

Beliebigen an unserer Leiche herumschnippeln lassen, wenn uns eine solche Koryphäe zur Verfügung steht. Wie du weißt, muss die Obduktion innerhalb von acht Tagen nach dem Exitus erfolgen. Vargas kann sich am Montag beide Leichen vornehmen, dann haben wir am Dienstag die vorläufigen Berichte und die schriftlichen Unterlagen. In unserer Provinz werden jährlich über sechshundert Leichen obduziert, aber in diesem Fall wollen wir keine Fließbandautopsie.«

»Außerdem konnte die Todeszeit bei der äußerlichen Untersuchung ziemlich genau festgelegt werden, weil beide Leichen fast sofort nach der Tat gefunden wurden«, fügte Rimpiaho hinzu.

»Ist dieser Vargas wirklich so etwas Besonderes?«, zweifelte Jortikka.

»Natürlich ist es sinnvoll, einen echten Fachmann zu nehmen. Wir haben Glück, er ist wirklich gut. Außerdem scheint er seine Arbeit zu lieben. Bei seinen Gruselgeschichten und blutigen Einzelheiten wird selbst mir ganz anders«, antwortete Kairamo.

Hanhivaara hörte zu und erinnerte sich dabei an die Geschichte von einem norwegischen Pathologieprofessor, die er einmal gelesen hatte. Man hatte dem alten und schon ein wenig zerstreuten Professor eine verkohlte Leiche zum Aufschneiden gebracht, die in einem abgebrannten Stall gefunden worden war. Am einen Ende des Stalls hatten sieben Schweine gehaust, aber als die Überreste des Gebäudes untersucht worden waren, hatte man am anderen Ende, im Hühnerstall, ein achtes entdeckt. Die Polizei interessierte sich natürlich für das überzählige Schwein, zumal die Brandursache ungeklärt war. Also verfrachtete man den Kadaver ins pathologische Institut der Universität, wo der Professor gerade eine Vorlesung hielt. Der Gelehrte hatte es nicht eilig, seine Studenten auch nicht. Nur die armen Polizisten wurden ganz kribbelig, weil sie so lange warten mussten. Endlich waren sie an der Reihe. Der Professor schnitt einen Wirbel aus dem Rückgrat des Schweins und dozierte lang und breit über die Gründe, weshalb es sich nicht um einen menschlichen Wirbel handeln konnte. Da Schweine nicht in sein Fach fielen, wies er die Polizisten an, den Kadaver ins tiermedizinische Institut zu bringen. Aber auch dort konnte die Sache nicht restlos geklärt werden. Um ein Schwein handelte es sich jedenfalls nicht. Dem Gutachten zufolge konnte die Wirbelsäule allenfalls von einem Affen stammen. Die Leiche erinnerte allmählich an ein Jo-Jo, denn nun wurde sie wieder zum Pathologieprofessor gekarrt, der sie zum zweiten Mal untersuchen musste. Diesmal entdeckte der verblüffte Professor in dem verschmorten Haufen einen Hüftknochen, Reste eines männlichen Geschlechtsorgans, Nieren, Leber, Lunge, Därme, Herz und ähnliches Zubehör, das normalerweise im Innern eines Menschen steckt. Das Schwein war also doch ein Mensch. So viel zur Sachkenntnis der Experten.

Hanhivaara lachte auf.

Jortikka sah ihn scharf an.

Hanhivaara lachte erneut. Und schüttelte den Kopf.

Kairamo fragte ihn, ob er sonst noch etwas zu berichten habe.

Hanhivaara erklärte, die Journalistin Taina Sipilä habe vor Gericht Antti Koskis Ehebruch bezeugt.

»Aha«, brummte Kairamo. Auch die anderen schienen diese Tatsache nicht besonders interessant zu finden.

»Fassen wir unsere bisherigen Erkenntnisse zusammen«, schlug Kairamo vor. »Wie das Opfer die letzten Stunden in der Nacht vom Dienstag zum Mittwoch verbracht hat, dürfte geklärt sein.« Dabei sah er Huhtanen an.

»Der Freundeskreis hat sie am Sonntag verstoßen«, platzte Hanhivaara heraus. »Jeder, den ich gefragt habe, hat erklärt, sie am Sonntag in einem Restaurant zum letzten Mal gesehen zu haben.«

Huhtanen kaute auf seiner Pfeife. Rimpiaho, der noch jung war, saß auf dem Fensterbrett. Trotzdem reichten seine Füße mühelos auf den Boden. Zudem hatte er sich einen Schnurrbart stehen lassen. Huhtanen war wesentlich älter. Kairamos helle Augen fixierten ihn immer noch, denn der Kommissar war es gewohnt, von demjenigen eine Antwort zu bekommen, an den er seine Frage gerichtet hatte. Huhtanen hatte eine heisere Stimme und wartete grundsätzlich, bis es ganz still wurde. Er war faul, er wollte nicht, dass seine Worte im Lärm untergingen und er alles wiederholen musste.

»Einigermaßen«, sagte Huhtanen, der sich nicht dazu aufschwingen mochte, lange Sätze zu bilden.

Kairamo wurde nervös und bat ihn mit kühler Höflichkeit, Genaueres zu berichten.

Es ist nicht leicht, Huhtanen zu mögen, dachte Hanhivaara.

Huhtanen öffnete den Mund, merkte dann aber offenbar, dass er sich einen zu langen Anfangssatz zurechtgelegt hatte, denn er klappte ihn gleich wieder zu. Schließlich sagte er: »Geklärt ist Folgendes. Sie stand um sieben auf und schickte den Jungen um acht zur Schule. Sagt der Junge. Dann zwei Stunden Pause. War vermutlich zu Hause. Zehn Uhr mit Einkaufstasche nach draußen. Von der Nachbarin gesehen. Im Laden an der Ecke überprüft. Kam nach zehn, vor halb elf zurück. Eine andere Nachbarin. War um halb zwölf zu Hause. Da kam der Junge zur Mittagspause. Hatte was Leckeres gekocht. Formulierung des Jungen. Zwölf Uhr beim Friseur. Um halb drei nach Hause. Der Junge schon da. Fernsehen mit dem Jungen bis halb zehn. Der Junge ging um zehn schlafen. Die Mutter vor zwei ermordet aufgefunden. Fast vier Stunden ungeklärt.«

Huhtanen verstummte und steckte den Pfeifenstiel zwischen die Zähne, dass es knirschte. Alle Anwesenden wussten, dass er gesagt hatte, was zu sagen war. Alle außer Jortikka.

»Wo zum Teufel waren all die neugierigen Nachbarn? Wieso hat niemand gesehen, wie sie wegging? Eine schöne Frau, allein erziehend, da passt doch immer irgendwer auf, was sie treibt! Die Nachbarn sind ja wohl befragt worden?«, ereiferte sich Kairamo.

»Ja«, antwortete Huhtanen.

»Vielleicht meldet sich später noch jemand. Wie hat sich der Junge verhalten?«, fragte Jortikka.

»Normal«, sagte Huhtanen.

»Soweit er es beobachten konnte, hat seine Mutter also nichts Ungewöhnliches getan, war nicht nervös, hat niemanden angerufen, keinen Besuch bekommen?«, hakte Jortikka nach.

»Nein«, erwiderte Huhtanen kurz, fast schroff. Er spielte mit dem Gedanken, viermal hintereinander Nein zu sagen, damit jede Frage ihre Antwort bekam. Doch die Faulheit siegte.

Hanhivaara überlegte sich, dass es von Annikki Koskis Wohnung zum Tatort ein weiter Weg war. Und doch war ihr Wagen in der Garage gefunden worden. Vielleicht dachten die anderen dasselbe. Abgesehen von Rimpiaho, der sich gerade fragte, ob Huhtanen Angst hatte, seinen Mund vorzeitig zu verschleißen, wenn er zu redselig war.

»Wir müssen die Bus- und Taxifahrer fragen, ob einer von ihnen die Frau vom Stadtrand ins Zentrum gefahren hat. Oder sollte sie etwa zu Fuß gegangen sein?«, dachte Hanhivaara laut.

»Bisher kein Treffer«, sagte Huhtanen.

Nervöse Spannung lag in der Luft. Bisher hatten die Ermittler nicht allzu viel in der Hand. Die wichtigsten vier Stunden fehlten. War es tatsächlich möglich, dass niemand die Frau bemerkt hatte, obwohl sie von der Peripherie in die

Innenstadt eine ziemlich weite Strecke zurücklegen musste? Das konnte nicht sein, wie jedem der fünf Männer klar war. Zumindest der Mörder hatte sie gesehen. Folglich brauchte man nur den Mörder zu finden, dann konnte man ihn fragen. Simple Logik.

Für einen großen Mann hatte Jortikka eine merkwürdige Sitzhaltung eingenommen: Er hatte ein Bein unter den Hintern gezogen. Kairamo räusperte sich und stand auf. Nur um die anderen zu überragen, dachte Hanhivaara.

»Was für Menschen sind nachts unterwegs?«, fragte Kairamo und gab sich selbst die Antwort: »Der Busverkehr endet gegen Mitternacht. Bleiben die Taxifahrer. Und das Personal der Restaurants und Kneipen.«

»Plus deren Kunden«, sagte Rimpiaho.

»Zeitungsboten«, meldete sich Huhtanen.

»Und Polizisten«, ergänzte Hanhivaara.

Jortikka schwieg, doch er dachte sich sein Teil.

»In der Nähe des Tatorts ist ein Lokal«, fuhr Kairamo fort.

»Das schließt erst um zwei«, wusste Rimpiaho. »Es dürfte schwierig werden, die Gäste zu befragen.«

»Und weiter?« Kairamo gab nicht auf. »Nachtwächter. Stellt fest, ob es in der Nähe bewachte Immobilien gibt.«

Rimpiaho machte sich eine Notiz.

»Bei Nacht treibt sich alles mögliche Gesindel herum. Habt ihr die Möglichkeit in Betracht gezogen, dass die Tat von einem Außenstehenden verübt wurde?« Die Frage kam von Jortikka.

»Die einschlägig Vorbestraften werden gerade überprüft«, erwiderte Kairamo. Er beherrschte seinen Job.

Hanhivaara fand, es sei Zeit für einen kleinen Vortrag: »Ich glaube, zumindest vorläufig können wir die Ermittlungen auf den Freundeskreis beschränken. Dort ist der Täter am ehesten zu vermuten. Es gibt nur einen einzigen Erben, und der ist ein kleiner Junge. Andererseits handelt es sich allem Anschein nach um vorsätzlichen Mord. Wenn wir im Freundeskreis nicht in angemessener Zeit fündig werden, weiten wir das Gebiet natürlich aus. Das ist normale Polizeipraxis.«

Es war Jortikka anzusehen, dass Hanhivaara und er nicht miteinander auskommen würden, wenn die Ermittlungen allzu lange andauerten.

»Wer erbt eigentlich, wenn der kleine Junge auch stirbt?«, fragte Rimpiaho.

»Der Junge ist zur Beobachtung im Krankenhaus. Er hat offenbar eine Art verzögerten Schock. Auf die Erbschaftsfrage kommen wir später zurück«, sagte Kairamo.

Dann brachte er einen anderen Punkt zur Sprache.

Diesmal wandte er sich an Rimpiaho: »Wie steht es mit Augenzeugen?«

»Pech auf der ganzen Linie. Wir haben uns natürlich als Erstes den palastartigen Kasten vorgenommen, vor dem das Opfer gefunden wurde. Dummerweise war dort aber zur Tatzeit niemand.«

»Niemand?«, fragte Kairamo ungläubig.

»Niemand«, wiederholte Rimpiaho. »Ich dachte auch, das Gebäude wäre bewohnt, aber wie sich herausstellte, befinden sich dort nur Büros. Daraufhin haben wir die Tür-zu-Tür-Aktion natürlich ausgedehnt. Ein Mann in einem Nachbarhaus gab an, er habe um die fragliche Zeit auf dem Balkon gestanden, weil seine Frau ihm verboten hat, in der Wohnung zu rauchen. Über seine Frau hatte er noch einiges andere zu klagen, aber das interessierte mich weniger. Jedenfalls sagte der Mann, er habe möglicherweise gegen halb zwei in der Nähe des Tatorts eine Gestalt gesehen. Er meint, es war eine Frau, will sich aber nicht hundertprozentig festlegen.«

»Und das ist alles?«, fragte Jortikka.

»Das ist alles, aber wir machen natürlich weiter«, entgegnete Rimpiaho.

Kairamo kaute auf seinem Stift herum. Die Sonne schien nicht mehr herein. Die Quadrate und Parallelogramme, die ihre Strahlen auf den Boden gezeichnet hatten, hatte die Dämmerung ausradiert.

»Und was ist mit dem jungen Mann, der in der Nähe des Tatorts aufgegriffen wurde?«, erkundigte sich Jortikka, der die Berichte aufmerksam gelesen hatte.

»Der kann sich nach wie vor an nichts erinnern«, seufzte Kairamo. »Totale Mattscheibe. Aber wer weiß, vielleicht kann er uns doch noch etwas sagen. Manchmal kehrt die Erinnerung nach einer Weile zurück, vor allem wenn man ihr auf die Sprünge hilft. Wenn wir ihm Fotos von den Verdächtigen zeigen, fällt ihm womöglich ein, dass er einen von ihnen gesehen hat.«

»Eine sehr unsichere Identifikation«, wandte Hanhivaara ein.

»Schon, aber auch das kann uns weiterhelfen. Wenigstens hätten wir einen Ausgangspunkt.«

»Ausgangspunkte haben wir«, beharrte Hanhivaara. »Das Problem ist nur, dass wir zu viele haben.«

»Irgendwelche Vorschläge?«, fragte Kairamo.

Jortikka räusperte sich. Nun war er an der Reihe.

»Ich habe die Berichte über die bisherigen Ermittlungen recht genau studiert«, begann er. Eine unnötige Bemerkung, denn das wussten bereits alle. Huhtanen warf ihm einen vernichtenden Blick zu und dachte: Schwätzer.

Doch Jortikka hatte eine gute Stimme und fuhr fort: »Auch einen Teil von Hanhivaaras so genannten Interviews habe ich gelesen. Über einige liegt ja noch kein Bericht vor. Mir scheint, wir sind uns über die weitere Richtung einig. Die Überprüfung des Freundeskreises muss fortgesetzt werden. Meiner Meinung nach wäre es sinnvoll, als Nächstes festzustellen, ob irgendjemand – vielleicht haben wir Glück und stoßen auf den berühmten neugierigen Nachbarn – einen der Freunde um die Tatzeit gesehen hat. Das Tun und Lassen dieser Leute muss genau unter die Lupe genommen werden. Allem Anschein nach haben ziemlich viele von ihnen kein Alibi.«

»Ich bin derselben Meinung. Die Alibis müssen weiter überprüft werden«, sagte Kairamo.

Eine junge Bedienstete kam herein und Kairamo bat um Kaffee. Rimpiahos Blick ruhte auf den Beinen des Mädchens. »Verbotenes Fleisch«, flüsterte Hanhivaara und Rimpiaho zuckte zusammen, wurde aber nicht rot. Er lachte nur verlegen. Der Kaffee wurde bald gebracht. Kairamo, der nur wenige Leidenschaften und Laster hatte, trank für sein Leben gern Kaffee, obwohl das angeblich nicht besonders gesund war. Kaffee schien seine Denkfähigkeit zu steigern und außerdem war heutzutage alles ungesund. Kairamo legte ein Bein auf den Schreibtisch. Das hatten seine Mitarbeiter noch nie erlebt.

Er goss ein paar Tropfen Sahne in seinen Kaffee und sagte: »Und dann haben wir diese zweite Geschichte zu klären, über die wir noch weniger wissen: Antti Koskis Tod.«

»Gehen wir davon aus, dass es Selbstmord war oder etwas anderes?«, fragte Jortikka.

»Zum Beispiel Mord«, warf der wortkarge Huhtanen überraschend ein.

»Einige Indizien sprechen gegen die Selbstmordtheorie«, begann Kairamo. »Erstens haben wir keinen Abschiedsbrief gefunden, wie ihn Selbstmörder in aller Regel hinterlassen. Zweitens war der Revolver mit einem Schalldämpfer versehen. Wer schraubt einen Schalldämpfer auf, wenn er sich umbringen will? Drittens – und das ist die größte Überraschung – sind am Kolben keine Fingerabdrücke. Die Waffe war auf Koskis Namen registriert, das haben wir bereits festgestellt. Daher ist es ausgesprochen seltsam, dass keine Abdrücke darauf sind. Selbstmörder verwenden keine Handschuhe und auch Antti Koski hat keine getragen. Mag sein, dass er die Waffe gerade gereinigt hatte, aber das macht keinen Unterschied. Viertens war Koski vollständig bekleidet. Wir müssen nachprüfen, wie hoch die Wahrscheinlichkeit ist, dass ein Selbstmörder durch seine Kleidung schießt. Das ist allerdings eher nebensächlich.«

Jortikka, der seinen Kaffee nicht angerührt hatte, ergriff wieder das Wort: »Wenn es Mord war und der Täter einen Selbstmord vortäuschen wollte, hätte er doch sicher den Schalldämpfer nach der Tat abgeschraubt. Außerdem praktizieren Mörder in solchen Fällen immer die Fingerabdrücke des Opfers auf die Waffe. Das ist eine elementare Maßnahme, die kennt jeder, der auch nur eine einzige Krimiserie im Fernsehen verfolgt hat.«

Kairamo betrachtete Jortikkas Einwand beinahe als Herausforderung: »Dafür kann es viele Gründe geben. Mag sein, dass der Mörder es mit der Angst bekam. Vielleicht war er noch in der Wohnung, als der Junge klingelte, und hat sich versteckt, bis das Kind nach draußen lief, um Hilfe zu holen. Womöglich hat das Leben des Kleinen am seidenen Faden gehangen. Aber ich war noch nicht fertig. In Koskis Terminkalender war der Samstag aufgeschlagen, aber als ich zurückblätterte, zeigte das Blatt davor nicht den Freitag, sondern den Donnerstag. Offenbar hatte er ein Treffen vereinbart und im Kalender vermerkt. Irgendwer hat die Seite verschwinden lassen.«

»Diese Schlussfolgerung ist ein wenig übereilt. Aber zweifellos interessant«, sagte Jortikka. »Es gibt tatsächlich einige Ungereimtheiten.«

»Der ganze Fall hat etwas Irrwitziges«, meinte Hanhivaara. »Wenn der Mörder kein Geständnis ablegt, werden wir nie hundertprozentig sicher sein.«

»Keinen Defätismus, wenn ich bitten darf«, fuhr ihn Jortikka an.

Dann schwiegen alle. Es sah nach Überstunden aus, aber das war nicht zu ändern: Sie mussten ihre Pension sichern. Und einen Mörder fassen.

»Und wie sieht es mit Fingerabdrücken generell aus?«, fragte Jortikka schließlich.

»Jede Menge. Teils von Antti Koski, teils von seinem Sohn. Die meisten stammen von Unbekannten, aber ich möchte wetten, dass wir im Freundeskreis einige passende Finger finden«, erwiderte Kairamo. »Wenn wir erst mal dazu kommen, sie zu vergleichen. Die Abdrücke werden uns allerdings nicht viel nützen, weil es einfach zu viele sind.«

Er verstummte, zog die Schreibtischschublade auf und sagte: »Eins hätte ich beinahe vergessen. Ihr wisst sicher noch nichts davon.«

Er machte eine dramatische Pause, bevor er fortfuhr: »In der Jackentasche des Toten haben wir zwei Briefe gefunden, in denen Antti Koski unverblümt beschuldigt wird, seine ehemalige Frau kaltblütig ermordet zu haben. Der eine Brief wurde aus ausgeschnittenen Buchstaben zusammengefügt, der andere auf einer Maschine geschrieben. Beide stammen vom selben Absender, denn in dem einen Brief wird unmissverständlich auf den anderen verwiesen. Der eine ist sauber, alle Fingerabdrücke stammen von Antti Koski. Aber auf dem anderen hat eine zweite Person Abdrücke hinterlassen. Wer es ist, wissen wir noch nicht, aber wir dürfen davon ausgehen, dass es sich um den Absender der Briefe handelt. Er war zu sorglos.«

Dann las Kairamo die Briefe vor.

»Dramatisch«, lautete Jortikkas Kommentar.

»Ob das alles zutrifft?«, überlegte Hanhivaara.

»Die reinste Farce«, meinte Rimpiaho.

»Höh«, konstatierte Huhtanen.

»Auf ihre Weise sind die Briefe durchaus überzeugend«, fuhr Kairamo fort. »Aber nun müssen wir parallel zu den sonstigen Ermittlungen auch noch den Briefschreiber ausfindig machen. Wir brauchen seine Zeugenaussage.«

Jortikka unterbrach ihn: »Nicht nur das. Wenn seine Briefe der Wahrheit entsprechen, wird er unter Anklage gestellt. Ich frage mich, ob es ein Bekannter von Koski ist oder ein zufälliger Augenzeuge, der nicht ganz richtig tickt.«

»Warum nehmen wir nicht einfach von allen Beteiligten Fingerabdrücke zum Vergleich?«, fragte Rimpiaho.

Kairamo hatte die Antwort schon parat: »So weit möchte ich im Moment noch nicht gehen. Die Leute regen sich immer gleich auf, wenn sie ›grundlos verdächtigt‹ werden, wie sie das nennen. Aber auch diesen Weg müssen wir in Erwägung ziehen.«

»Lass die Leute ruhig Krach schlagen. Immerhin haben wir einen Mord aufzuklären. Wenn wir keine Ergebnisse vorweisen können, hacken sie auch auf uns rum. Andererseits könnten wir uns die Fingerabdrücke ja so beschaffen, dass es keiner merkt«, sagte Jortikka.

»Das wäre auch eine Möglichkeit.«

»Die Briefe werfen ein seltsames Licht auf den Fall«, meinte Hanhivaara nachdenklich. »Hat tatsächlich jemand Antti Koski bei der Tat beobachtet und ihn nur so zum Vergnügen unter Druck gesetzt? Um Erpressung scheint es nicht zu gehen. Wer zum Teufel schreibt solche Briefe, wenn er nicht auf Geld aus ist?«

»Ein Verrückter«, sagte Huhtanen.

»Richtig«, pflichtete Jortikka ihm bei.

Zu Hanhivaaras Verdruss kamen seine Kollegen auch später nicht von dieser Auffassung los. Darüber kam es sogar zum Streit. Jetzt aber schwiegen die Männer und dachten über ihre Theorien nach.

Schließlich meldete sich Jortikka zu Wort: »Wir haben

auch noch kein Motiv für den Mord oder die Morde. Ist Habsucht definitiv ausgeschlossen?«

»Richtig, darauf wollte ich ja noch zurückkommen«, sagte Kairamo. »Der Einzige, der finanziell von Annikki Koskis Tod profitiert, ist ihr Sohn. Er ist Alleinerbe, da kein Testament vorliegt. Sagt Rechtsanwalt Jouko Lankila, der die juristischen Angelegenheiten für das Ehepaar Koski erledigt hat. Mit Ausnahme der Scheidung. In der Praxis ist die Sache allerdings komplizierter. Nach dem Tod der Mutter fiel das Sorgerecht wieder an den Vater, der als Vormund auch das Vermögen des Jungen zu verwalten hatte und damit ein weit gehendes Nutzungsrecht erhielt. Antti Koski war also unser Hauptverdächtiger, denn er hat bei der Scheidung ein Vermögen verloren, auf das er nach dem Tod seiner Frau wieder Zugriff hatte. In diesem Fall wäre ein Selbstmord eher unwahrscheinlich.«

»Wenn ich es richtig sehe, besitzt der zehnjährige Sohn jetzt ein ansehnliches Vermögen«, hakte Hanhivaara nach. »Daher ist es wohl nicht ganz unwesentlich, was aus dem Erbe wird, wenn auch der Junge sterben sollte.«

Hanhivaara hatte nachgedacht und sich allmählich Sorgen um das Kind gemacht, dann aber festgestellt, dass dazu offenbar kein Anlass bestand: »Wenn der Junge stirbt, fällt der gesamte Besitz an den Staat, denn es gibt keine direkten Verwandten. Und kein Testament. Antti Koskis Eltern sind tot. Es ist nur noch eine Tante da, die den Jungen aber nicht beerben kann.«

»Doch, das kann sie. Das ist die letzte Stufe in der Erbfolge«, widersprach Jortikka.

»In diesem Fall nicht«, erklärte Hanhivaara. »Die Tante ist nämlich gar keine Tante. Keine Blutsverwandte, meine ich. Ich hab mich kundig gemacht. Sie ist als Pflegekind bei Koskis Eltern aufgewachsen, aber ihr Status in der Familie wurde nie offiziell geregelt.«

»Also ist der Junge wohl nicht in Gefahr, falls es bei diesem Fall um Geld geht«, sagte Rimpiaho, der seine langen Glieder streckte, dicht an der Wand auf und ab tigerte und nicht wusste, wohin mit seinen Händen.

»Die Nenntante hat allerdings de facto einen etablierten Status in der Familie. Wenn sie will, kann sie die Vormundschaft übernehmen«, sagte Kairamo. »Offenbar versteht sie aber absolut nichts von finanziellen Dingen und möchte auf keinen Fall die Verantwortung für das große Vermögen übernehmen.«

»Was wird sie also tun?«, erkundigte sich Rimpiaho.

»Sie hält sich an Koskis Anwalt«, sagte Hanhivaara.

»Und das ist?«, fragte Rimpiaho.

»Rechtsanwalt Jouko Lankila«, antwortete Kairamo, obwohl alle wussten, dass Rimpiaho nur eine rhetorische Frage gestellt hatte.

»Hat sich der Kreis damit geschlossen?«, sinnierte Hanhivaara. »Ist das die Richtung, in der wir weiter ermitteln?«

»Was habe ich gesagt: Der Junge ist nicht in Gefahr«, murmelte Rimpiaho mit dem Gesicht zur Wand.

Die Stille dauerte nicht lange, denn nun war Huhtanen an der Reihe: »Ich glaube, ihr habt einen Aspekt vergessen. Wer profitiert faktisch von den beiden Todesfällen?«

»Der Junge natürlich. Und?« Kairamo zuckte die Achseln.

»Genau … und?«

»Huhtanen, verdammt nochmal, lass die Ungeheuerlichkeiten«, mahnte Hanhivaara, der vor nicht allzu langer Zeit dieselbe Theorie aufgestellt hatte. Dann schluckte er seinen Ärger hinunter und fügte freundlicher hinzu: »Außerdem ist der Junge nicht groß genug, er hätte gar nicht bis an die Kehle gereicht.«

Huhtanens Andeutung hatte den anderen die Sprache verschlagen. Auf eine solche Lösung war niemand erpicht, auch wenn alle wussten, dass so etwas schon vorgekommen war.

Kairamo betrachtete missmutig seinen Bleistift, den er an einem Ende so abgekaut hatte, dass er an das Bein eines Stilmöbels in einer Familie mit Hund erinnerte. Als Hanhivaara zartfühlend fragte, ob er gerade zahne, warf er den Stift angewidert in den Papierkorb. Dann gab er sich einen Ruck und wandte sich an sein diensteifriges Team: »Wir machen in allen Richtungen weiter. Mit anderen Worten, der gesamte Freundeskreis wird noch einmal im Hinblick auf seine Aktivitäten am Dienstagabend überprüft. Das Alibi von Ojanen und den Lankilas ist auch nicht über jeden Zweifel erhaben. Wenn wir sie bei der kleinsten Lüge erwischen, glauben wir ihnen am besten gar nichts mehr. Antti Koskis Alibi ist ja bereits geknackt, oder?«

»Wasserdicht war es jedenfalls nicht«, sagte Hanhivaara. »Er hätte die Wohnung unbemerkt verlassen können. Wir sollten überprüfen, ob er sich möglicherweise einen Schlüssel zu Ojanens Wohnung verschafft hat. Wenn ein überzähliges Exemplar gefunden wird und Ojanen keine plausible Erklärung dafür hat, dürfen wir annehmen, dass Koski sich tatsächlich aus Ojanens Wohnung entfernt hat. Obwohl das ja jetzt bedeutungslos geworden ist.«

Rimpiaho verlegte sich aufs Fabulieren: »Wäre es möglich, dass Lankila und Koski die erste Tat gemeinsam geplant hatten und Lankila dann einen noch besseren Einfall hatte?«

»Alles ist möglich«, sagte Hanhivaara, der dazu neigte, bei passender Gelegenheit weltumspannende Verallgemeinerungen von sich zu geben. Die er allerdings nicht ernst nahm.

Er fischte abermals eine Zigarette aus der Schachtel und starrte seinen Vorgesetzten unverwandt an. Kairamo erwiderte den Blick ungerührt. Anstarren war seine stärkste Disziplin, Hanhivaara hatte also eine schwierige Aufgabe gewählt.

Rimpiaho kratzte sich im Nacken und sah Hanhivaara zweifelnd an.

»Meinetwegen konzentrieren wir uns für den Anfang auf den Anwalt. Vielleicht kann Hanhivaara uns gleich mal berichten, was für einen Eindruck er von ihm gewonnen hat«, meinte Kairamo.

»Ich hatte das Gefühl, es ist eine von den Ehen, in denen der Mann durchaus seine Frau umbringen könnte«, begann Hanhivaara. »Das Weibsstück hat eine verdammt spitze Zunge. Das beweist allerdings gar nichts. Auf jeden Fall lässt sich daraus nicht ableiten, dass Lankila deswegen frustriert genug gewesen wäre, die Frau eines anderen zu ermorden. Andererseits, und das würde Rimpiahos Theorie stützen, war Lankila keineswegs abgeneigt, Antti Koski in dezenten Anspielungen als Schuldigen hinzustellen. Seine Frau schien Koski dagegen zu verteidigen.«

»Das ist nicht viel«, sagte Jortikka.

»Ich glaube, Lankila ist ein ziemlich skrupelloser Mann. Er wirkt irgendwie gefühllos. Davon abgesehen ist er aber auch dumm, oder aber er stellt sich dumm«, ergänzte Hanhivaara.

Rimpiaho, der nie wusste, was er mit seinen Händen anfangen sollte, schnitt sich mit einem kleinen Knipser die Nägel. Kairamo sah ihn missbilligend an, als die ersten Nagelstückchen auf dem Fußboden landeten. Rimpiaho schob sie vorsichtig mit dem Fuß zur Wand und brach die Aktion ab. Er steckte die Hände in die Hosentaschen.

»Wir sollten vielleicht versuchen herauszufinden, wer Antti Koski an dem bewussten Abend angerufen hat. Irgendwer hat das nämlich getan, aber Koski hat keinem verraten, wer es war. Dürfte allerdings schwierig sein, nachdem Koski tot ist. Es könnte aber wichtig sein«, meinte Hanhivaara zögernd.

Er blätterte gerade in seinen Notizen, als Kairamo fragte: »Kamen bei den Befragungen andere Personen zur Sprache, die eventuell irgendein Motiv haben könnten?«

Hanhivaara blätterte seelenruhig weiter, drückte seine Zigarette aus und steckte sich die nächste an. Dann sagte er: »Die anderen Befragten boten mir bereitwillig ein Motiv für Taina Sipilä und Pentti Seppänen an, aus Risto Takalas Aussage ließe sich sogar eins für ihn selbst konstruieren. Maija Takala scheint dagegen überhaupt kein Motiv zu haben (an dieser Stelle fürchtete Hanhivaara zu erröten, doch seine Furcht war unbegründet). Bei Seppänen und Sipilä könnte Eifersucht im Spiel sein. Das würde auf beide Fälle passen, man weiß ja nie, gegen welchen der beiden Partner sich die Aggression des Eifersüchtigen richtet. Risto Takala scheint von seinem Freund in den Schatten gestellt worden zu sein. Antti Koski war als Arzt offenbar erfolgreicher. Ich verstehe allerdings nicht, weshalb Takala Koskis Frau ermordet hätte, es sei denn aus reiner Niedertracht.«

»Ist er ein niederträchtiger Mensch?«, fragte Huhtanen, doch Hanhivaara war über die Redseligkeit seines Kollegen so verdutzt, dass er ihm die Antwort schuldig blieb.

»Maija Takala war – zumindest ihren eigenen Worten nach – eine enge Freundin von Annikki Koski«, fuhr Hanhivaara fort. »Da sie die Frau offenbar wirklich gern gehabt hat, kommt sie für den ersten Mord nicht infrage. Wenn Antti Koski tatsächlich ebenfalls ermordet wurde, könnte sie dafür allerdings ein Motiv gehabt haben. (Hanhivaara hasste sich selbst.) Es hat nämlich den Anschein, dass sie ihm die Schuld am Drogenproblem seiner Frau gab. Ihrer Ansicht nach hätte er als Arzt etwas unternehmen müssen.«

Wieder blätterte er in seinem Block, bis er auf einen neuen Punkt stieß: »Ojanen wird von niemandem belastet. Offenbar hat ihn keiner so richtig wahrgenommen, solange er nur brav seine Cocktails servierte. Er gilt aber als eine Art Frauenheld. Für Liisa Lankila fällt mir ebenfalls kein Motiv ein. Natürlich kann auch bei ihr eine Schraube locker sein.«

»Wieso auch?«, fragte Jortikka.

»Mir kommt der Fall völlig absurd vor. Solche Durchschnittsmenschen trachten sich in unserem Land nicht nach dem Leben. Die ganze Geschichte ist die Ausgeburt eines kranken Hirns. So muss es sein«, entgegnete Hanhivaara.

Er war ein hartnäckiger Mensch und ließ sich nicht beirren. Also sprach er weiter: »Etwas habe ich noch vergessen, wahrscheinlich weil mir selbst nicht klar ist, was es damit auf sich hat. Maija Takala scheint nämlich die Einzige zu sein, die tatsächlich wusste, dass Annikki Koski Rauschgift nahm. Ihr Bruder hatte lediglich den Verdacht. Allerdings ziemlich massiv, soweit ich es sehe.«

»Wir wissen es auch noch nicht«, wandte Jortikka säuerlich ein.

»Richtig, zumindest wissen es nicht alle unter uns. Aber spätestens am Montag wird es allen bekannt sein«, erwiderte Hanhivaara mit unbewegter Miene. Rimpiaho wandte rasch das Gesicht ab, damit niemand sah, dass er grinsen musste. »Natürlich können wir nicht ausschließen, dass Frau Koski auch anderen davon erzählt hat, aber daran glaube ich eigentlich nicht. Die meisten Menschen sind so versessen auf Skandalgeschichten, dass sich die Sache bestimmt herumgesprochen hätte. Mir ist nur nicht klar, was es für Maija Takala bedeutet, dass sie die einzige Eingeweihte war. Lässt sich daraus ein Motiv ableiten?«

»Dass sie von Annikki Koskis Drogenmissbrauch wusste – wenn sie davon wusste –, kann sie nicht dazu veranlasst haben, die Frau umzubringen«, meinte Kairamo. »Auch für den Fall Antti Koski ist das unerheblich. Wenn es ein Mord und Maija Takala die Täterin war, käme als Motiv nur Hass in Betracht.«

Huhtanen besaß eine rasche Auffassungsgabe und eine gehörige Portion Menschenkenntnis. Jedenfalls kannte er Hanhivaara. Daher bemerkte er boshaft: »Maija Takala ist die Einzige, die von Annikki Koskis Drogensucht wusste.

Die optimale Basis für Erpressung. Und Erpressung führt leicht zum Tod. Ein neuer Aspekt, nicht wahr, Hanhivaara?«

»Den wir berücksichtigen müssen«, erwiderte Hanhivaara und war davon überzeugt, dass seine Stimme ihn nicht verriet. Er setzte hinzu: »Aber sie führt im Allgemeinen zum Tod des Erpressers, nicht des Erpressten.«

Huhtanen lächelte.

Die Besprechung näherte sich dem Ende. Es dunkelte bereits. Kairamo ordnete an, dass vorläufig alle freien Tage gestrichen würden, weil die Ermittlungen immer noch in den Anfängen steckten. Am Wochenende würden fast alle im Einsatz sein, auch sich selbst nahm der Kommissar nicht aus.

»Bei einem Mord reagiert die Öffentlichkeit immer besonders stark. Ihr wisst, welch ein Geschrei die Sensationspresse anstimmt. Deshalb muss jeder Mord aufgeklärt werden. Und diesen Fall müssen wir schnellstens aufklären. Nicht nur unseretwegen, sondern auch im Interesse der öffentlichen Sicherheit«, sagte er abschließend.

Ist es nötig, lange Reden zu schwingen?, dachte Huhtanen.

Rimpiaho dachte an das vermasselte Wochenende. Hanhivaara hatte überhaupt nicht zugehört. Und Jortikka dachte: Gut gesprochen, Kairamo.

Neunzehn

Das Wochenende verging mit weiteren Befragungen. Man bekam über zweihundert Aussagen zusammen.

Alles für die Katz.

Der Balkonraucher brachte keine genauere Beschreibung zu Stande.

Der betrunkene junge Mann erinnerte sich immer noch an rein gar nichts.

Niemand hatte am Dienstagabend irgendetwas Verdächtiges beobachtet. Auf den berühmten neugierigen Nachbarn stieß man auch nicht. Zum Glück waren noch nicht alle befragt worden.

Die alibilosen Verdächtigen (wie Kairamo sie in Gedanken nannte) hielten an ihren Aussagen fest: Sie waren den ganzen Abend zu Hause gewesen, alle hatten gearbeitet.

Die Lankilas und Ojanen blieben dabei, dass keiner von ihnen die Wohnung vor dem Ende der Party verlassen habe. Die Lankilas waren erst nach zwei Uhr aufgebrochen. Was Antti Koski betraf, so waren sie sich nicht mehr ganz so sicher. »Könnte sein, dass er uns was vorgespielt hat«, lautete Ojanens Kommentar.

Die Busfahrer erinnerten sich nicht an eine schöne Frau. Die Taxifahrer auch nicht.

Die fehlenden vier Stunden im Leben des Opfers konnten nicht rekonstruiert werden. Niemand hatte sie gesehen, sie hatte sich mit niemandem in Verbindung gesetzt.

In der Nähe des Tatorts fand sich ein Nachtwächter, der jedoch nichts gesehen hatte. Nicht einmal die Polizisten, die den Tatort untersucht hatten. (Er wurde wenig später gefeuert.)

Der Portier eines nahe gelegenen Lokals erinnerte sich an keinen verdächtigen Vorfall, versprach jedoch sich zu melden, falls ihm etwas einfiel.

Die Gäste ließen sich größtenteils nicht ausfindig machen. Es war ein ruhiger Abend gewesen. Nur zwei Personen hatten einen Tisch reserviert. Sie wurden befragt – ergebnislos. Stammgäste, so hieß es, hatten sich an dem fraglichen Abend nicht blicken lassen. Übertriebene Diskretion vonseiten des Wirts, vermutlich.

Niemand hatte den Schuss gehört, der Antti Koski getötet hatte. Das hatten die Ermittler allerdings auch nicht erwartet.

Niemand hatte zur Zeit des Mordes oder Selbstmordes jemanden aus Antti Koskis Wohnung kommen sehen.

Die Herkunft des Schalldämpfers war ungeklärt und würde es vermutlich auch bleiben.

Man begann mit dem Vergleich der Fingerabdrücke. Doch es waren so viele, dass sie keinerlei Bedeutung hatten.

Alles in allem waren verärgerte Menschen das einzige Resultat.

Verärgert waren auch die Polizisten.

Alle waren erschöpft und reizbar. Alle außer Hanhivaara und Rimpiaho, dem es nichts ausmachte, dass sich sein Wochenendvergnügen auf ein schnelles Bierchen reduziert hatte.

Doch am Montag kam endlich Bewegung in den Fall.

Zuerst trafen die Obduktionsergebnisse ein.

Dann wurde ein Verkehrssünder geschnappt.

Zwei Zeugen erinnerten sich, Annikki Koski gesehen zu haben.

Der neugierige Nachbar wurde endlich gefunden und eine Hausmeistergattin, die ein Beweisstück ablieferte.

Der betrunkene junge Mann gewann allmählich sein Gedächtnis wieder. Allerdings fragten sich die Ermittler, wie zuverlässig seine Erinnerung war.

Dann wurde eine Hausdurchsuchung ausgeführt, die dem Fall einen merkwürdigen Anstrich gab.

Man schritt zur Festnahme und begann Beweismaterial zusammenzutragen.

Später fand man noch einen Zeugen, der gesehen hatte, wie jemand kurz vor Antti Koskis Tod in dessen Wohnung ging.

Natürlich wurde die Mordwaffe gefunden.

Und die Polizisten waren zufrieden. Bis auf Hanhivaara.

Zwanzig

Kairamo organisierte die Ermittlungen. Außerdem organisierte er seine Gedanken. Doch er machte sich Sorgen. Fast eine ganze Woche war verstrichen und er konnte kaum Fortschritte vorweisen. Trotz der emsigen Arbeit am Wochenende herrschte am Montagmorgen gedrückte Stimmung. Unzählige Berichte waren abgefasst worden, doch man hatte nichts Wesentliches entdeckt; die Polizei hatte immer noch keine heiße Spur.

Kairamo hatte unruhig geschlafen und war allmählich zu der Überzeugung gelangt, dass seinen Untergebenen schwere Zeiten bevorstanden, wenn nicht bald etwas geschah. Das tat ihm leid, denn er war kein schlechter Mensch. Doch es war ja nicht allein seine Schuld.

Hanhivaara hatte ebenfalls Berichte geschrieben, mit denen jedoch selbst er nicht übermäßig zufrieden war.

Jortikka war mit gar nichts zufrieden.

Der Montagvormittag verstrich mit der Suche nach neuen Ansatzpunkten. Die Ermittlungsmaschinerie lief auf Hochtouren, man überprüfte bereits vorliegende Informationen und versuchte neue hervorzukitzeln. Doch Kairamo wusste: Je länger die Lösung auf sich warten ließ, desto geringer wurden die Chancen, sie zu finden. Ermittler würden abgezogen und der Fall würde zu den Akten gelegt werden. Eine persönliche Niederlage für ihn.

Kurz nach Mittag erhielt Kairamo einen Anruf. Es war einer von vielen, und er achtete nicht darauf, ob das Telefon wütend schrillte oder verheißungsvoll läutete. Er hob schlicht und einfach den Hörer ab und nannte seinen Namen.

»Vargas hier, guten Morgen«, sagte der Anrufer. Vargas wünschte zu jeder Tageszeit einen guten Morgen. Und meist sagten seine überraschten Gesprächspartner wider besseres Wissen ebenfalls Guten Morgen.

»Guten Tag, Professor«, antwortete Kairamo, der nie wider besseres Wissen handelte.

Zufällig war Hanhivaara gerade bei ihm. Saß da und grübelte. Er war gerade erst hereingekommen und ließ sich nicht anmerken, dass er sich möglicherweise für das Gespräch interessierte. Kairamos Stimme klang angespannt.

»Ich habe schon auf deinen Anruf gewartet«, sagte er.

»Den offiziellen Bericht bekommst du natürlich schriftlich«, begann Vargas.

»Natürlich«, bestätigte Kairamo. Er klemmte sich den Hörer unter das Kinn und polierte nervös seine Brille.

»Ich hab das Weibchen zuerst aufgemacht«, fuhr Vargas aufgekratzt fort. »Weil es schon länger modert als das Männchen.«

Kairamo hatte schon mehr als ein Gespräch mit Vargas hinter sich, dennoch schüttelte es ihn. Gewiss, der Pathologe war durch seine Arbeit abgestumpft. Doch das war Kairamo seiner eigenen Einschätzung nach ebenfalls, und trotzdem sprach er in respektvollem, würdigem Ton von jenen armen Menschen, die eines gewaltsamen Todes gestorben waren.

»Annikki Koski«, sagte er kühl.

Hanhivaara musste lächeln, denn er ahnte, dass Kairamo wieder einmal eine unflätige Bemerkung zu hören bekommen hatte.

»Die, der jemand die Kehle aufgeschlitzt hat. Kann schon sein, dass der Name irgendwie in der Richtung lautet«, erwiderte Vargas, der genau wusste, dass der Name des Opfers nicht nur irgendwie in der Richtung lautete.

»Ja.« Kairamo entschied sich für die karge Linie.

»Es ist absolut sicher, dass sie infolge der Durchtrennung der Halsschlagader gestorben ist. Die mit allergrößter Wahrscheinlichkeit ein anderer durchtrennt hat. Ein Unfall ist auszuschließen. Der Schnitt wurde eindeutig mit einem Messer gemacht.«

»Das hatte ich mir beinahe gedacht«, bemerkte Kairamo trocken.

»Tatsächlich?«, fragte Vargas höflich. »Na, jetzt weißt du es mit Sicherheit.«

»Wann ist sie gestorben?«

»Euer Leichenbeschauer hat die Todeszeit doch schon geschätzt. Dürfte hinhauen. Er ist vom Fach, wie könnte ich ihm widersprechen? Aus dem Bericht geht eindeutig hervor, dass die Frau starb, kurz bevor ihr sie gefunden habt.«

»Was war das für ein Messer?«

»Es muss äußerst scharf gewesen sein, denn es gibt nur einen Schnitt und die Wunde ist sehr tief. Der Schnitt ist teils durch die Luftröhre gegangen und reicht an einer Stelle fast bis zur Halswirbelsäule. Qualitätsarbeit.«

»Würdest du sagen, dass es sich um ein ärztliches Instrument handelt?«

»Ein gutes Rasiermesser tut es auch. Ich selbst benutze immer ein Rasiermesser, ich kann diese elektrischen Dinger nicht ausstehen. Ein Rasiermesser ist eine hervorragende Waffe, wenn du mich fragst.«

»Es war also ein Rasiermesser?«

»Woher soll ich das wissen? Die Waffe zu suchen ist eure Aufgabe. Ich habe lediglich gesagt, ein Rasiermesser ist eine gute Waffe. Aber das Gleiche gilt für jedes beliebige Messer, solange es nur dünn und scharf genug ist. Die menschliche Kehle ist nicht dazu geschaffen, allem zu widerstehen.«

Vargas machte eine kleine Pause, bevor er hinzufügte: »Der Schnitt wurde fast waagerecht geführt.«

»Und?«

»Das dürfte darauf hindeuten, dass der Schlitzer ungefähr die gleiche Größe hat wie das Opfer. Wäre er größer, hätte er schräg von oben geschnitten, und umgekehrt. Ein Liliputaner hätte dagegen eher die Schenkelarterie bevorzugt.«

Nicht zum ersten Mal wünschte sich Kairamo, Vargas würde ihn mit seinem Humor verschonen. Dennoch erkundigte er sich scheinbar gleichmütig: »An der Todesursache besteht also kein Zweifel?«

»Nein.«

»Auch sonst nichts Auffälliges?«

»Ich habe seit zwanzig Jahren nichts Merkwürdiges mehr gesehen. Merkwürdig ist allenfalls, dass es überhaupt jemand für nötig befunden hat, die Frau umzubringen.«

»Geld – nur mal als Beispiel – ist ein beachtlicher Anreiz.«

»Na, der Mörder hatte es jedenfalls verdammt eilig. Aber vielleicht haben Mörder es immer eilig.«

»Worauf willst du hinaus?«

»Was ich damit sagen will: Der Körper war zwar noch einigermaßen in Ordnung, aber für den Grips möchte ich die Hand nicht ins Feuer legen. Sah ganz proper aus, die Frau, aber psychisch muss sie ziemlich am Ende gewesen sein.«

»Wieso?«

»Menschen wie sie machen irgendwann einen Fehler. Das ist nur eine Frage der Zeit. Und meistens ist die Zeit kurz.«

»Was soll das heißen, Menschen wie sie?«, fragte Kairamo, obwohl ihm bereits dämmerte, dass Hanhivaara Recht gehabt hatte, als er Maija Takala glaubte.

»Langfristiger Missbrauch von Medikamenten, die auf das Zentralnervensystem wirken, führt fast immer zu einem Fehler, nämlich zu einer Überdosis. Bei dem Medikament handelt es sich übrigens um Morphium.«

»Wie lange hat sie es genommen?«

»Sagen wir so: Die Menge, die sie in sich hatte, hätte gereicht, um zehn Kairamos umzubringen. Vorausgesetzt natürlich, dass Kairamo noch nie Morphium konsumiert hat. Hat er?«

Kairamo schenkte sich die Antwort. Stattdessen stellte er eine Gegenfrage: »Wie ist das möglich? Ist sie an einer Überdosis gestorben?«

»Nein, das ist ja der Witz. Um eine solche Quantität zu verkraften, muss sie das Zeug seit Langem genommen haben. Bei langfristigem Konsum steigt die Resistenz.«

»Wie lange, würdest du sagen?«

»Lange. Und die Spritzen wurden sorgfältig gesetzt. Sie hat praktisch keine entzündeten Einstiche.«

»Du bist nicht sehr hilfreich.«

»Es ist fast unmöglich, eine genaue Zeit anzugeben. Fünf Jahre. Zehn Jahre.«

»Wie ist es möglich, dass niemand etwas davon gemerkt hat?«

»Woher soll ich wissen, ob jemand etwas bemerkt hat oder nicht?«

»Na schön, sagen wir mal, ich weiß, dass keinem etwas aufgefallen ist. Wie ist das möglich?«

»Das ist gar nicht so ungewöhnlich. Wie du weißt, können Alkoholabhängige ihre Krankheit oft lange geheim halten und die fantastischsten Lügengeschichten erfinden, um die Wahrheit zu vertuschen. Ähnlich ist es beim Drogenmissbrauch. Bei uns gibt es zwar weitaus weniger Rauschgiftsüchtige als Alkoholiker, aber die Frau war möglicherweise völlig unauffällig, sofern sie ihre Dosis heimlich und rechtzeitig bekam. Allerdings möchte ich wetten, dass sich der eine oder andere über ihre Nervosität gewundert hat. Vermutlich ist ihr ja auch mal jemand über den Weg gelaufen, wenn gerade die nächste Dosis fällig war.«

Hanhivaara spielte ein Fantasiespiel. Er hörte nur Kairamos Worte und versuchte sich die des Professors dazuzudenken. Am Wochenende hatte er seine Kenntnisse über die Auswirkungen von Drogen aufgefrischt, sodass er ziemlich genau wusste, worum es ging. Es ärgerte ihn nur, dass er nie erfahren würde, wie genau er die Worte des Pathologen erraten hatte.

Am Busbahnhof hielten blaue Busse und sammelten zu leicht gekleidete Menschen auf. Der Montag würde so kühl enden, wie er begonnen hatte. Hanhivaara leckte sich über die Lippen und merkte plötzlich, dass er noch ein Herbstzeichen entdeckt hatte: von Spucke befeuchtete, vom Wind getrocknete, aufgesprungene Lippen.

Er setzte sich wieder hin und beobachtete seinen Vorgesetzten, der sich verzweifelt bemühte, mit dem schelmischen Leichenaufschneider ein vernünftiges Gespräch zu führen. Kairamo schwitzte. Hanhivaara wollte schon aufstehen und nachfühlen, ob der Staat möglicherweise bereits die Erlaubnis gegeben hatte, die Arbeitsräume seiner treuen Diener zu heizen. Doch dann beschloss er, sich die Mühe zu sparen. Die Heizkörper konnte er auch im November oder Dezember anfassen. Er konzentrierte sich wieder auf sein Spiel.

»Was hat dich dazu gebracht, nach Rauschgiftspuren zu suchen?«

»Einem Profi entgeht nichts, aber ich muss gestehen, dass ich einen Tipp bekommen habe.«

»Von wem?«

»Wie du weißt, muss bei gerichtsmedizinischen Obduktionen immer der Polizeichef oder ein von ihm bevollmächtigter Beamter anwesend sein. Ich dachte eigentlich, der Tipp käme von dir. Jedenfalls hat ihn mir einer deiner Leute überbracht. Ankkalinna oder so ähnlich.«

»Hanhivaara?«, fragte Kairamo.

»Richtig«, bestätigte Vargas.

Aha, so weit waren sie also gekommen. Hanhivaara blieb gleichgültig, obwohl sein Chef ihm einen anerkennenden Blick zuwarf. Eine Gehaltserhöhung oder Sonderurlaub würde ihm das nicht einbringen. Nicht dass er sich etwas aus Geld gemacht hätte.

»Warum habt ihr die Kadaver eigentlich für mich aufgehoben? Es gibt doch noch andere Nekrophile. Nicht alle waren in Stockholm.«

»Der zweite ist erst am Freitag gestorben, den hättest du sowieso gekriegt. Im ersten Fall wollten wir ein qualifiziertes Resultat. Ein glücklicher Zufall, denn so sind wir noch vor der Obduktion auf neue Informationen gestoßen. Sonst hätte die Leiche gleich nochmal untersucht werden müssen.«

»Ich danke dir für deine Worte, Kairamo. Ich fühle mich geschmeichelt.«

»Nichts zu danken. Sachkenntnis wissen wir eben zu schätzen.«

»Die findet ihr bei uns«, sagte Vargas und verriet damit, dass seine Bescheidenheit nur gespielt war. Bescheidenheit schätzte er bei niemandem, am allerwenigsten bei sich selbst. Ein echter Profi leistete immer einwandfreie Arbeit.

»Und was ist mit dem Mann?«, fragte Kairamo.

»Mit dem habe ich noch nicht angefangen. Ich wollte dir zuerst von meinen Befunden berichten. Gleich eile ich wieder in mein heimeliges Totenreich und wetze das Messerchen. Ich melde mich dann wieder. Ist es recht so?«

»Danke«, sagte Kairamo.

Er legte auf und holte Luft, um Hanhivaara über das Obduktionsergebnis zu informieren. Im selben Moment kam Jortikka herein, und Hanhivaara machte sich auf eine zähflüssige und langweilige Erklärung gefasst.

Er irrte sich. Ausnahmsweise.

Unmittelbar nach Jortikkas forschem Gruß klopfte es. Genauer gesagt, erinnerte das Geräusch an die Faustschläge, mit denen der Schauspieler Tauno Palo in alten finnischen Heimatfilmen das Scheunentor traktierte, während er brüllte: »Mach auf, zum Donnerwetter!«

Huhtanen trat ein – nachdem er dazu aufgefordert worden war.

»War Huhtanen zum Karatetraining?«, fragte Kairamo.

»Ja«, sagte Huhtanen.

Kairamo holte die Geldbörse aus der Brusttasche und nahm einen Fünfmarkschein heraus. Dann sagte er: »Huhtanen kauft jetzt ein paar Meter Bauholz oder ein Dutzend Dachziegel, damit er nicht an meiner Tür zu üben braucht.«

Huhtanen gab ungerührt zurück: »Bohlen sind teuer, und Ziegelsteine auch. Die Preise für Baumaterial sind allein im letzten Jahr um mehr als dreißig Prozent gestiegen.« Damit setzte er sich und würdigte den Fünfer keines zweiten Blickes. Einen Zehner bot Kairamo ihm nicht an, denn es stand zu befürchten, dass er ihn tatsächlich eingesteckt hätte.

Ein anständiger Mordfall bringt beim Chef merkwürdige Züge zum Vorschein, sinnierte Hanhivaara.

»Gibt es etwas Neues?«, fragte Kairamo, der als cleverer Mann davon ausging, dass Huhtanen nicht grundlos hereingeplatzt war.

»Scheint so«, antwortete Huhtanen.

»Lass hören.«

Jortikka wurde ignoriert. Niemand fragte, ob er etwas Neues herausgefunden hatte.

»Die Jungs vom Verkehrsdezernat haben einen Geschwindigkeitssünder geschnappt. War mit mindestens neunzig über die Hämeenkatu gerast.«

Huhtanen legte eine Pause ein, denn er rechnete damit, dass sich an dieser Stelle jemand erkundigte, was das mit dem aktuellen Fall zu tun habe.

»Was hat das mit unserem Fall zu tun?«, fragte Jortikka.

Nachdem die obligatorische Unterbrechung damit abgehakt war, biss Huhtanen kurz auf seine Pfeife und fuhr bedächtig fort: »Da es sich um einen alten Bekannten handelt, wurde er ein bisschen genauer befragt. Rein zufällig stellte sich dabei heraus, dass er auch in der Nacht zum Mittwoch herumgegondelt war. Und zwar am richtigen Ort.«

An dieser Stelle unterbrach ihn Kairamo mit der Aufforderung, den Schwerverbrecher sofort zu holen. Huhtanen ging und knallte die Tür hinter sich zu.

Hanhivaaras Hände wurden feucht. Er wischte sie an der Hose ab. Dann juckte es ihn plötzlich dermaßen heftig, dass er sich an der Stuhllehne schubbern musste. Jortikka betrachtete das Schauspiel angewidert. Er schien jede unnötige Bewegung zu vermeiden, als hätte er Angst, ins Schwitzen zu kommen und auszutrocknen. Dabei war es in Kairamos Dienstzimmer nicht einmal warm.

Nach einer Weile wurde ein junger Mann hereingeführt.

Huhtanen forderte ihn auf, sich zu setzen, und blieb selbst neben dem Stuhl stehen. Der Mann sah sich verwundert um und sagte: »Um Himmels willen, ich bin doch bloß ein bisschen zu schnell gefahren.«

»Ihr Name!«, blaffte Kairamo mit befehlsgewohnter Stimme. Diese Rolle beherrschte er aus dem Effeff.

Der junge Mann suchte nach seinem Führerschein, bis ihm einfiel, dass der noch beim vorigen Vernehmungsbeamten lag. Daraufhin kramte er noch einmal in seiner Brieftasche, förderte den Personalausweis zu Tage und legte ihn vor Kairamo hin.

»Der Name«, wiederholte Kairamo.

»Der steht da drauf«, sagte der Mann und zeigte auf den Ausweis.

Kairamo sah ihn kühl an und schwor sich, dieses Spielchen nicht zu verlieren. Was sollte aus Finnland werden, wenn die Polizei sich von so einem Bengel unterbuttern ließ.

»Okay, okay«, sagte der junge Mann. »Dann spielen wir eben Räuber und Gendarm. Mein Name ist Paavo Putkonen.«

Das schwarz glänzende Haar fiel ihm bis auf die Schultern. Es war fettig und unsauber. Der spärliche Schnurrbart wirkte ebenso ungepflegt. Seine Gesichtszüge waren weich und kindlich, sie passten nicht recht zu seinem großspurigen

Gehabe. Wenn er lächelte, enthüllte er eine makellose Zahnreihe. Dann sah er beinahe attraktiv aus. Das Funkeln in seinen Augen verriet, dass er nicht dumm war. Dennoch schaute er die Polizisten groß an, als sei ihm die Situation vollkommen unbegreiflich, als sei er das unschuldige Opfer unglücklicher Umstände.

Huhtanen, ein ungeduldiger Mensch, erdreistete sich, das Wort zu ergreifen.

»Alter zwanzig Jahre. Zurzeit ohne festen Wohnsitz. Eine Vorstrafe, Einbruchsdiebstahl. Mit Bewährung davongekommen. War noch so jung. Bewährungsfrist abgelaufen.« Huhtanen sprach kein einwandfreies Finnisch, mal fehlte das Prädikat, mal das Subjekt, aber alle verstanden ihn. Und es ging schneller.

»Wo waren Sie in der Nacht zum letzten Mittwoch?«, fragte Kairamo.

»Keine Ahnung. Ist ja schon ewig her«, erwiderte Putkonen.

Kairamo sah Huhtanen an.

»Vor fünf Minuten hast du es noch gewusst. Hör auf mit den Faxen«, mahnte Huhtanen.

»Wir sind durch die Gegend gefahren.«

»Wo?«, hakte Kairamo nach.

»Quer durch die Stadt.«

»Hast du am Steuer gesessen?«

»Nee. Mein Kumpel.«

»Und dann?«

»Nichts ›und dann‹. Was wollt ihr eigentlich von mir? Wir sind eben rumgefahren. Das ist doch nicht verboten.«

»Über unnötiges Fahren in der Nachtzeit gibt es gewisse Regeln.«

»War aber nicht unnötig.«

»Wohin wolltet ihr?«

»Einen Kumpel suchen.«

»Und, habt ihr ihn gefunden?«
»Na klar.«
»Seid ihr am Park vorbeigekommen?«
»Auch.«
»Um welche Zeit?«
»Nach Mitternacht.«
»Wie lange nach Mitternacht?«
»Gegen halb zwei.«
»Wieso erinnerst du dich so genau?«
»Weil uns kurz danach das Benzin ausging. Und die nächste Tankstelle, die nachts aufhat, war am anderen Ende der Stadt. Was glaubst du, wie uns das angekotzt hat.«
»Habt ihr im Park jemanden gesehen?«
»Da waren ziemlich wenig Leute. War ja unter der Woche.«
»Habt ihr jemanden gesehen?«
»Zwei, drei Typen.«
»Und auf dem letzten Stück vor Näsinkallio, habt ihr da jemanden gesehen?«
»Ja, da auch.«
»Wen?«
»Weiß ich doch nicht.«
»Könntest du die Person beschreiben?«
»Natürlich. Ich erinnere mich ganz genau. An so welche erinnere ich mich immer.«
»Hattet ihr einen kleinen Überfall im Sinn?«
»Nee. Ganz was anderes.«
»Du könntest diese Person also identifizieren?«
»Bestimmt.«
Kairamo machte seine Sache gut. Putkonens Aussage wurde zu Protokoll genommen. Man zeigte ihm Fotos. Und nun hatte die Polizei zum ersten Mal einen konkreten Anhaltspunkt. Denn die Person, die Putkonen gesehen hatte, war nicht Annikki Koski.

Einundzwanzig

Kairamo erhielt wieder einen Anruf. Diesmal meldete er sich energisch und erwartungsvoll. Es ging endlich voran. Jetzt würde keiner behaupten können, dass er, Kommissar Kari Kairamo, kein kompetenter Ermittler war. Er war allmählich mit sich zufrieden.

»Kairamo«, sprach er in den Hörer.

»Vargas hier. Die Kadaver liegen jetzt in Reih und Glied. Mit dem Männchen bin ich auch fertig.«

»Schnelle Arbeit«, lobte Kairamo wohlwollend.

Diesmal war er allein in seinem Zimmer. Putkonens Aussage hatte die Ermittlungen in eine neue Richtung gelenkt. Überprüfungen waren im Gange. Putkonen galt nicht gerade als zuverlässiger Zeuge, aber er hatte eine detaillierte Beschreibung geliefert. Die Polizei hatte endlich einen Ansatzpunkt. Zumindest hatte man einen eventuellen Zeugen, denn Putkonen hatte nur eine einzige Person gesehen, die, wie er sich ausdrückte, »quicklebendig« gewesen war. Doch bei dieser Person handelte es sich nicht um das Opfer. Offenbar hatte man jemanden bei einer Lüge ertappt. Und dieser Jemand hatte sicher nicht bloß zum Spaß gelogen. Bei Fällen dieses Kalibers hatten Lügner immer etwas zu verbergen.

»Fangen wir mit der Frage an, woran er gestorben ist?«

»Womit denn sonst?«

»Bei der Leiche ist womöglich ein anderer Befund interessanter als die Todesursache. Aber fangen wir ruhig damit an.«

Vargas legte eine Pause ein. Kairamo räusperte sich, sagte aber nichts. Eigentlich interessierte ihn die Obduktion im Moment nicht besonders. Er konnte sich ja denken, woran Antti Koski gestorben war. Die Frage war nur, ob er sich selbst erschossen oder ob jemand anders abgedrückt hatte.

Und Kairamo rechnete nicht damit, dass der Professor ihm diese Frage beantworten konnte. Deshalb hörte er nur mit halbem Ohr zu und plante gleichzeitig die nächsten Schritte.

»Bist du noch da?«, fragte Vargas.

»Ja.«

»Aber nur halb, wie?«

»Ich höre.«

»Ich kann dich später anrufen, wenn du im Moment keine Zeit hast.«

»Ich habe doch gesagt, ich höre.«

Vargas schwieg sekundenlang. Er hatte es nicht eilig.

»Also: Der Kerl scheint sich selbst erschossen zu haben, wenn ihn nicht jemand anders erschossen hat«, lachte er dann. »Ihr habt an der Kleidung sicher Schmauchspuren festgestellt. Auf der Haut waren jedenfalls welche. Also aus nächster Nähe erschossen. Ich habe eine Kugel gefunden, Kaliber 22. Die übliche Größe für Hobbyschützen.«

»Der Waffenschein ist in Ordnung.«

»Die Kugel ist durch den Organismus gewandert, von den Knochen abgeprallt und hat einen ziemlichen Schlamassel angerichtet. Auf die Einzelheiten will ich nicht eingehen, die interessieren dich wohl nicht.« Wieder machte Vargas eine Kunstpause. »Ich hab die Kugel in der Leber gefunden. Hat eine ganze Weile gedauert, bis er tot war. Fällt dir was auf?«

Vargas' Fangfrage lief ins Leere, denn Kairamo hatte tatsächlich zugehört. Er sagte nämlich: »Allerdings. Eine unwahrscheinliche Methode bei Selbstmord. Oder jedenfalls eine seltene.«

»Genau. Es ist viel effektiver, durch den Gaumen oder in die Schläfe zu schießen. Oder ins Herz. Der Tod tritt schneller ein. Und ist weniger qualvoll.«

»Stimmt.«

»Noch merkwürdiger ist es, dass der Mann Arzt war und folglich genau wusste, wohin man schießen muss, wenn man sterben will. Wenn es Selbstmord war, hat er zumindest nicht sofort tot sein wollen. Außerdem hat er schräg von oben geschossen. Äußerst seltsam. Er galt allgemein als guter Arzt, daher kann ich mir nicht vorstellen, dass er all das versehentlich getan hat. Und noch etwas: Beide Hände waren völlig sauber, er muss also Handschuhe getragen haben, als er abdrückte. Hatte er Handschuhe an?«

»Nein. Aber warum hätte er seinen Tod hinauszögern sollen? Oder war es nur ein theatralischer Versuch, wollte er in Wahrheit gar nicht sterben? Hätte er gerettet werden können, wenn man ihn rechtzeitig gefunden hätte?«

»Theater war es auf keinen Fall. Nach dem Schuss war er definitiv nicht mehr zu retten. Aber vielleicht hat er ja gar nicht selbst geschossen, sondern irgendein Stümper, der keine Ahnung hat, wie man einen Menschen tötet.«

»Mag sein, aber das ist unser Problem, nicht deins. Er ist jedenfalls an der Schusswunde gestorben?«

»In gewisser Weise ja.«

»Was soll das heißen! Ja oder Nein?«

»Ja, aber der Mörder scheint es verdammt eilig gehabt zu haben. Falls es einen Mörder gibt. Ich habe nämlich etwas gefunden, was für Selbstmord spricht. Es war im Grunde überflüssig, ihn zu töten.«

»Nicht schon wieder«, seufzte Kairamo. Der Fall schien unnötig kompliziert zu werden. »Er hat also auch Drogen genommen. Die klassische *Folie à deux.* Stimmt's?«

»Hat er, aber er brauchte sie wirklich. Und er hat sie erst seit Kurzem genommen. Von Folien weiß ich nichts.«

Im Gegensatz zu Hanhivaara kultivierte Vargas nicht nur grotesken Humor, sondern hatte auch eine Vorliebe für dramatische Situationen. Deshalb legte er erneut eine Pause ein und ließ Kairamo die Wahl, zu warten oder nachzufragen. Er war leicht verärgert, weil der Kommissar ihm anfangs nur mit halbem Ohr zugehört hatte. Bescheidenheit war nie seine Zier gewesen. Andererseits war er Profi und wusste den Wert seiner Arbeit recht genau einzuschätzen.

Und wahrhaftig, Kairamo tat ihm den Gefallen: »Brauchte?« Offenbar hatte er sich bei Huhtanen angesteckt, denn normalerweise war er nicht so einsilbig.

»Eine komische Sammlung, deine Kadaver. Gibt es in ihrem Freundeskreis jemanden, der Kranke verabscheut? Erinnerst du dich an die Wendeltreppe? An den Film, meine ich. Da bringt dieser eine Typ Kranke um.«

»Was hatte er denn?«

»Krebs.«

»Krebs? Wo?«

»So ungefähr überall. In der Lunge, der Leber, der Bauchspeicheldrüse. Er hätte es nicht mehr lange gemacht. Ein Wunder, dass er überhaupt noch am Leben war. Er muss entsetzliche Schmerzen gehabt haben. Weißt du, ob er in Behandlung war?«

»Nein. Aber wir werden es herausfinden. Obwohl es für unseren Fall eigentlich keine Rolle spielt.«

»Zumindest solltet ihr nachforschen, wer von seiner Krankheit wusste.«

»Wie lange hätte er noch gelebt?«, fragte Kairamo.

»Er hat nicht mehr gelebt.«

»Danke. Bis bald.«

Kairamo legte auf.

Hanhivaara kam herein und sagte: »Wir haben den neugierigen Nachbarn gefunden.«

»Das wurde aber auch Zeit. Wen hat er gesehen?«

»Dreimal darfst du raten.«

»Ich rate nicht«, fuhr Kairamo ihn an.

»Ach komm, nun rate schon.«

Hanhivaara setzte sich und zündete in aller Ruhe eine Zigarette an. Er hatte nicht die Absicht, Kairamo zu ärgern. Und doch tat er es. Allmählich legte er gegenüber Polizisten, egal ob sie Untergebene oder Vorgesetzte waren, das gleiche Verhalten an den Tag wie gegenüber allen anderen. Er fand, die Menschen hätten nichts Besseres verdient.

»Himmel, Arsch und Zwirn, lass den Blödsinn«, donnerte Kairamo, der nie fluchte.

»Annikki Koski.«

»Wann?«

»Um halb eins in der Nacht zum Mittwoch.«

»Ziemlich genaue Zeitangabe.«

»Er kommt immer um die gleiche Zeit von der Arbeit.«

»Ist er sich sicher?«

»Ja. Als ich ihm ihr Bild gezeigt habe, war er sich endgültig sicher, aber er hatte schon vorher aufgrund des Zeitungsfotos in dieselbe Richtung gedacht.«

»Warum hat er sich dann nicht sofort gemeldet?«

»Er war verreist, sagt er, und hat die Zeitung erst nach seiner Rückkehr gelesen. Meinte allerdings, seine Beobachtung sei bestimmt nicht wichtig.«

»Natürlich«, brummte Kairamo. Er verhielt sich allen Menschen gegenüber, als seien sie Kriminalisten. Es wollte ihm einfach nicht in den Kopf, dass die Menschen gleichgültig, träge und obendrein meistens dumm waren.

In seinem Ärger hätte er fast vergessen zu fragen, wo Annikki Koski gesehen worden war. Als er sich etwas beruhigt hatte, holte er es nach: »Und wo hat der Zeuge sie gesehen?«

»Rate mal«, sagte Hanhivaara, fügte jedoch nach einem Blick in Kairamos wütendes Gesicht hastig hinzu: »Erinnerst du dich an die Beschreibung, die uns dieser Putkonen geliefert hat? Auf wen passt die?«

»Dort?«

»In der Nähe der Wohnung. Im Treppenhaus.«

»Das bringt uns zwar weiter, aber für eine Festnahme dürfte es noch nicht reichen.«

»Aber immerhin haben wir eine neue Vernehmungsgrundlage«, sagte Hanhivaara und rieb an dem Fettfleck herum, den er am Frühstückstisch auf seine Hose gezaubert hatte. Er musste sich einen neuen Anzug kaufen. Oder nur eine neue Hose. Oder in Zukunft nackt frühstücken. Nein, das half jetzt nichts mehr, eine Hose musste er trotzdem kaufen. Anschließend könnte er die Nahrungsaufnahme einstellen und die Fettflecken auf anderer Leute Hosen betrachten.

»Sie wurde, wie gesagt, im Treppenhaus gesehen, und zwar im selben Stock, wo unser erster Durchbruch wohnt.«

»Hervorragend.«

»Holen wir unseren Durchbruch heute noch zum Verhör?«

»Ich möchte noch eine Weile warten, aber ich werde ein paar Aufpasser hinschicken, damit unsere Beute uns nicht durch die Lappen geht.«

»Sie wird schon nicht verschwinden. Außerdem kann es sich immer noch herausstellen, dass wir auf dem falschen Dampfer sitzen.«

Kairamo betrachtete seine Hände, an denen sich ein Ekzem bildete. Er ahnte, dass es schwierig sein würde, den Ausschlag zu kurieren. Kairamo war über fast jeden Lebensbereich zumindest oberflächlich informiert. Doch das Ekzem kümmerte ihn im Augenblick wenig. Er war zufrieden mit den Ergebnissen dieses Tages.

»Weißt du schon, dass Antti Koski unheilbar krebskrank war?«, fragte er seinen Untergebenen.

Hanhivaara erinnerte sich an den melancholischen Mann, den er befragt hatte. Das war es also, dachte er bei sich. Doch er sagte nur: »So.«

»Das macht die ganze Sache noch merkwürdiger. Es wäre ja ein Argument für die ansonsten eher unwahrscheinliche Selbstmordtheorie.«

»So sieht es aus. Viele unheilbar Kranke setzen ihrem Leben selbst ein Ende. Habt ihr über die Briefe noch etwas herausgefunden?«

»Nein. Aber mit Sicherheit testen wir morgen eine Schreibmaschine, wenn wir eine finden, wovon ich im Übrigen überzeugt bin. Und wir bekommen einen Satz Fingerabdrücke. Ach was, am besten fahren wir doch sofort hin.«

Kairamo griff zum Hörer, um einen Wagen anzufordern, konnte seinen Entschluss jedoch nicht verwirklichen, denn es klopfte. Hanhivaara überlegte sich, dass der Mörder und der Briefeschreiber nicht dieselbe Person sein konnten, es sei denn, diese Person wäre restlos verrückt oder hätte versucht, sich ein besonders raffiniertes Täuschungsmanöver auszudenken.

Huhtanen betrat – nachdem er dazu aufgefordert worden war – das Dienstzimmer des Kommissars. Er hatte eine etwa vierzigjährige, untersetzte Frau bei sich, deren Augen boshaft glitzerten. Den Eindruck hatte Hanhivaara jedenfalls, und er verließ sich im Allgemeinen auf sein Urteil. Seine Exfrau kam ihm in den Sinn, doch er verdrängte die Assoziation rasch und musterte die Frau, die vor ihm stand. Sie war nicht im Mindesten attraktiv. Ihre Haut war blass, eine altmodische Brille chinesischer Machart betonte die hageren Gesichtszüge. Gekleidet war sie in Anilinrot und Gelbgrün, eine Mischung, bei deren Anblick es Kairamo fast den Magen umdrehte. Hanhivaara wiederum stellte fest, dass ihm seit Langem kein derart widerwärtiger Mensch über den Weg gelaufen war, und er hatte immerhin einigen Mördern gegenübergesessen. Eine von den Frauen, dachte er, die sich, wenn sie irgendwo zu Besuch sind, strikt weigern, eine Tasse Kaffee anzunehmen, um anschließend überall zu erzählen, nicht einmal Kaffee habe man ihr angeboten. Es war eine Ironie des Schicksals, dass gerade diese Frau der Polizei entscheidende Informationen im Fall Annikki Koski lieferte.

Huhtanen stellte sie als Sylvi Hänninen vor und fügte hinzu, ihr Mann sei Hausmeister. In der linken Hand hielt er ein Paar Schuhe.

»Erzählen Sie dem Kommissar doch bitte die Geschichte, die Sie mir gerade berichtet haben«, forderte er die Frau freundlich, geradezu honigsüß auf.

»Das ist keine Geschichte …«, sagte sie.

»Bitte nehmen Sie doch Platz«, unterbrach Kairamo.

Die Frau setzte sich und sprudelte sofort los: »Ja, das war am Dienstag, in der Nacht, wo dieser schreckliche Mord passiert ist. Also, als Hausmeistersgattin, da muss ich auch so'n bisschen ein Auge drauf haben, dass die Leute im Haus sich ordentlich benehmen. Die machen doch alles kaputt, wenn man nicht dauernd aufpasst. Vor allem die Blagen. Wir selbst haben keine Kinder, mein Mann und ich. Na, jedenfalls war ich in der Nacht noch wach. Ich bin runter in den Keller, weil da was gepoltert hat, und ich dachte, da treibt wieder irgendwer sein Unwesen. Wissen Sie, die pinkeln nämlich in den Aufzug und ins Treppenhaus und wer weiß wohin. Im Keller war keiner (enttäuscht). Aber ich bin trotzdem noch am Fenster stehen geblieben und hab Wache gehalten. Ich hab auch wen kommen sehen, aber das war jemand aus dem Haus, hatte Schlüssel dabei. Es war schon ziemlich spät. Ich meine, ist ja nicht meine Sache, wenn die Leute sich in der Kneipe die Nacht um die Ohren schlagen, das geht mich nichts an. Trotzdem, ich hab noch gedacht, wenn ich allein leben täte, da würd ich mir doch was Besseres einfallen lassen als durch die Lokale zu ziehen. Aber das geht mich ja nichts an, das muss jeder selbst wissen. Bloß, wie ich dann am nächsten Tag den Müll runterbringe, da seh ich Schuhe in der Mülltonne liegen. Ich war ganz platt. Die lagen zuoberst, und ich dachte, bestimmt sind die Sohlen durch, weil von oben sahen die nämlich wie neu aus, und trotzdem hatte sie jemand weggeworfen. Ich hab sie rausgenommen, und wissen Sie was? Die waren picobello! So gute Schuhe gehören nicht in den Müll, hab ich mir gedacht, die kann noch jemand brauchen. Ich nehm ja sonst nichts aus der Mülltonne, so was hab ich nicht nötig, aber das waren wirklich gute Schuhe – Sie sehen es ja selbst, Herr Kommissar. Na, ich hab sie dann mit raufgenommen, und Kalevi, was mein Mann ist, hat auch gemeint, wir könnten sie behalten, wenn der Besitzer sie nicht mehr haben will. Danach hab ich nächtelang kein Auge zugetan, weil es mir nicht in den Kopf wollte, wieso einer nagelneue Schuhe wegwirft. Ich wusste nicht, wem sie gehören, war mir ja auch egal, aber es ist doch komisch, dass jemand so was tut. Das ist einfach nicht richtig, wo es so viel Armut gibt auf der Welt. Na ja, und dann hab ich erst so richtig überlegt, warum die wohl weggeworfen wurden, und da ist mir der Verdacht gekommen, dass irgendwas faul sein muss. Sonst würde doch keiner so was tun. Vielleicht waren die Schuhe geklaut oder so. Wir waren übers Wochenende auf dem Land, und heute ist der Wachtmeister da gekommen und hat gefragt, ob ich in der und der Nacht jemanden gesehen hab, und das hatte ich ja, und dann sind mir die Schuhe eingefallen und ich hab sie gleich dem Wachtmeister gegeben.«

Sie verstummte, völlig außer Atem, als hätte sie die ganze Zeit in die Pedale getreten statt sich bloß den Mund fusselig zu reden.

Kairamo betrachtete die Schuhe, die Huhtanen ihm gereicht hatte, und sinnierte über den unermesslichen Wert menschlicher Boshaftigkeit und Schadenfreude.

Er lächelte triumphierend: »Ich habe ja von Anfang an gesagt, irgendwo finden wir Blutspuren. Jede Wette, dass an diesen Schuhen welche sind. Bring sie ins Labor, Huhtanen!«

»Zur richtigen Zeit am richtigen Ort«, murmelte er dann. »Es muss Blut dran sein.«

Huhtanen ging. Hanhivaara betrachtete die schwer atmende Frau, musste wieder an seine Ex denken und schloss die Augen. Die Assoziation war absolut ungerecht, denn Hanhivaaras Frau war eine sympathische Person gewesen.

»Wen haben Sie in der Nacht zum Mittwoch gesehen?«, fragte er.

Als die Frau den Namen nannte, wusste Kairamo, dass er die Festnahme nicht auf den nächsten Tag verschieben konnte. Selbst wenn kein Blut an den Schuhen war und selbst wenn sie nicht einmal derselben Person gehörten, musste diese Person erneut vernommen werden, denn nun stand einwandfrei fest, dass sie die Polizei belogen hatte. Und bei Mord hat die Polizei kein Verständnis für Lügner.

Allerdings ging Kairamos Plan nicht auf, denn man traf die fragliche Person weder zu Hause noch am Arbeitsplatz an. Niemand schien zu wissen, wo sie war. Genau genommen schien auch niemand Wert darauf zu legen, es zu wissen.

Doch am nächsten Tag lag der Durchsuchungsbefehl vor.

Zweiundzwanzig

Die Frau, die ihnen öffnete, war vollkommen verblüfft, als Kommissar Kari Kairamo ihr den Durchsuchungsbefehl präsentierte und gemeinsam mit Hanhivaara und drei weiteren Ermittlern die Wohnung betrat. Noch verblüffter war sie über die Mitteilung, sie sei unter dem Verdacht des Mordes an Annikki und Antti Koski vorläufig festgenommen.

Sie ließ sich auf einen Stuhl fallen und schaute wortlos zu, während die Ermittler Schränke und Schubladen öffneten und leise Bemerkungen austauschten.

Kairamo fragte die Frau, wo sie in der Nacht zum Mittwoch und am Freitagvormittag zwischen elf und zwölf Uhr gewesen war. Er erklärte, es habe ihr gar nichts genützt, das Blatt aus Antti Koskis Terminkalender zu reißen, denn Koski habe einen zweiten Kalender geführt, den er bei sich getragen habe und in dem für Freitag ihr Name eingetragen sei. Kairamo hatte den Taschenkalender erst am Montag rein zufällig unter den Sachen des Toten entdeckt. Und ein paar Ermittler gehörig zusammengestaucht.

Die Frau sagte: »Ich bin unschuldig. Ich habe nichts getan.«

Danach beantwortete sie keine Frage mehr.

Hanhivaara schlenderte durch die Wohnung und blieb in einem der Zimmer stehen, um eine Schreibmaschine Marke Facit zu inspizieren. Der Ermittler Viironen blätterte einen Zeitschriftenstapel durch und sagte: »Guck dir das mal an.« Es war kein Befehl, doch Hanhivaara schaute trotzdem hin. Aus der Zeitschrift waren hier und da Wörter und einzelne Buchstaben ausgeschnitten.

Bei den weiteren Ermittlungen stellte sich heraus, dass exakt die Menge an Wörtern und Buchstaben fehlte, die man brauchte, um einen Brief von der Art zu konstruieren, wie ihn Antti Koski erhalten hatte. Den Brief, in dem Koski beschuldigt wurde, seine ehemalige Frau ermordet zu haben. Eine komplizierte Analyse zeigte später, dass die Buchstaben in dem bewussten Brief tatsächlich gerade aus diesem Exemplar der Zeitschrift ausgeschnitten worden waren.

Die Schreibmaschine wurde konfisziert. (Hanhivaara hatte den Verdacht, dass darauf möglicherweise der zweite Brief an Antti Koski geschrieben worden war. Was auch zutraf.)

In der Handtasche der Frau fand sich der übliche Krimskrams, unter anderem ein Schlüsselbund. Ein einzelner Schlüssel wurde in der Küche entdeckt, in einer Schublade, in der außerdem ein Fleischklopfer, ein Sieb, zwei Suppenkellen, ein Reibeisen, mehrere Flaschenöffner, ein Korkenzieher und Ähnliches lagen. Den Schlüssel nahmen die Ermittler mit, alles andere ließen sie vorläufig an seinem Platz. (Kairamo wollte unbedingt überprüfen, zu welchem Schloss der Schlüssel gehörte.)

Sämtliche Messer wurden eingepackt und ins Labor geschickt, mit Ausnahme des Buttermessers und der normalen Tischmesser, die auf keinen Fall als Tatwaffe infrage kamen.

Zahlreiche Kleidungsstücke wurden zwecks Untersuchung auf Blutspuren mitgenommen. (Das hielt Kairamo für nötig, obwohl er bezweifelte, dass man etwas finden würde.)

Alle nur denkbaren kriminaltechnischen Untersuchungen wurden sorgfältig und gründlich durchgeführt.

Die Frau wurde in Untersuchungshaft gebracht.

Die Polizei war der Ansicht, sie habe relativ schnell und zufrieden stellend gearbeitet und die Erwartungen, die die Gesellschaft an sie stellte, voll und ganz erfüllt.

Dreiundzwanzig

»Sieht ziemlich klar aus«, sagte Staatsanwalt Veijo Santamäki, der Kommissar Kairamo in dessen Dienstzimmer gegenübersaß. Im Fenster hinter ihm war ein Stück roter Himmel zu sehen. Das Licht ging aus und die Lampen gingen an. Da Hanhivaara links neben Santamäki saß, nahm er vor dem hellen Fenster nur die Silhouette des Staatsanwalts wahr. Doch das machte ihm nichts aus; er hatte zu viele Menschen zu Gesicht bekommen, als dass es ihn gestört hätte, von einem nur die Umrisse zu sehen. Auf Santamäki machte Hanhivaara einen unerhört zerstreuten und unbeteiligten Eindruck. Kairamo tat ihm leid, weil er mit einem solchen Mitarbeiter geschlagen war. Santamäki schätzte Energie. Dabei arbeitete Hanhivaara die ganze Zeit: Er dachte nach.

»Ein Geständnis haben wir noch nicht«, sagte Kairamo. »Überhaupt spricht sie kaum mit uns. Sie behauptet nur, beide Male zur Tatzeit zu Hause gewesen zu sein. Die Beweise lassen sie kalt. Einen Anwalt will sie auch nicht. Sie sagt, sie sei gespannt, ob in diesem Land Unschuldige für einen Mord verurteilt werden könnten.«

Kairamo hatte lange mit Santamäki an den beiden Mordfällen gearbeitet. Er hielt eine dicke Akte in den Händen, die sämtliche Ermittlungsunterlagen enthielt. Darunter waren viele nutzlose Berichte, aber auch einige Fakten. Zumindest hielt Kairamo sie für Tatsachen, und Santamäki ebenfalls. Die beiden hielten große Stücke aufeinander.

Hanhivaara schaute zum Fenster hinaus. Weit weg, hinter dem Wald, zog sich ein Riss durch die Wolkendecke. Irgendwo in der Ferne schickte die Sonne ihre letzten Strahlen aus. Bald würden die endlos grauen Dezembertage anbrechen, die keine Tage, aber auch keine richtigen Nächte waren.

Hanhivaara sagte: »Die Sache mit dem Schalldämpfer ergibt keinen Sinn. Niemand benutzt einen Schalldämpfer, wenn er einen Mord als Selbstmord tarnen will.«

»Doch, dafür gibt es durchaus eine Erklärung«, hielt Santamäki dagegen. »Ich stelle mir den Hergang ungefähr so vor: Die Mörderin hat einen Schalldämpfer benutzt, damit der Schuss im Haus nicht gehört wurde. Und dann hatte sie keine Zeit mehr, ihn abzuschrauben. Vielleicht weil in dem Moment der Junge kam.«

Die Logik dieser Schlussfolgerung konnte Hanhivaara nicht abstreiten. Es hätte sich so abspielen können. Und auf die gleiche Weise wurden alle Widersprüchlichkeiten, auf die er hinwies, eine nach der anderen widerlegt. Dass es Ungereimtheiten gab, war allen klar, aber sie glaubten, für jede lasse sich eine natürliche Erklärung finden.

Hanhivaara fuhr fort: »Mit demselben Argument erklärt ihr natürlich auch, weshalb sich auf dem Revolver keinerlei Fingerabdrücke befinden, oder?«

»Genau. Für unsere Argumentation spricht außerdem, dass der Paraffintest an Antti Koskis Händen negativ ausgefallen ist. Wäre es nicht noch seltsamer, wenn jemand, der sich das Leben nehmen will, dazu Handschuhe anzieht? Außerdem hatte er nun mal keine an.«

Santamäki war Mitte fünfzig. Seine Haare waren restlos ergraut. Er lief immer leicht vorgebeugt mit eiligen Schritten durch die Gegend und kaute auf einer Pfeife herum, die nach teurem Tabak roch, ein Geruch, den viele für distinguiert hielten. Er liebte saftige Flüche, hatte aber zu Hanhivaaras Erstaunen während des langen Gesprächs noch kein einziges Mal geflucht. In den langen Jahren seiner Tätigkeit als Staatsanwalt hatte Santamäki immer fair gespielt. Deshalb bereitete das fehlende Geständnis auch ihm Unbehagen.

»Die andere Tatwaffe wurde bisher nicht gefunden«, sagte er. »Das ist gewissermaßen ein Schönheitsfleck.«

»Wir suchen weiter, Sipiläs Wohnung wird zurzeit noch einmal genau durchkämmt«, erwiderte Kairamo.

Hanhivaara gab noch nicht auf: »Und was ist mit den Briefen, in denen Antti Koski des Mordes an seiner Exfrau bezichtigt wird? Wenn die Frau die Täterin wäre, hätte sie so etwas doch nicht geschrieben.«

Kairamo sah ihn nachdenklich an. »Du scheinst nicht zu glauben, dass wir auf der richtigen Spur sind.«

Hanhivaara erwiderte den Blick und sagte: »Alles wirkt so eindeutig und doch gibt es massenhaft Ungereimtheiten. Wie zum Beispiel diese Briefe. Ich hatte eine ganz andere Theorie. Ich habe von Anfang an Antti Koski für den Mörder gehalten.«

»Sich in die Psyche eines Mörders hineinzuversetzen ist nicht leicht«, sagte Santamäki gravitätisch, als enthalte dieser eine Satz seine gesamte Lebensphilosophie. »Möglicherweise wollte die Frau ihr nächstes Opfer eine Weile quälen. Alle Mörder sind mehr oder weniger verrückt. Nach der psychiatrischen Untersuchung werden wir wissen, wie verrückt diese spezielle Mörderin ist.«

Er klopfte seine Pfeife aus, bevor er fortfuhr: »Wollen wir nicht zur Abwechslung besprechen, was wir haben, statt uns an dem festzubeißen, was uns fehlt?«

»Eine Verdächtige haben wir und verdammt viel zu tun, um eine Verurteilung zu erreichen«, bemerkte Hanhivaara.

»Jemanden wegen Mord zu verurteilen ist keine Kleinigkeit. Ich möchte nicht in den Schuhen des Richters stecken.«

Kairamo und Santamäki sahen sich an. Hanhivaara bemerkte den Blickwechsel und seufzte: »Okay, lasst hören.«

Papiere raschelten. Kairamo wollte etwas sagen.

Doch Hanhivaara kam ihm zuvor: »Sie hat Todkranke umgebracht. Das ergibt einfach keinen Sinn.«

»Zum Donnerwetter, Hanhivaara«, sagte Kairamo, der praktisch nie fluchte.

»Scheißkerl«, bekräftigte Santamäki, der höllisch fluchen konnte.

Hanhivaara verstummte. Er stand auf, stellte sich in die Ecke und beobachtete von dort aus vorsichtig seinen Chef.

»Die Indizien«, begann Santamäki. »Die Schuhe. Die Schuhe, die die reizende Frau des Hausmeisters uns gebracht hat, gehören nachweislich der Verdächtigen. Sie hatte sie erst eine Woche zuvor gekauft. Die Schuhe waren völlig in Ordnung, trotzdem lagen sie in der Mülltonne, und an den Sohlen war Blut. Mit neunzigprozentiger Sicherheit Blut von Annikki Koski. Und was sagt die Verdächtige?«

»Gibt zu, dass es ihre Schuhe sind, behauptet aber, sie hätte sie nicht tragen können, weil sie scheuerten. Wie das Blut an die Sohle kommt, ist ihr unerklärlich«, berichtete Kairamo.

»Zu unserem Pech war uns die Müllabfuhr zuvorgekommen«, sagte Hanhivaara. »Womöglich waren in der Tonne noch mehr blutbeschmierte Sachen.«

»Erinnerst du dich an das Tatortfoto, Hanhivaara? Die Blutspur hatte eine unnatürliche Form. Was können wir daraus schließen? Dass jemand in die Lache getreten ist.«

»Diesen Schluss könnte man ziehen«, stimmte Hanhivaara zu. »Unter anderem.«

Santamäki sah ihn interessiert an. Der störrische Ermittler schien endlich nachzugeben. Breit lächelnd sagte er: »Und dann haben wir noch den Mann, der von seinem zänkischen

Weib zum Rauchen auf den Balkon verbannt wurde. Er sagt, die Verdächtige könne durchaus die Person sein, die er in der fraglichen Nacht im Park gesehen hat. Jedenfalls sei sie genau der gleiche Typ.«

»Die Entfernung beträgt mindestens sechzig Meter. Auf seine Aussage können wir nicht viel geben«, wandte Hanhivaara ein. »Es war verdammt dunkel.«

Santamäkis Lächeln erlosch. »Die Identifizierung ist nicht absolut sicher, das weiß ich auch. Aber unsere Theorie unterstützt sie trotzdem.«

»Weitere Zeugen«, sagte Kairamo. »Der junge Mann mit dem Gedächtnisschwund schwört jetzt Stein und Bein, dass es die Sipilä war, die ihm von Näsinkallio her entgegenkam.«

»Ein schöner Zeuge. Wusste kaum noch, wo und wann«, meinte Hanhivaara.

»Dafür wissen wir es umso genauer, weil unsere eigenen Leute ihn kurz nach dem Auffinden der Leiche an der passenden Stelle aufgegriffen haben«, wehrte Kairamo den Einwand ab. »Und außerdem haben wir, wie du weißt, als Starzeugen unseren kleinen Temposünder, der die Sipilä identifiziert hat, bevor sie überhaupt unter Verdacht stand. Das möchte ich doch als verhältnismäßig sicheren Beweis bezeichnen. Er hat eine präzise Beschreibung gegeben und auf Anhieb aus einem Stapel Fotos das richtige gewählt.«

»Stimmt, aber demselben Zeugen zufolge befand sich dort zu der Zeit keine Leiche«, hielt Hanhivaara dagegen.

»Aber einen verdammt kurzen Moment später war eine da«, sagte Santamäki. »Und die Frau behauptet hartnäckig, zu Hause gewesen zu sein, obwohl mehrere Zeugen sie unabhängig voneinander sicher identifiziert haben. Sie kann dafür keinerlei Erklärung liefern.«

Santamäki war an sich ein umgänglicher Mann, der eigentlich nur zum Vergnügen fluchte, gewohnheitsmäßig sozusagen. Doch nun ärgerte er sich, weil jemand, der eigentlich auf seiner Seite stehen sollte, seine Anklageschrift sabotierte. Santamäki besaß einen analytischen Verstand und neigte dazu, Gerichtsverfahren als eine Art Kraftprobe zu betrachten – so ehrlich er auch war.

»Annikki Koski wurde kurz vor ihrem Tod in der Nähe der Wohnung der Verdächtigen gesehen«, fuhr Kairamo unerbittlich fort. »Wir haben zwei Zeugen, die sich ihrer Sache absolut sicher sind. Die eine Zeugin wohnt in derselben Etage wie Frau Sipilä. Sie hat beobachtet, dass Annikki Koski gegen halb eins in der Nacht zum Mittwoch von Frau Sipiläs Wohnungstür zur Treppe ging. Unser zweiter Zeuge hat ausgesagt, dass die Koski vor dem Haus stand, als er vorbeikam. Er hat anfangs nicht gewagt, sich zu melden, aus Angst, selbst in Verdacht zu geraten. Als ob es bei uns Justizmorde gäbe! Na, jedenfalls sagt er, dass Annikki Koski mit angewinkeltem Bein an der Hauswand lehnte. Er hat sie für eine vom horizontalen Gewerbe gehalten und sogar angesprochen. Die Identifizierung ist absolut sicher.«

Alle drei schwiegen. War das alles?

»Ist das alles?«, fragte Hanhivaara schließlich, obwohl er wusste, dass es keineswegs alles war.

»Als Nächstes kommen wir zum Motiv«, sagte Kairamo trocken. »Allem Anschein nach war es eindeutig Hassliebe. Durchaus keine Seltenheit, nicht wahr, Hanhivaara?«

Hanhivaara starrte ausdruckslos in die Luft. Er sagte nichts. Dazu hatte er nämlich nichts zu sagen.

»Mehrere Aussagen aus dem Freundeskreis bestätigen, dass die Verdächtige eifersüchtig auf Annikki Koski war und sich deren Mann angeln wollte. Sogar du selbst, Hanhivaara, erwähnst in deinen Berichten die netten kleinen Szenen, die die Freunde in verschiedenen Lokalen beobachtet haben. Nach Sipiläs Festnahme haben wir weitere und noch definitivere Aussagen bekommen. So geht es ja immer.«

Kairamo machte eine Pause. Die Hanhivaara nicht ausfüllte.

»Die Verdächtige schien zunächst Glück zu haben, denn Antti Koski ließ sich tatsächlich scheiden. Mehr noch, er gab seine Beziehung mit der Verdächtigen zu und diese bezeugte vor Gericht, dass der Ehebruch stattgefunden hatte.«

»Frau Sipilä hat mir erzählt, es sei eine abgesprochene Sache gewesen«, versuchte es Hanhivaara noch einmal.

»Unterbrich mich nicht!«, fuhr Kairamo ihn an. »Taina Sipilä glaubte sich am Ziel ihrer Wünsche, sie war überzeugt, Antti Koski werde sie heiraten. Dann stellte sich jedoch heraus, dass er durch die Scheidung einen Großteil seines Vermögens verloren hatte. Daraufhin kam die Sipilä auf eine grandiose Idee: Wenn sie Annikki Koski aus dem Weg räumte, würde das Erbe an den Sohn fallen und von dessen Vater verwaltet werden.« Wieder legte Kairamo eine Pause ein.

Die Hanhivaara entschlossen unterbrach: »Eine ähnliche Theorie habe ich bei Antti Koskis Befragung in den Raum gestellt, mit dem Unterschied, dass er in meiner Version an dem Plan beteiligt war. Ratet mal, wie er darauf reagiert hat.«

»Na?«, fragte Santamäki.

»Gelacht hat er, verdammt nochmal«, sagte Hanhivaara, der selten fluchte, aber annahm, dass Santamäki ihn nicht gut genug kannte, um Verdacht zu schöpfen. Kairamo warf ihm einen warnenden Blick zu.

»Gelacht? Und wenn schon. Das hat nichts zu bedeuten«, wiegelte Santamäki ab. »Ich hätte an seiner Stelle auch gelacht. Die Beschuldigung muss ihm aberwitzig vorgekommen sein, weil er eben in Wahrheit an keiner kriminellen Tat beteiligt war.«

Kairamo riss das Gespräch wieder an sich: »Na ja, und dann hatte es den Anschein, dass Antti Koski sich nicht mehr für die Sipilä interessierte. Warum auch? Er war ein todgeweihter Mann. Er hatte sie hinters Licht geführt, mit ihr gespielt. Von seiner Krankheit hatte er niemandem erzählt, in Behandlung ist er auch nicht gewesen. Wir wissen, dass er seine Lunge röntgen ließ, aber die Aufnahmen hat er selbst begutachtet. Die Sipilä glaubte, er hätte sie sitzen gelassen. Deshalb sann sie auf Rache. Und sie hat sich gerächt.«

Als Hanhivaara nach dem Schalldämpfer fragte, erklärte Kairamo: »Der gehörte natürlich Koski. Die Sipilä hat sicher von seiner Existenz gewusst, denn sie war ja eine gute Freundin des Mannes, den sie erschossen hat.« Den Worten »gute Freundin« gab er einen ironischen Beiklang.

Als Hanhivaara sich daraufhin erkundigte, ob Taina Sipilä wegen zweifachen Mordes angeklagt werden würde, sagte Santamäki: »Meiner Meinung nach ist die Beweislage ausreichend. Und das Verhalten der Frau bestätigt das.«

Als Hanhivaara anmerkte, es sei doch seltsam, dass die Koskis einen Scheidungsprozess geführt hatten, obwohl der Mann wusste, dass er nicht mehr lange zu leben hatte, und obwohl die Frau rettungslos dem Rauschgift verfallen war, erklärte Kairamo resolut: »Seltsamerweise war es die Frau, die die Scheidung verlangt hat. Morphinisten sind unberechenbar. Vielleicht hat sie von der Erkrankung ihres Mannes auch gar nichts gewusst. Jedenfalls ändert sich bei Drogenabhängigen die Verhaltensweise oft radikal. Es ist sinnlos, solche Leute zu fragen, warum sie das tun, was sie tun.« Kairamo war überzeugt, die Täterin gefunden zu haben. Sie hatten ein Motiv. Sie hatten Zeugen, die Frau Sipilä um die Zeit, als Annikki Koski ermordet wurde, in der Nähe des Tatorts gesehen hatten. Sie hatten die anonymen Briefe, die aller Wahrscheinlichkeit nach als Beweis für die charakterliche Anomalie der Angeklagten dienen würden. (Zumindest konnte man ihr Beweisunterschlagung anhängen, denn es stand einwandfrei fest, dass die Briefe von ihr stammten.) Sie hatten den Schlüssel, der in der Wohnung der Frau gefunden worden war und zu Antti Koskis Wohnungstür gehörte. Sie hatten die blutigen Schuhe. Was fehlte, waren die Tatwaffe und das Geständnis der Verdächtigen.

Als Hanhivaara stur daran festhielt, dass Taina Sipilä im Scheidungsprozess nur pro forma ausgesagt hatte und dass alles mit den Koskis abgesprochen gewesen war, sagte Santamäki: »Diese Behauptung werden wir genauso werten wie jede Aussage von Verdächtigen. Irgendetwas musste sie ja sagen.«

Kairamo fügte hinzu: »Wir haben keinerlei Bestätigung für Sipiläs Darstellung. Alle anderen Freunde behaupten, von einer abgesprochenen Sache könne gar keine Rede sein. Auch die Anwälte beider Parteien sind davon überzeugt, dass die Scheidungsklage echt war.«

Es klopfte zaghaft. Hanhivaara vermutete, dass Huhtanen vor der Tür stand. Und so war es auch.

»Sieht aus, als hätten wir die Tatwaffe gefunden«, sagte Huhtanen und legte Kairamo einen Bericht hin.

Der Kommissar überflog ihn.

»Das Messer wurde in Frau Sipiläs Wohnung gefunden. Es ist Blut daran, Gruppe AB. Passt.«

Als Hanhivaara einwandt, im Durchsuchungsbericht habe nichts von einem blutigen Messer gestanden, erklärte Kairamo: »Das Messer wurde bei der zweiten, gründlicheren Durchsuchung gefunden. Es war hinter die Schublade gerutscht. Ein Rasiermesser.«

»Fingerabdrücke?«

»Positiv.«

Santamäki lächelte. Die Sache war klar.

Hanhivaara seufzte und verließ den Raum. Die Sache war klar. Langsam ging er den Flur entlang. Jetzt konnte er sich ein paar Tage freinehmen.

Ein gut aussehender junger Mann, fast noch ein Junge, kam ihm entgegen. Er hatte schulterlange dunkle Locken, die aber sauber und ordentlich gekämmt waren. Er lächelte Hanhivaara an und fragte, wer wohl für die Ermittlungen in den beiden Sensationsmorden zuständig sei.

Hanhivaara musterte den jungen Mann ausgiebig und sagte: »Ihre Beobachtungen können Sie mir erzählen. Oder sind Sie aus purer Neugier gekommen?«

Die beiden Männer gingen Seite an Seite zum Ausgang. Hanhivaara träge, erschöpft. Der junge Mann leichtfüßig wie ein Basketballspieler. Er sagte: »Ich wollte nur melden, dass ich die Frau an dem Freitag gesehen habe, an dem Herr Koski gestorben ist.«

Hanhivaara sah ihn gleichgültig an. »Na und? Ich habe sie an dem Tag auch gesehen.«

Der junge Mann lächelte immer noch. »Ich kam gerade aus dem Aufzug. Ich wohne nämlich im selben Haus wie Antti Koski, das heißt in dem Haus, in dem Antti Koski gewohnt hat, als er noch lebte. Wo er jetzt ist, weiß ich nicht. Jedenfalls kam mir die Frau am Aufzug entgegen. Sie ist mir in Erinnerung geblieben, weil sie mein Lächeln nicht erwidert hat. Sie behielt die steife, arrogante Maske auf dem Gesicht. Ich mag keine unfreundlichen Menschen.«

Hanhivaara war nach wie vor teilnahmslos. Trotzdem fragte er: »Um welche Zeit war das?«

»Um elf.«

»Wieso wissen Sie die Uhrzeit so genau?«

»Ich gehe jeden Freitag um elf zur Universität. Ich bin einer von denen, die Polizisten als Bullenschweine beschimpfen, mit anderen Worten, ich bin Student«, lächelte der junge Mann. »Ich gehe gern in die Vorlesungen, das Studium macht mir Spaß. Die Freitagsvorlesung habe ich noch nie versäumt. Also weiß ich genau, wie spät es war.«

»Es war also vor elf.«

»Nein, Punkt elf. Die Vorlesungen beginnen jeweils um Viertel nach, obwohl im Vorlesungsverzeichnis die volle Stunde steht. Ich gehe immer genau um elf aus dem Haus. Für den Weg brauche ich nur zehn Minuten, aber ich mag mich nicht abhetzen.«

Hanhivaara war immer noch teilnahmslos. Eigentlich hatte er mit der Sache nichts mehr zu tun. Er hätte den Mann nach Hause schicken können, die Polizei brauchte ihn nicht. Doch er drehte sich um und führte den Zeugen zurück.

Sie gingen den grün gestrichenen Flur entlang, der eine langsam und müde, der andere leichtfüßig wie ein Basketballspieler, bis sie zu einer Tür kamen, an der *Kommissar Kairamo* stand.

Hanhivaara öffnete die Tür, schob den jungen Mann hinein und schloss die Tür. Er ging wieder den Flur entlang.

Jemand kam ihm entgegen und sagte: »Tag, Hanhivaara. Alles in Butter, wie?«

Hanhivaara gab keine Antwort, nicht weil er unfreundlich sein wollte, sondern weil er den anderen gar nicht bemerkt hatte.

Der Kollege blieb stehen und starrte ihm nach. Er schaute immer noch, als sich die Eingangstür hinter Hanhivaara schloss.

Vierundzwanzig

Die Journalistin Taina Sipilä wurde wegen zweifachen Mordes zu lebenslänglicher Haft verurteilt.

Als die Gefängnistore hinter ihr zufielen, dachte sie an den Schlüssel, den man in ihrer Schublade gefunden hatte, und an die Zeitungen mit den ausgeschnittenen Buchstaben. Dann dachte sie, dass man bei lebenslänglich manchmal nach acht Jahren rauskommt. Meistens aber erst nach zwölf. Als Nächstes dachte sie an die sensationelle Story, die sie nach ihrer Freilassung schreiben würde. Und schließlich dachte sie: In zwölf Jahren bin ich fünfzig.

Dritter Teil

Fünfundzwanzig

Der kleine dunkelhaarige Junge betrachtete den Stapel von Briefen und Urkunden, der sich auf dem Schreibtisch türmte. Er hatte ihn schon seit einer ganzen Weile im Blick. Ein bestimmter Brief interessierte ihn ganz besonders. Wenn nur Lankila endlich ginge. Er mochte Lankila nicht. Doch er konnte seine Gefühle gut verbergen. Das hatte er von seiner Mutter gelernt. Dass Lankila keine Eile zu haben schien, ärgerte ihn allerdings. Vergiss nicht, wie viel Geld du heute noch verdienen kannst, dachte der Junge. Seine Mutter hatte ihm auch beigebracht, die Waffe des Spotts einzusetzen. Er fand es eigentlich langweilig, jemanden zu verspotten, ohne dass der andere es begriff. Aber er hatte sich daran gewöhnt.

Lankila zeigte auf die Urkunden und sagte: »Du bist jetzt ein reicher kleiner Junge.«

»Ja«, antwortete der Junge. Nun geh endlich, dachte er.

»Es ist schon spät. Morgen komme ich mit deiner Tante, dann bringen wir die Papiere auf die Bank.«

»Ja.«

»Ich gehe jetzt. Glaubst du, du kommst heute Nacht allein zurecht?«

»Ganz bestimmt«, versicherte der Junge.

»Na dann, auf Wiedersehen.« Lankila zögerte noch.

»Auf Wiedersehen«, sagte der Junge.

Er wartete, bis die Tür ins Schloss fiel.

Dann zog er den Brief aus dem Stapel. Auf dem Umschlag stand, dass er ihn nach seinem achtzehnten Geburtstag öffnen sollte. Der Junge hatte Lankila nicht gebeten, den Brief aufzumachen. Er wusste, wie Erwachsene reagieren, wenn Kinder etwas wollen.

Er ging mit dem Brief in die Küche. Auf dem Herd stand

ein Topf Wasser. Er schaltete die Platte an und wartete. Er war ein gewitztes Kerlchen. Alle möglichen Bücher hatte er gelesen, auch solche für Erwachsene, Detektivromane zum Beispiel, doch diesen Trick hatte er in einem alten Mickmausheft gefunden. Das Wasser kochte. Er hielt den Umschlag über den Dampf, bis sich die Gummierung löste. Dann schaltete er den Strom ab, goss das Wasser ins Spülbecken und stellte den Topf auf das Abtropfgitter. Er ging zurück in das Arbeitszimmer seines Vaters und knipste das Licht an. Es war schon dunkel.

Der Junge setzte sich an den Schreibtisch, zog die Briefbögen aus dem Umschlag, strich sie glatt und begann zu lesen:

Lieber Samuli,
ich hoffe, du bist zu einem anständigen Bürger und vernünftigen Menschen herangewachsen. Außerdem hoffe ich, dass die fremden Leute dich gut behandelt haben. Es tut mir leid, dass ich dich nicht selbst großziehen konnte.
Ich weiß nicht, ob meine Entscheidung, dir zu schreiben, richtig ist. Aber ich meine, du solltest erfahren, wie dein Vater und deine Mutter in Wirklichkeit waren. Ich muss dir gestehen, dass dein Vater ein Verbrecher und Mörder war. Erst wenn ich all das zu Papier gebracht habe, kommt mein Gewissen zur Ruhe. Ich hoffe, du wirst mich verstehen, und deshalb will ich dir von den Gründen berichten, die zu den tragischen Ereignissen führten, damals, als du erst zehn Jahre alt warst. Damals ist deine Mutter gestorben. Und ich auch.
Ich liebe dich, hoffentlich glaubst du mir das. Aber ich will nicht drum herumreden, sondern gleich zur Sache kommen. Vier Jahre vor unserem Tod haben wir eine Urlaubsreise gemacht. Du warst auch dabei. Wir waren in Spanien. Es war eine schöne Reise, ich erinnere mich, dass sie dir auch gefallen hat. Und doch fing dort alles wieder an.

Eines Abends, nachdem du eingeschlafen warst, gingen deine Mutter und ich in ein Restaurant. Wir saßen in einer Nische und aßen. Es war keine Touristenfalle, fast alle Gäste waren Einheimische. In die Nische neben uns hatte sich jedoch zufällig eine kleine Gruppe lärmender Touristen verirrt, drei Männer und eine Frau. Wir interessierten uns nicht für sie, entnahmen aber den Gesprächsfetzen, die wir aufschnappten, dass die Frau Finnin war und die Männer aus Irland kamen. Trotzdem hätten wir sie nicht weiter beachtet, wenn die Frau nicht plötzlich über etwas gesprochen hätte, was unsere Aufmerksamkeit fesselte. Sie war angetrunken und sprach ziemlich laut. Zuerst sagte sie, sie feiere den Tod ihres Mannes. Dann erzählte sie den Iren von einem Verkehrsunfall. Es klang, als habe sie ihn verschuldet. Sie hatte damals gerade erst den Führerschein gemacht und war wie eine Wilde über eine Landstraße gerast, als ihr plötzlich ein Wagen entgegenkam. Stur war sie auf der Gegenspur geblieben und hatte den anderen Fahrer von der Straße gedrängt. Sie erwähnte den Ort, wo es passiert war, und erzählte, sie sei einfach weitergefahren und nie erwischt worden. Darauf schien sie besonders stolz zu sein.

Die Sache hätte mich immer noch nicht interessiert, wenn ich nicht an der gleichen Stelle in einen Unfall verwickelt gewesen wäre. Nach einem kurzen Blick auf die Frau war ich sicher, dass beides etwa um die gleiche Zeit geschehen sein musste. Seit meinem Unfall waren zwölf Jahre vergangen, und die Frau mochte gut und gerne dreißig sein.

Ich weiß nicht genau, was dann geschah. Die Gefühle, die ich in dem Moment hatte, kann ich nicht beschreiben. Wahrscheinlich habe ich zuerst nicht glauben wollen, dass es sich um denselben Unfall handelte. Dein erst vier Wochen alter Bruder war dabei umgekommen und ich hatte mir immer die Hauptschuld gegeben. Natürlich wusste ich, dass ich von der Straße abgedrängt worden war, aber ich wusste auch, dass ich meinen Wagen besser unter Kontrolle gehabt hätte, wenn ich erst am nächsten Morgen losgefahren wäre. Der andere Fahrer war nie gefunden worden, ich weiß nicht, ob überhaupt jemand an seine Existenz glaubte. Trotzdem hätte ich jetzt – also damals in Spanien – ohne größere Gefühlsaufwallung auf diese Enthüllung reagiert, wenn die Frau nicht mit einem derart aufreizenden Stolz von dem Vorfall erzählt hätte. Ich weiß nicht, was sie so aus dem Gleichgewicht gebracht hatte, dass sie mit ihrer abscheulichen Tat geradezu prahlte. Vielleicht verhielt sie sich so wie viele finnische Frauen im Urlaub: Sie wusste, dass sie ihre irischen Bekannten nie wiedersehen würde. Vielleicht war das ihre Methode, mit allen dreien ins Bett zu gehen. Vielleicht wusste sie, dass sich am nächsten Tag keiner der drei Männer an die Begegnung erinnern würde.

Aber wir würden uns erinnern. Deine Mutter (von jetzt an werde ich sie hier Annikki nennen) und ich waren völlig aufgewühlt. Wir folgten der Frau, als sie das Restaurant verließ, und fanden heraus, in welchem Hotel sie wohnte. Am nächsten Morgen erfuhr ich dort ihren Namen. Für den Rest unseres Urlaubs behielten wir sie im Auge. Ich weiß nicht, ob wir im Unterbewusstsein schon damals unseren Plan entwickelten, einen ungeheuerlichen Plan mit dem Ziel, diese Frau drakonisch zu bestrafen. (Der Junge schlug das Wort »drakonisch« im Wörterbuch nach, verstand es aber trotzdem nicht ganz.) Vielleicht wollten wir sie mehr noch für ihre Überheblichkeit büßen lassen als dafür, dass sie unseren Sohn auf dem Gewissen hatte. Aber der Tod des Kleinen war auch einer unserer Gründe.

Bevor ich fortfahre, will ich dir ein wenig über deine Mutter erzählen. Man könnte unsere Ehe als tragikomisch bezeichnen. Annikki war jung und schön, als wir geheiratet haben. Sie liebte mich sehr und ich liebte sie. Wir haben nie aufgehört, uns zu lieben, egal was du von anderen gehört haben magst. Doch unsere Liebe führte ins Verderben. Mich hätte niemand mehr retten können, aber Annikki hätte noch eine Chance gehabt – wenigstens theoretisch. Dennoch wollte sie, dass alles so geschah, wie es geschah.

Als unser erstes Kind starb, bekam Annikki einen Nervenzusammenbruch, der sie an den Rand einer bleibenden Geisteskrankheit führte. Ich weiß nicht, ob es einem gnädigen Schicksal oder der sachkundigen Behandlung zu verdanken war, dass sie sich nach einem halben Jahr doch wieder erholte. Aber sie wurde nie wieder vollständig gesund und sie gewöhnte sich an, Beruhigungsmittel zu nehmen. Ich liebte sie, doch ich hatte auch meinen Beruf; mag sein, dass ich es mir allzu leicht machte, indem ich ihr Morphium besorgte und mich lediglich bemühte, ihren Konsum in Grenzen zu halten. Dieser Versuch war natürlich zum Scheitern verurteilt. Ohne den festen Willen des Patienten, von der Droge loszukommen, kann ein Entzug nicht gelingen. So war ich freudig überrascht, als Annikki eines Tages erklärte, eine Entziehungskur machen zu wollen. Es ging ihr damals schon ziemlich schlecht, weil sie bereits seit Jahren an der Nadel hing. Es war aus verschiedenen Gründen unmöglich, sie in Finnland behandeln zu lassen, deshalb habe ich sie nach England geschickt. Sie kam gesund, fröhlich und voller Lebensmut zurück und wir erlebten eine Zeit grenzenlosen Glücks. Sie war lange völlig drogenfrei. Und in dieser Zeit kamst du. Zum Glück, denn wärest du geboren worden, als deine Mutter Morphium nahm, wärst du selbst süchtig zur Welt gekommen. (Der Junge beschloss, sich über Morphium zu informieren – aber erst später.)

Was ich dir jetzt sagen muss, ist schmerzlich: Deine Ge-

burt war der Auslöser, der Annikki wieder in die Sucht trieb. Zuerst war sie ungeheuer glücklich und gut gelaunt, doch dann bekam sie Angst, dir könnte etwas zustoßen. Sie fürchtete, ihr Kind zu verlieren, wie damals. Wieder war ich zur Stelle, um ihr zu helfen – vielleicht bin ich tatsächlich der Hauptschuldige in dieser Geschichte. Der Kreis schloss sich. Wieder ging sie in Behandlung. Wieder kam sie vom Morphium los. Bis zu jener Spanienreise vor vier Jahren hielt sie ohne Drogen durch.
Die Frau, die so zynisch über den Tod eines Menschen, praktisch über einen Mord gesprochen hatte, wohnte in derselben Stadt wie wir. Als wir das erfuhren, hatten wir schon beschlossen, etwas zu unternehmen. Und als wir die Sache dann bewusst zu planen begannen, machten wir uns nicht mehr vor, dass es uns um Bestrafung ging. Wir wussten, dass wir auf Rache sannen. Annikki war fanatisch. Ich will die Schuld nicht ihr zuschieben, aber allein hätte ich das Ganze nie durchgezogen.
Annikkis Schönheit war von jener Art, die nicht verblüht. Fotomodelle bleiben meist nicht lange im Geschäft, doch sie bekam nach wie vor Angebote, die sie allerdings immer häufiger ablehnte. Dann verkaufte sie den Hof, den sie geerbt hatte, und widmete sich schließlich ganztägig der Detektivarbeit. Sie machte sich daran, das Leben dieser Frau von Grund auf zu erforschen.
Das war an sich nicht schwer. Wo sie wohnte und arbeitete, ließ sich mühelos feststellen. Aber wie gesagt, Annikki war fanatisch. Sie beschattete die Frau tagelang, um herauszufinden, wie sie lebte, mit wem sie sich traf, was für ein Mensch sie war. Natürlich kostete das Zeit. Aber Annikki sagte, Zeit sei das Einzige, was sie besitze. Nach einem Jahr wussten wir mehr über die Frau, als sie sich je hätte vorstellen können.
Auf Einzelheiten will ich hier nicht eingehen. Ich erspare

es mir, die langweilige Prozedur der Informationsbeschaffung zu beschreiben. Es war eine langwierige, aufreibende Arbeit.

Dann begann die nächste Phase. Es wurde Zeit, uns in die Kreise einzuschleusen, in denen die Frau verkehrte. Dafür hätte es einen leichten Weg gegeben. Wir wussten nämlich inzwischen, dass mein alter Freund und Kollege Risto Takala sie kannte. Doch wir beschlossen, diesen Weg nicht zu benutzen. Der Grund war ganz simpel. Annikki und ich waren bis dahin vorwiegend unter uns geblieben, hatten praktisch niemanden besucht. Wir liebten einander und waren uns selbst genug. Takala hatte uns oft zu Partys und anderen Veranstaltungen eingeladen, doch wir hatten immer abgelehnt. Maija Takala – Ristos Schwester – war fast die Einzige, die uns gelegentlich besuchte. Es hätte einen seltsamen Eindruck gemacht, wenn wir Risto nach all den Jahren gebeten – ausdrücklich gebeten – hätten, uns mit einer ganz bestimmten Journalistin bekannt zu machen. Inzwischen waren seine Einladungen nämlich selten geworden; er hatte sich damit abgefunden, dass wir sie nie annahmen.

Durch Zufall stießen wir auf einen anderen Weg. Die Kommunalwahlen standen bevor und ich wurde wieder einmal gebeten zu kandidieren. Dank unserer Detektivarbeit wussten wir, dass Taina Sipilä (die Frau aus Spanien) mit dem Leiter einer Werbeagentur befreundet war. Also nahm ich zur allgemeinen Überraschung die Kandidatur an, um gleich darauf mit Raimo Ojanens Agentur über eine Wahlkampagne zu verhandeln. Ich bin beileibe kein Starrkopf. Und natürlich lernte ich Raimo Ojanen kennen. Genau das hatte ich beabsichtigt.

Na also. Wir waren drin. Die Wahlfarce konnte ich rückgängig machen.

Wir gewannen neue Freunde. Zumindest bildeten die

Leute sich ein, dass wir mit ihnen Freundschaft schlossen. In Wahrheit waren wir nur Beobachter. Wir hatten noch keine klare Vorstellung von unseren nächsten Schritten. Wir wussten nicht, was wir gegen Taina Sipilä unternehmen sollten. Aber wir beobachteten sie.

Diese Phase dauerte drei Jahre, lange genug, um einen Menschen gründlich kennen zu lernen. Zugleich kann man lernen, ihn zu hassen. Ich täuschte freundschaftliche Gefühle für einen Menschen vor, den ich hasste – eine meiner schmerzlichsten Erfahrungen. Taina Sipilä war keine angenehme Bekanntschaft, selbst dann nicht, wenn sie mir nicht von vornherein verhasst gewesen wäre. Sie war krankhaft egoistisch; andere Menschen nahm sie nur wahr, wenn sie in irgendeiner Beziehung zu ihrem Erfolg standen. Dabei war sie nicht einmal besonders erfolgreich. Sie war eine ganz gewöhnliche, zweitklassige Journalistin, die sich einredete, eine wichtige Mission zu haben. Sie hätte das Zeug gehabt, Skandale aufzudecken, wenn sie nicht in ihrem Egozentrismus immer wieder versucht hätte, hochgestochener zu schreiben, als es dem Thema angemessen war, sodass die Leute in der Regel nicht einmal die Hälfte verstanden.

Taina Sipilä war frustriert und neurotisch und versuchte, andere mit ihrer Frustration anzustecken. Sie betonte immer wieder, wie wichtig ihre Tätigkeit sei (die außer ihr selbst wohl niemand für besonders glanzvoll hielt), und glaubte zu guter Letzt wahrscheinlich selbst allen Ernstes, die vierte Staatsgewalt zu repräsentieren. Mit der Wahrheit hatte das absolut nichts zu tun. Ich glaube, ihre Arbeit war völlig bedeutungslos, weil sie ihr keinen anderen Sinn zu geben wusste als die Stärkung ihres Selbstwertgefühls. Sie war zufrieden, wenn sie ihren Namen in der Zeitung sah. Zugleich war sie unzufrieden, weil sie ganz offensichtlich nie genug verdienen oder als echte Starreporterin be-

rühmt werden würde. Dazu braucht man nämlich meist Ellenbogen, und die waren bei ihr schwach entwickelt, so selbstsüchtig und skrupellos sie auch war.

Nach einer Weile begann sie sich einzubilden, dass ich mich irgendwie für sie interessierte. Und das tat ich ja auch, wenngleich aus ganz anderen Gründen, als sie meinte. Ihre Illusion brachte mich auf eine Idee, die ich auszuspinnen begann.

Deine Mutter, die inzwischen wieder bei einer entsetzlich hohen Dosis angelangt war, hatte ebenfalls einen Einfall. Ihre Idee – ja, es war ihre – war bezeichnend für ihren scharfen Verstand und ihre Fähigkeit, ironische Situationen zu erkennen. Sie meinte, da Taina Sipilä bei ihrem ersten Verbrechen ungestraft davongekommen war, müssten wir eben dafür sorgen, dass sie für eine Tat bestraft würde, die sie nicht begangen hatte.

Aber wie?

Die Zeit verging mit allgemeinen Vorbereitungen. Ich ging gelegentlich allein mit Taina Sipilä aus und sorgte dafür, dass wir gesehen wurden.

Ich hatte Aufzeichnungen über sie gemacht (die ich inzwischen vernichtet habe) und unter anderem notiert, dass sie häufig nachts einen Spaziergang machte, wofür sie immer die gleiche Strecke wählte. Sie litt unter Schlaflosigkeit. Diese Information kam uns später zustatten. Um genau zu sein: Sie erwies sich als überaus nützlich.

Dann kam es zu einer radikalen Änderung. Plötzlich mussten wir mehr oder weniger frei improvisieren. Wir merkten, dass uns die Zeit davonlief, es wurde eilig. Ich stellte nämlich fest, dass ich Lungenkrebs hatte. Meiner Schätzung nach blieb mir noch ein Jahr Lebenszeit. Ich wollte keine Behandlung und ich wollte auch nicht, dass irgendwer von meiner Krankheit erfuhr. Das hätte alles verdorben. Um die Schmerzen zu lindern, musste ich spä-

ter selbst zum Morphium greifen, das ich bisher nur meiner Frau besorgt hatte. Ich war verzweifelt.
Aber Annikki nicht. Sie hatte sich alles zurechtgelegt. Ihre Idee war eine Ausgeburt des Wahnsinns, doch ich glaubte ihr, als sie sagte, wenn ich sterben müsse, könne sie nicht weiterleben. Allerdings konnte ich mir nicht vorstellen, dass ich fähig wäre, es zu tun. Ich sollte meine Frau töten, die Frau, die ich liebte.
Wir überlegten uns, wie wir es anstellen sollten, Taina Sipilä als Mörderin erscheinen zu lassen. Vom Verstand her schien das nicht unmöglich, aber die Verwirklichung … Ich wusste nicht, ob ich fähig war, die Sache zum Abschluss zu bringen.
Wir entwickelten einen rudimentären Plan, nur über die eigentliche Tat machten wir uns noch keine Gedanken. Als Erstes ging ich mit Taina Sipilä ins Bett und flüsterte ihr alles Mögliche ein. Sie schien den Köder zu schlucken. Annikki begann, Männerbekanntschaften zu schließen. Wir stritten uns. In der Öffentlichkeit. Wir stritten uns so heftig, dass unsere Bekannten, so hofften wir, bald vergessen würden, uns je als glückliches Ehepaar erlebt zu haben. Es war bedrückend.
Dann kam die Scheidung. Ich konnte Taina Sipilä überreden, als Zeugin aufzutreten. Es war grotesk. Aber allmählich zappelte sie im Netz.
Ich wusste, dass der Rest in Gottes Hand lag. Das perfekte Verbrechen zu erfinden, ist nicht leicht, und ich bin auf diesem Gebiet kein Meister. Wir suchten verzweifelt nach Situationen, in denen wir unsere Absicht verwirklichen konnten. Trotz ihrer Entschlossenheit hatte Annikki Angst. Sie musste im entscheidenden Moment bereit sein, zu sterben. Ihr Morphiumkonsum stieg. Ich glaube, sie hoffte auf einen leichteren Tod durch Überdosis. Zumindest im Unterbewusstsein. Ich wiederum lebte in ständiger

Qual, denn bei passender Gelegenheit musste ich bereit sein, meine Frau zu töten. Unser Vorhaben war längst zur Obsession geworden. Nichts hätte uns mehr aufhalten können.

Wir machten einige Fehlstarts. Jedesmal glaubten wir, unsere Chance sei gekommen, nur um festzustellen, dass wir uns getäuscht hatten. Die widerwärtigen Einzelheiten dieser Vorfälle möchte ich nicht näher beschreiben. Nur so viel sei gesagt, dass wir einmal beinahe entlarvt worden wären.

Wir hatten alle möglichen Pläne geschmiedet. Zum Beispiel hatten wir uns Schlüssel zu den Wohnungen aller unserer Freunde besorgt, was sich mühelos bewerkstelligen ließ. Sie hatten normale Abloy-Schlösser. Zum Glück. Hätte auch nur einer von ihnen ein Sicherheitsschloss gehabt, dann hätten wir allein deshalb unsere Chancen verloren, das stand für mich fest. Diese Überlegung zeigt, wie pessimistisch ich unsere Erfolgsaussichten einschätzte.

Unsere Zeit lief ab. Wir mussten es versuchen. Und bei diesem Versuch – der, wie ich hoffe, erfolgreich war – hing alles vom Zufall ab. Es gab so vieles, woran unser Plan scheitern konnte.

Schon früher hatten wir Taina Sipilä auf ihren Spaziergängen verfolgt, um herauszufinden, ob ihre nächtlichen Streifzüge uns eine Chance boten. Als wir schließlich zur Tat schritten, hielten wir uns an einen tollkühnen Plan, der hauptsächlich auf unserem Urteil über Taina Sipiläs Charakter beruhte. Nach der Scheidung hatte ich mich nicht mehr dazu überwinden können, dieser Frau zärtliche Worte ins Ohr zu flüstern. Und sie, die sich offenbar eingebildet hatte, mir etwas zu bedeuten, musste feststellen, dass sie niemanden mehr hatte. Wenn sie mich bei einem Mord beobachtete, würde sie nicht die Polizei informieren, sondern versuchen, mich entweder zu decken oder

zu erpressen. Gesetzt den Fall, dass sie tatsächlich sah, wie ich meine Frau tötete. Andererseits konnte ich ihr die Leiche natürlich auch vor die Füße legen.
In dieser Oktobernacht beobachtete Annikki Taina Sipiläs Wohnung. Sie wollte versuchen, dabei gesehen zu werden, damit man sie nach dem Mord mit einem bestimmten Ort und infolgedessen mit einem bestimmten Menschen in Verbindung brachte. Ich war bei Raimo Ojanen und spielte für alle Fälle den Betrunkenen. Wenn Taina einen Spaziergang machte, wollten wir es in dieser Nacht tun.
Und sie machte ihren Spaziergang.
Ich hatte bereits stundenlang Trunkenheit vorgetäuscht, als Annikki kurz nach eins in jener Nacht anrief. Danach versackte ich vollends und man brachte mich ins Gästezimmer, von dem eine Tür ins Treppenhaus führte. In diesem Punkt verließ ich mich nicht ausschließlich auf den Zufall. Wenn man mich nicht in das Zimmer gebracht hätte, wäre ich aus eigenem Antrieb ins Bett getaumelt.
Ich verließ Ojanens Wohnung und traf mich mit Annikki. Gemeinsam verfolgten wir Taina. Wir sahen, wie sie stehen blieb und sich umblickte. Auch wir blieben stehen und beobachteten sie. Als sie nicht, wie wir befürchtet hatten, kehrtmachte, sondern in den Innenhof eines Hauses ging, sahen wir unsere Chance. Es war der kürzeste Abschied aller Zeiten, doch ich empfand nichts mehr. Allenfalls Erleichterung. Es musste sein. Seltsam, wie mühelos und sicher ich es erledigte.
Als ich Annikki die Kehle aufschlitzte, hinterließ ich zugleich den ersten Hinweis darauf, dass der Mörder ein anderer war: Ich setzte den Schnitt so an, als hätte ihn jemand geführt, der die gleiche Körpergröße hatte wie Annikki.
Ich wusste, dass Taina uns sah. Als sie nichts unternahm, wuchs meine Selbstsicherheit. Ich hatte ihren Charakter

richtig eingeschätzt. Sie hatte nicht die Absicht, die Polizei zu alarmieren. Ich verließ den Tatort und hoffte, jemand würde Taina bei der Leiche sehen, nachdem ich gegangen war. Ich hoffte, sie würde einen Fehler machen. Dass die Polizei käme, wünschte ich mir dagegen nicht, denn ich hatte selbst einen Fehler gemacht: Wenn Taina Sipilä am Tatort angetroffen worden wäre, hätte sie keine Tatwaffe gehabt, denn die hielt ich immer noch in der Hand! Damals war ich deswegen verzweifelt, mir schien, ich hätte die ganze Sache verpfuscht. Ich hatte Angst. Doch alles ging gut, und natürlich nutzte ich das Messer später.

Ich kehrte in Raimo Ojanens Gästezimmer zurück. Wieder hatte ich Glück: Niemand sah mich.

Der erste Teil des Plans war verwirklicht. Nun hieß es abwarten.

Noch am selben Tag, am Mittwoch, wurde ich vernommen. Ebenfalls an diesem Tag kam Taina Sipilä zum ersten Mal. Ich sah den Triumph in ihren Augen, sah, wie sie es genoss, mich zu quälen mit ihren Andeutungen, ich hätte Annikki ermordet. Aber sie wusste nicht, dass sie selbst es getan hatte. Sie glaubte, die Jägerin zu sein, dabei war sie die Beute. Sie glaubte mehr zu wissen als ich, doch sie wusste weniger. Wir unterhielten uns. Ich war müde. Sie ging.

Am nächsten Morgen bekam ich einen Brief, in dem ich unverhohlen des Mordes an meiner ehemaligen Frau bezichtigt wurde. Natürlich wusste ich, wer ihn geschrieben hatte. Irgendetwas in dieser Art hatte ich ja erwartet, und dennoch begriff ich nicht ganz, was sie zu erreichen hoffte. Offensichtlich wollte sie mich einfach nur quälen. Sie war ganz einfach verrückt. Sie hatte immer nach Macht gegiert, vielleicht bildete sie sich nun ein, sie zu besitzen.

Ich musste weiter improvisieren. Ich fertigte einen Brief mit exakt demselben Wortlaut an und hob die Zeitschrif-

ten auf, aus denen ich die Buchstaben ausgeschnitten hatte. Zum Glück hatte ich einige Illustrierte im Haus, von denen man annehmen konnte, dass Taina Sipilä sie las. Als sie mich wieder besuchte, tat ich, als ob ich völlig durcheinander wäre, und sorgte unbemerkt dafür, dass sie ihre Fingerabdrücke auf dem Brief hinterließ. Zum ersten Mal seit Langem fühlte ich mich zufrieden und glücklich. Mein Lachen muss Taina verwirrt haben. Ich beschloss, eine kleine Überraschung zu arrangieren, also bot ich ihr ein Bier an, in das ich ein Schlafmittel mischte. Nachdem ich ihr die Information entlockt hatte, dass sie von meiner Wohnung aus direkt nach Hause gehen wollte, brachte ich sie dazu, sich auf den Weg zu machen, bevor die Wirkung des Medikaments einsetzte.

Als ich später zu Taina kam, schlief sie fest. Ich versteckte die Tatwaffe und die Zeitschriften in ihrer Wohnung, dazu einen Schlüssel zu meiner eigenen Wohnungstür, der für den zweiten Teil des Plans wichtig war. Es musste deutlich werden, dass sie eine sehr enge Beziehung zu mir hatte.

Ich verließ Tainas Wohnung und kam gerade rechtzeitig nach Hause, um einen Polizeibeamten zu empfangen, der mit neuen Fragen kam. Wenn ich mich recht entsinne, hieß er Hanhivaara. Wir unterhielten uns ziemlich lange. Er war ein netter Mann und ich glaube, er weiß, dass ich Annikki getötet habe. Als er mir die Theorie vorlegte, ich hätte die ganze Sache gemeinsam mit Taina Sipilä geplant, wusste ich, dass wir (Annikki und ich) es schaffen würden. Ich war überglücklich und bekam einen hysterischen Lachanfall, den ich nicht unterdrücken konnte. Die Polizei war genau auf der Spur, auf der ich sie haben wollte.

Am selben Abend traf ich Taina Sipilä noch einmal. Ganz zufällig, in einem Restaurant, in dem ich zu Abend aß. Ich bat sie an meinen Tisch. Sie sah müde aus, war offen-

bar gerade erst wach geworden. Sie begann über die Briefe zu sprechen. Der Plural entschlüpfte ihr unwillkürlich, sie glaubte, ich hätte es nicht bemerkt. Doch nun wusste ich, dass am nächsten Tag ein zweiter Brief zu erwarten war. Allerdings hatte ich nicht damit gerechnet, dass sie einfältig genug wäre, ihn mit der Maschine zu schreiben. Nun, das war im Grunde ohne Bedeutung.

Dann spielte ich Katz und Maus mit ihr. Es war grausam. Ich hatte nicht gewusst, dass ich so widerwärtig sein kann. Als ich von dem Verkehrsunfall sprach, bei dem mein Sohn ums Leben gekommen war, schien ihr zu dämmern, was los war. Beinahe hätte ich alles verdorben, aber sie begriff es dann doch nicht. Zum Glück.

Ich übernahm ihre Rechnung und stellte mir vor, sie habe gerade ihre Henkersmahlzeit zu sich genommen. Ich muss zugeben, dass ich die Situation genoss. Ich war auf Rache aus. Und Rache ist erst dann perfekt, wenn das Opfer weiß, dass es das Opfer eines Racheakts ist. Indem ich diesen Brief schreibe, sorge ich dafür, dass Taina Sipilä es erst in acht Jahren erfährt. Wenn sie ihre Strafe abgesessen hat. Deshalb möchte ich, dass du diesen Brief an die Öffentlichkeit bringst und Taina rehabilitierst. Sofern sie verurteilt wurde. Meine Rache ist insofern unvollständig, als ich selbst nie erfahren werde, ob mein Plan aufgegangen ist. Aber ich kann nicht länger warten. Es bleibt mir nichts übrig, als zu hoffen, dass sich noch weitere Indizien finden. Ich habe einige fabriziert, weiß aber nicht, ob sie der Polizei genügen.

Ich verabredete mich mit Taina für den nächsten Vormittag. Meine Zeit war gekommen.

In der Nacht traf ich meine Vorbereitungen. In seiner letzten Nacht will niemand schlafen.

Bevor ich mich hinsetzte, um dir diesen Brief zu schreiben, bemühte ich mich, die Ereignisse des folgenden Tages möglichst genau vorauszusehen. Ich bereitete meinen Tod sorgfältig vor. Bitte verzeih mir, dass ich mich nicht mit dir in Verbindung setzen, dir keine Nachricht hinterlassen konnte; nicht einmal ein Testament konnte ich aufsetzen, denn ich sollte ja ermordet werden. Natürlich wäre meine Krankheit eine plausible Erklärung für ein Testament gewesen, aber ich hatte niemandem sagen wollen, dass ich krank war. Ich glaube jedoch, dass Lankila alles zu deinen Gunsten regeln wird. Er ist nicht besonders intelligent, aber halbwegs ehrlich, soweit ich das beurteilen kann. Über meine finanziellen Angelegenheiten ist er informiert, dafür habe ich gesorgt.

Ich hatte Taina Sipiläs Namen in meinen Tischkalender geschrieben, in der Hoffnung, er würde sich auf die darunter liegende Seite durchdrücken. Nun riss ich das Blatt für Freitag heraus und vernichtete es. Doch so genau ich die nächste Seite auch untersuchte, ich sah keinen Abdruck. Ich kann nur hoffen, dass die Polizei präzise Instrumente für solche Untersuchungen hat. Vorsichtshalber trug ich Tainas Namen aber auch noch in meinen Taschenkalender ein, den ich mit dem Brief in meine Jackentasche steckte. Dann blieb mir nichts mehr zu tun als auf diejenige zu warten, mit der ich verabredet war.

Ein Spaß, den ich mir Jahre zuvor in London, in Soho, geleistet hatte, erwies sich jetzt als nützlich. Dort hatte ich von einem Unbekannten einen Schalldämpfer für meinen Revolver gekauft. Eigentlich hatte ich keine Verwendung dafür. Ich kann mir auch nicht erklären, wieso der Mann es wagte, mir das Ding überhaupt anzubieten. Vielleicht verwechselte er mich mit irgendwem. Ich fand die Situation so verrückt, dass ich den Schalldämpfer allein deshalb kaufte. Ich habe ihn sogar ein paarmal auf dem Schießstand ausprobiert. Letzten Endes ist es ganz egal, ob ich ihn benutze oder nicht, denn in Hochhäusern achtet wahrscheinlich keiner mehr auf seltsame Geräusche. Andererseits lässt er die Sache geheimnisvoller erscheinen, er wird die Polizei stutzig machen. Die Ermittler werden sich fragen, ob ein Selbstmörder wirklich so still und bescheiden sein kann, dass er einen Schalldämpfer verwendet, um die Nachbarn nicht zu stören.

Nun wartete ich auf die Post. Der Brief kam und ich war sehr zufrieden, als ich sah, dass er auf der Maschine geschrieben war. Es war also nicht nötig, Fingerabdrücke darauf zu praktizieren. Die Polizei würde die Urheberin auf jeden Fall anhand der Schreibmaschine identifizieren können. Ich setze größtes Vertrauen in die Fähigkeit der Polizei, effektiv zu ermitteln.

Den Rest kann ich mir nur ausmalen.

Ich schaue aus dem Fenster und warte, bis Taina Sipiläs zarte, aber gewalttätige Gestalt auftaucht. Ich warte auf meine Mörderin. Wenn ich sie sehe, öffne ich die Wohnungstür, setze mich an meinen Schreibtisch und halte den Revolver schräg nach unten an meine Brust. Ich muss vermeiden, das Herz oder die Wirbelsäule zu treffen. Denn ich habe noch etwas zu erledigen.

Ich spüre, wie die Kugel in meinen Körper eindringt. Langsam stehe ich auf. Die Waffe lasse ich auf den Fußboden fallen. Dann gehe ich in den Flur und werfe die Handschuhe auf die Hutablage. Mit letzter Kraft schleppe ich mich zurück, um auf Taina zu warten, die hoffentlich bald kommen wird. Ich möchte sie noch einmal sehen, bevor ich sterbe.

Wenn sie kommt, begrüße ich sie mit einem Lächeln oder einer Grimasse. Ich gebe ihr noch einen letzten Hinweis auf das, was ihr bevorsteht. Falls sie mich fragt, wer auf mich geschossen hat, werde ich sagen, sie sei es gewesen. Ich glaube, ich werde glücklich sterben. Und ich glaube, sie wird panische Angst haben. Das noch sehen zu können,

wäre meine größte Hoffnung. Doch ich fürchte, diese Hoffnung wird sich nicht erfüllen.
Nun bin ich auf alles vorbereitet. Und ich hoffe (so viele Hoffnungen), dass Taina Sipilä wegen des Mordes an Annikki und mir verhaftet wird. Ich weiß, vieles hängt vom Zufall ab. Trotzdem hoffe ich, dass es so kommt. Sonst hätte ich meine letzte Partie verloren.
Falls Taina Sipilä tatsächlich für zweifachen Mord verurteilt worden ist, oder wenigstens für einen, und falls sie noch im Gefängnis sitzt, wenn du diesen Brief liest, möchte ich, dass du damit zur Polizei gehst. Ich finde, acht Jahre hinter Gittern sind genug für ein Verbrechen, das man nicht begangen hat.
Dir wünsche ich alles Gute. Bitte verzeih mir, dass ich dich traurig mache. Aber manchmal bereitet man denjenigen den größten Kummer, die man am meisten liebt.
Ich könnte noch mehr sagen, doch das möchte ich nicht.
Leb wohl.
Dein dich liebender Vater Antti Koski

P. S.: Ich unterzeichne mit meinem vollen Namen, damit dieser Brief vor Gericht als Beweis verwendet werden kann.

Der kleine dunkelhaarige Junge faltete die Bögen zusammen und steckte sie in den Umschlag, den er sorgfältig zuklebte.

Er schob den Brief zurück in den Stapel. Lieber hätte er ihn vernichtet, doch er fürchtete, dass Lankila sein Verschwinden bemerken würde. Er wusste, dass er ihn in acht Jahren bekommen würde. Er wusste auch, dass er ihn keiner Menschenseele zeigen würde.

Sein Entschluss stand fest: Er würde warten, bis Taina Sipilä aus dem Gefängnis kam. Dann würde er sie töten.